Mireille Pluchard

LES DAMES DE LA GLYCINE

Roman poch

… Des petites filles bonnes,
charmantes, aimables.
… deux sœurs qui s'aimaient si
tendrement.

Les Petites Filles modèles
Comtesse de SÉGUR, née Sophie Rostopchine

Introduction

Quand j'évoque le souvenir des dames de La Glycine, c'est d'abord ma mémoire olfactive qui entre en action ; une suave et douceâtre odeur de chocolat chaud se mêle subtilement à la fragrance de la poudre de riz et d'une eau de toilette, toujours la même.

Pareil au tourbillon hélicoïdal d'un tout petit cyclone si délicieusement enveloppant, ce pot-pourri pénètre dans mes narines, envahit mon cerveau, en ouvre une à une les cases, malicieusement sélectives, de ma souvenance.

Se révèlent alors des sons plus que des bruits, ceux assourdis de chuchotements mystérieux, plus nettement des pas « trotte-menu » accompagnés de la cadence d'une canne ainsi que du bruissement soyeux d'une jupe de faille.

Tout devient précis, tout s'identifie à l'oreille, la tasse que l'on pose précautionneusement sur sa soucoupe, la cuillère d'argent qui crisse en s'enfonçant dans le sucre en poudre, et enfin le plat à cake… à moins que ce ne soit celui à tarte, ces délicieuses tartes des dames de La Glycine qui n'ont rien à envier à celles des sœurs Tatin. Ça y est, le plat est sur la table, il est rempli de douceurs dont ces dames ont le secret.

Alors, mes yeux s'ouvrent sur cette pièce aux belles dimensions où elles passent le plus clair de leur temps. Les persiennes, que ces dames appellent jalousies avec des mines complices, laissent entrer des traits parallèles de lumière, celle du soleil d'été qui inonde la façade de la villa La Glycine et maintient les lieux dans une fraîche pénombre à laquelle, lentement, mon regard s'habitue.

Il va de la bergère en rotin que prolonge un repose-pieds de même matière à la table ronde nappée du plus délicat travail de broderie qu'il m'ait été donné de voir. Pour parfaire l'ouvrage, un feston, merveille de patience et de précision, souligne à ras du sol ce jeté de table dans la pure tradition du lin des Vosges.

Tout est là, sur la table, l'oreille du souvenir n'a rien oublié : tasses et soucoupes aux fleurettes rose-thé posées sur des volutes de lierre, aujourd'hui le service Haviland est à l'honneur, cuillères d'argent… non, je me suis trompée, ce sont les fourchettes à dessert ! Plus de suspense alors, c'est une tarte.

Enfin je les vois, les vieilles dames de La Glycine, mes amies, oui, mes amies à moi, fillette de sept, huit, dix ans peut-être ; elles me font signe d'approcher. Alors j'avance lentement, m'efforçant comme elles de faire mon effet. Et ça marche !

Déjà, elles se disputent, chacune désirant être la première à m'embrasser, me caresser les cheveux, détailler ma toilette.

— Quand je te disais, Eva, qu'il fallait prévoir grand pour le boléro d'angora ! Comme elle a grandi, notre chère mignonne !

Cela suffit pour que ladite Eva quitte la pièce et aille chercher l'ouvrage incriminé. Puis elle revient, triomphante.

— Il te plaît, fillette ?

Elle tend un vaporeux ouvrage de tricot dépourvu encore de manches. Bleu, il est bleu. Il ne pouvait en être autrement : je crois bien être vouée au bleu depuis mon berceau !

Agnès réitère la question de sa sœur :

— Il te plaît, Bleuette ?

Leur passion des surnoms. Un poème ! Elles déploient pour cela, l'une et l'autre, une imagination fertile. Aujourd'hui je suis Bleuette, demain peut-être Frisette ou Frison si le fer à cheveux a fait des ravages sur mes baguettes de tambour, mais aussi Fossette en référence à mon sourire. J'ai même eu droit à un Mata Hari pour avoir joué la traîtresse.

— Alors, on préfère les jeux stupides des gamins du quartier, on en oublie de visiter ses vieilles amies… ?

Et Agnès, en osmose avec sa sœur, terminait la phrase :

— … qui t'avaient préparé une belle brioche au beurre. Mata Hari !

La nouvelle Mata Hari prenait un air penaud devant leur feinte fâcherie et balbutiait une vilaine excuse :

— J'avais promis...

Alors Mata Hari s'éclipsait et refleurissaient les Bleuette, Frison, Fossette dégoulinants de malice et débordants de tendresse tandis que leur visage, tamponné à outrance de cette poudre de riz douce et parfumée, retrouvait en riant les rondeurs de l'enfance. Leur sourire s'épanouissait sur des dents de poupée et leurs yeux malicieux riaient derrière les petites lunettes rondes de l'une et le désuet face-à-main de l'autre.

Il faut donc répondre. Oh oui, le boléro me plaît. Pas question d'avouer que cette laine pelucheuse allait me chatouiller le nez, ni que je l'aurais préféré jaune au risque d'être affublée du sobriquet de Citronnelle ou de Jonquille.

Alors, le pieux mensonge franchit mes lèvres et j'en rajoute, pour le simple plaisir de les voir sourire :

— Comment avez-vous deviné ? Il est tout pareil à ce que je voulais ! C'est vrai que vous me gâtez trop, madame Agnès, et vous aussi, mademoiselle Eva.

— Tss tss tss, répondent-elles ensemble.

Et, chacune me prenant par la main, elles me conduisent jusqu'à une chaise basse entre leurs deux fauteuils.

— Alors, qu'est-ce que tu nous racontes, fillette ?

— Non ! Non ! C'est vous qui racontez, vous le faites si bien.

— Raconter, mais quoi ?

— Votre vie !

— Encore ! Oh, mais j'y pense, nous ne t'avons pas parlé de nos chers parents ! Leur belle romance a commencé…

Voilà ! Les souvenirs vont affluer pour mon plus grand bonheur et, dans ce décor vieillot, je vois se dessiner devant moi, fillette éprise de contes de fées, un merveilleux après-midi.

Première partie

BONHEURS REÇUS

1

En descendant du train en gare de Grand-Combe-La Pise, l'ingénieur des mines Camille Delalande fut agressé par l'âcre odeur de la fumée de charbon.

D'une forêt de cheminées plantées sur les toits des logements dévolus aux familles de mineurs, autrement dit à la grande majorité des habitants de cette jeune commune, s'échappaient de longs panaches gris accompagnés d'une fine poussière noire qui piquait les yeux et la peau du visage, résultat du médiocre combustible, la châtille, dont tout employé de la Compagnie des mines bénéficiait.

C'est dans cette même Compagnie, qui avait succédé, en 1836, à la Société des houillères, que Delalande était en poste depuis déjà trois ans à la satisfaction du nouveau directeur, monsieur Raffin, comme de ses prédécesseurs.

Ce Cévenol, né à Alais de commerçants aisés dont il resta l'unique fils, déçut quelque peu ses parents par le désintérêt qu'il manifestait à assurer la relève dans l'affaire familiale, une entreprise florissante en ce dernier quart du XIXe siècle et dynamisée par la révolution industrielle qui faisait du bassin houiller des Cévennes un fleuron de l'industrie française.

En fait, la déception des parents Delalande ne fut que provisoire, le temps que le fiston, après de brillantes études secondaires, intègre l'Ecole nationale des mines à Paris et en sorte, cinq ans plus tard, major de sa promotion. La première affectation de Camille leur causa un peu de peine : leur fils ne se rapprochait guère. Decazeville !

A dire vrai, Camille en gardait un souvenir mitigé. Une ville aux rues étroites, populeuses et empoussiérées, à la monotonie rectiligne, qui menaient aux puits et aux ateliers, de longues bâtisses rectangulaires, comme résignées dans leur alignement géométrique. Une fontaine par-ci par-là et des gosses dépenaillés pataugeant dans un cloaque nauséabond. Et par-dessus cette vision de misère, un ciel gris de poussière et de chagrin mêlés plongeait cette localité aveyronnaise dans la triste résignation d'un destin sans espoir.

Mais baste ! Quand on a vingt-cinq ans, un titre d'ingénieur, un logement décent et un salaire confortable, l'environnement est un concept secondaire.

Il n'empêche, les parents Delalande avaient de la suite dans les idées et un grand désir que leur fils se rapprochât d'eux. Peu mondains, leurs relations gravitaient autour de leur commerce, certains de leurs clients devenaient presque des amis ; ainsi l'un d'eux, ingénieur en chef aux mines de Rochebelle, porta à leur connaissance un poste à pourvoir à La Grand-Combe.

— Ce n'est pas Alais, déplora madame Delalande alors que le soir même son époux prenait la plume pour signaler cette opportunité à leur fils.

— Germaine, vous n'allez pas faire la difficile ! la gronda son mari comme on chapitre un enfant pris en faute. Vous aurez votre Camille à votre table tous les dimanches.

Le courrier arrivé, des pourparlers s'établirent entre Camille et la Compagnie de La Grand-Combe et, six mois plus tard, l'ingénieur quittait sans regret Decazeville pour s'installer dans un agréable logement de célibataire sur les hauteurs de l'Arboux, à l'écart des structures ouvrières qui quadrillaient la ville s'étirant entre rivière et montagne.

Passionné par son travail, Camille Delalande passait le plus clair de son temps dans les bureaux de la Compagnie où il était apprécié par ses collègues et par ses supérieurs. Néanmoins, il n'hésitait pas à s'inviter dans la cage qui descendait les mineurs au plus profond des galeries pour apprécier de visu le travail effectué dans les tailles autant que le boisage des tunnels, ce qui lui valait le respect de tout le peuple des « gueules noires ».

D'un mouchoir immaculé tiré de la poche de son pantalon, Camille Delalande essuya son visage mâchuré par les escarbilles qui s'étaient échappées de la locomotive et sourit aux rayons du soleil qui inondaient le parvis de la majestueuse église dont la flèche s'élançait dans les nues.

— Je vous trouve bien jovial, mon cher Delalande. Ne me dites pas que vous allez nous quitter ? Une promotion ?

Pris au dépourvu par cette rencontre inopinée avec Raffin, son directeur, ses pensées voguant vers les délices prometteuses d'une union joliment orchestrée par les familles concernées, Camille bredouilla :

— Moi ? Quitter La Grand-Combe ? Il n'en est pas question, monsieur Raffin.

— A la bonne heure ! Vous l'aimez vous aussi, notre belle ville née du génie des meilleurs bâtisseurs ! Pensez donc, mon cher Camille, que toutes les casernes, qu'on appelle corons à Douai, ma précédente affectation, oui, que toutes les casernes sont pourvues des commodités. Chacune est dotée de son lavoir, de ses latrines et d'un point d'eau potable.

A cent lieues de ces considérations domestiques, Camille opina distraitement sans se départir de son sourire béat.

— Et nous tendons toujours vers le progrès ! Tenez, dans les nouveaux quartiers d'Elisa, de Trélys et de la Forêt, autour du puits Sans-Nom et de la galerie Sainte-Barbe, tous les logements dont nous avons commencé la construction seront dotés de l'eau courante sur l'évier. Et un cabinet à la turque par étage. Vous avez le temps ? Venez, allons voir l'avancement des travaux.

Sans attendre l'accord de l'ingénieur, le patron lui avait empoigné le bras et le propulsait, à grandes enjambées décidées, vers les lieux cités, ruche d'intense activité.

— Notez aussi que les écoles ne font pas défaut, continuait Raffin. Les sœurs de Saint-Vincent-de-Paul et celles de la confrérie de Saint-Joseph-de-Ruoms accueillent les filles de nos ouvriers tandis que les garçons reçoivent l'instruction des frères de la Doctrine chrétienne. En plus de la lecture et de l'écriture, ces bons pères assurent un rôle moralisateur nécessaire au sein des cités surpeuplées. Au moins, on ne nous accusera pas de maintenir les enfants de nos ouvriers dans l'incurie.

Que répondre à l'enthousiasme un peu surfait de monsieur Raffin ? Le candide ne voit-il pas seulement ce qu'il veut bien voir ? Camille Delalande ne pouvait avoir l'outrecuidance de lui faire remarquer les pauvres jardinets où séchaient les *despoilles*, la rugueuse tenue des mineurs, au milieu des choux verts et des rangées de pommes de terre qui faisaient l'essentiel dans la marmite des familles de mineurs. C'eût été salir l'image qu'avait son patron de La Grand-Combe, un modèle harmonieux où vie et travail intimement liés ne pouvaient qu'apporter l'épanouissement à ses habitants.

Et puis, en revenant d'Alais, il avait tout autre chose en tête, le cœur rempli d'une joie nouvelle et l'esprit habité par les projets et les changements qui allaient, sous peu, intervenir dans sa vie.

Il était même un peu pompette. Entre deux vins, aurait certainement dit monsieur Raffin s'il avait été convié au repas de fiançailles qui avait réuni les Michaud et les Delalande, deux honorables familles alaisiennes.

— Je lève mon verre au bonheur de ma fille Madeleine et à celui de mon futur gendre Camille !

Augustin Michaud, un propriétaire viticulteur de la plaine alaisienne, avait ouvert le banquet en levant son verre et invitant les convives à faire de même.

Au passage, il s'était permis un peu d'autosatisfaction.

— Un vin rouge de ma production, issu de raisin Carignan gentiment vieilli et légèrement madérisé. Je le laisse à votre appréciation.

Le vin était capiteux et Madeleine délicieuse. Délicate, douce, facilement rougissante de timidité, tout le contraire de ce père quelque peu tonitruant et surtout de sa sœur aînée, la souffreteuse Augusta, desservie par un physique ingrat et une santé chancelante. En cela, elle ne ressemblait ni à son père ni à sa mère, la placide madame Michaud, servie par une armée de domestiques.

Cet état de fait sera le souci de madame Delalande qui confiera à son époux après le départ des invités :

— Pourvu que notre future bru ait pris le meilleur à chacun de ses parents et non le pire.

— L'avenir nous le dira, ma chère, et nous n'y pourrons rien changer.

En attendant, monsieur Michaud père avait gardé la parole et surpris son auditoire.

— J'ai pourtant un reproche, et de taille, à vous faire, mon cher Camille…

— Un reproche, monsieur Michaud ? Qu'ai-je donc fait ?

— Hé hé, mais vous m'enlevez ma fille, pardi !

— Si peu, monsieur, si peu ! s'écria Camille soulagé. Seulement trente minutes en chemin de fer séparent Alais de La Grand-Combe !

Alors, faisant étalage de sa culture puisée dans les magazines, Michaud reprit l'expression d'Alfred de Musset :

— Votre « taureau de fer » ne me dit rien qui vaille, n'en déplaise à Paulin Talabot, son obstiné instigateur. Pour ma part, j'irai vous visiter avec ma jardinière, si tant est que vous m'en priiez et que vous ne rougissiez pas de ma voiture de paysan.

Madame Michaud se permit, à son tour, de faire part de ses appréhensions :

— Je m'inquiète pour Madeleine ; ma fille est habituée à la vie au grand air. Qu'en sera-t-il de sa santé dans les brumes de La Grand-Combe ?

— Les brumes, madame ? Quelle curieuse idée vous faites-vous de ce coin de Cévennes ? s'insurgea Camille. Et puis, nous ne logerons pas en ville, mais sur les hauteurs boisées du Rouvergue, où l'air est vivifiant.

Il fallait, à la mère de Madeleine, trouver une honorable porte de sortie.

— Nos promenades en ville me manqueront.

Ces chipoteurs de Michaud commençaient à chauffer les oreilles de monsieur Delalande père qui fit remarquer, acerbe :

— Croyez bien que nos regrets ne sont pas moins vifs. Nous étions en droit d'espérer une bru qui nous aiderait au magasin.

— Notre si délicate Madeleine derrière un comptoir, pliée aux exigences des clients ! se récria madame Michaud, outrée que ces citadins de Delalande aient songé à rabaisser sa fille au rang d'une vendeuse.

Il était temps de changer de sujet, pour le bonheur des jeunes fiancés. Delalande père sortit cigares et cognac et invita Michaud à le suivre au petit salon :

— Venez, mon ami. Laissons ces dames papoter chiffons ; nous causerons dot et donation.

Les mères alors oublièrent leurs griefs et se mirent à parler mariage, un sujet qui ne manquerait pas de pierres d'achoppement, mais qu'importe, les deux amoureux jouissaient enfin l'un de l'autre, à travers leurs regards longuement appuyés, leurs mains jointes et leurs lèvres qui articulaient des mots doux… sous le regard envieux et faussement dégoûté d'Augusta.

La jeune madame Delalande, c'était confirmé, vivrait au grand air, son futur époux ayant obtenu de la Compagnie une maison nichée dans une forêt de pins.

Néanmoins, madame Michaud avait voulu s'assurer que rien ne manquerait à sa fille, exilée si loin de sa famille. Pensez donc, presque vingt kilomètres allaient la séparer de son monde familier, celui de la plaine alaisienne.

— Celui du monde civilisé ! appuyait dédaigneusement cette femme issue du monde paysan qui, à ses yeux, faisait référence.

Elle fut cependant contrainte d'en convenir, la villa de briques rouges, atteinte au moyen d'un raidillon qui fit ahaner le cheval qui tirait sa jardinière, offrait le pimpant du neuf et l'impression d'être bâtie pour traverser les siècles. Solidité étant un des maîtres mots de madame Michaud, elle opina favorablement. L'idée traversa Camille de surnommer sa belle-mère « madame Solidité » à l'image de Louis XIV qui avait baptisé ainsi son épouse secrète, madame de Maintenon. Bien vite, il abandonna cette boutade dont sa future belle-mère n'aurait que peu prisé l'humour, n'en retenant que l'impertinence. De plus, ce n'aurait servi qu'à attrister Madeleine et cela, il le jurait, n'arriverait jamais !

Une légère brise caressait la cime des arbres, les faisait onduler dans un mouvement paresseux, lascif, dénué de brusquerie, et ce léger balancement, si semblable à un déhanchement gracieux de femme, comme lui, dispensait une fragrance fraîche et un brin sucrée.

Son nez, qu'elle avait long et mince et qui, comblé, frémissait d'aise, inspira à madame Michaud son premier compliment.

— Quel plaisir de l'odorat, cette immense pinède !

— Le contrefort nord de la forêt du Rouvergue. Vous voyez, d'ici nous dominons la ville derrière ce rideau d'arbres qui filtre les poussières et les dilue dans l'éther avant de nous atteindre.

— Tant mieux. Que sont tous ces bâtiments gris aux tuiles d'un vilain rouge brunâtre ?

— Les casernes.

— L'armée loge ici ?

— Point du tout. C'est ainsi que l'on nomme les logements des familles de mineurs.

— Pouah ! Leur vue m'indisposerait à la longue !

C'était un fait indéniable, les miasmes de la ville, ses caniveaux douteux, ses rues bordées de commerces et surtout de bistrots enfumés, ses cris et interpellations, estompés par les arbres, c'était un autre monde et il concernerait si peu madame Michaud, encore moins sa fille Madeleine !

Abandonnant sa future belle-mère à l'appréciation de ce que serait l'environnement de sa fille, Camille Delalande avait glissé un bras autour de la taille fine de sa fiancée et lui volait de chastes baisers entrecoupés de questions.

— Vous plairez-vous ici, adorable Madeleine ?

— Du moment que vous serez près de moi, il ne peut en être autrement, très cher Camille.

— N'oubliez pas, ma chérie, que nous devons tout cela à mon travail et qu'il est très prenant. Vous vous ferez des relations que vous visiterez en mon absence.

D'une voix de fillette boudeuse, Madeleine demanda :

— Et comment irai-je ?

— Surprise ! Venez voir.

Camille entraîna sa fiancée vers l'arrière de la maison et lui fit découvrir une écurie doublée d'un appentis.

— La Compagnie met à la disposition des *damettes*, et vous allez en devenir une, une calèche et son cocher pour tous leurs déplacements. Tout est idéalement pensé pour le bien-être des familles, n'est-ce pas ?

— Une *damette* ?

— Ne voyez rien là de péjoratif de ma part, Madeleine chérie, mais plutôt une sorte d'aristocratie où nous hisse le peuple tout en y mêlant sa gouaille naturelle et son perpétuel besoin de se gausser.

Les appels pressants de madame Michaud interrompirent leur bel aparté.

— Où étiez-vous donc, mes enfants ? Je vous croyais entrés dans la maison et m'avoir oubliée.

— Ni vous ni moi n'y entrerons aujourd'hui, madame. Les clés me seront données après le mariage.

Quelque peu dépitée, madame Michaud remonta dans sa jardinière, pressée d'aller faire un compte rendu à son époux du futur domicile de leur fille.

Tapissées, décorées, parfois même meublées, les villas dévolues aux familles d'ingénieur ne l'étaient pourtant pas toujours au goût et au désir des *damettes* qui pouvaient alors, tout à loisir, refaire la décoration, mettre leur touche personnelle, changer tentures et tapis... aux frais de la Compagnie des mines. Monsieur Delalande père était bien le dernier à s'offusquer d'une gabegie qui remplissait son tiroir-caisse.

Par chance, au lendemain de son mariage, Madeleine Delalande découvrait sa nouvelle demeure en tout point conforme à ses vœux. Elle eut même la sagesse d'en apprécier le confort et les commodités qu'elle n'avait pas connues au domaine paternel, tant s'en faut !

« La nature ! Ne sommes-nous pas des gens de la terre ? » opposait monsieur Michaud à toute velléité de son épouse de moderniser le mas et ainsi vivre au-dessus de sa condition.

Madeleine déambulait en longue chemise plumetis, des pantoufles de satin aux pieds, et voulait partager sa joie.

— Camille, regardez ! Une cheminée dans chacune des pièces ! Quelle douce chaleur ! Et ces becs de gaz qui donnent de la lumière !

Elle frappait des mains, applaudissant à la mise en scène réussie de son nouveau foyer, sous le regard attendri de son époux. Une telle manifestation de joie retentissant dans toute la maison eut le pouvoir magique de faire apparaître du fond d'un corridor une frêle adolescente, tout en courbettes et en contorsions serviles, qui bredouilla :

— La *damette*... pardon... madame m'a appelée ?

Patronne et servante, aussi embarrassées l'une que l'autre, se dévisageaient. La jeunette n'avait jamais vu si délicate chemise de nuit qu'elle prit illico pour une robe de mariée.

— Madame veut que je l'aide à se déshabiller ?

Les yeux de Madeleine roulaient d'étonnement. Etait-elle sotte, cette gamine au regard de hibou, en plus d'avoir l'allure si disgracieuse ? Camille décida de brusquer les présentations.

— Ma chérie, voici Reinette qui sera à votre service et s'occupera des travaux ménagers.

Madeleine étira un drôle de sourire à l'évocation d'une pomme à la fois ferme et juteuse ; la Reinette qui se tenait devant elle était loin d'être à croquer. Pâlotte, maigrichonne, osseuse et sans grâce, attifée d'une robe bien trop ample pour elle que peinait à dissimuler un long tablier à bavette, la gamine qui avait quatorze ans et n'en paraissait que douze cachait des cheveux ternes, filasse, sous un foulard noir porté bas sur le front et noué dans la nuque.

Refusée à l'embauche de placière, tout comme sa sœur – le contremaître ne les avait pas jugées aptes à tenir le rythme imposé au triage du charbon, sur la place et par tous les temps – elles s'en étaient retournées chez elles, penaudes. Qu'allait dire le père, un paysan-mineur de la vallée Longue, blanchi sous le harnais, une force de la nature qui regardait d'un œil torve deux spécimens de sa progéniture si peu conformes à ses vœux... et à ses gènes ? Après s'en être pris à Reinette et à Rosette sa jumelle, à coup sûr c'est la mère qui en prendrait pour son grade. Pauvre femme qui enchaînait les grossesses comme elle enchaînait les lessives et les ragoûts à mitonner. Avec le même entrain !

— Eh quoi ! Toujours malade, toujours couchée ! On ne m'y reprendra pas à marier une femmelette !

Quelques jours plus tard, la chance avait souri à Reinette, la Compagnie ayant une place de servante à lui proposer.

— Logée et nourrie, un dimanche de congé par mois et un salaire de dix francs, versé en deux fois avec la quinzaine de ton père. Est-ce que cela te convient, Reinette Fracinet ?

Si cela lui convenait ? Pardi !

Madeleine Delalande sortait de sa longue observation qui avait mis Reinette mal à l'aise avec une conviction : elle allait transformer cette petite bonne, c'était vital. Pour son amour-propre d'abord, la gamine chétive lui tarabustait l'âme, et parce qu'elle était ainsi, la fille de Michaud le viticulteur, il fallait qu'autour d'elle tout soit harmonieux.

Reinette avait-elle percé le projet de sa patronne ?

— Madame, je suis contente, oh oui bien contente, de travailler pour vous ! s'exclama-t-elle presque avec ferveur.

Pour un peu, elle aurait pris la main de Madeleine pour la porter à ses lèvres avec vénération.

La jeune madame Delalande, surprise de cette sorte de dévotion et prise au dépourvu, s'écria soudainement :

— Mais nous n'avons pas encore bu notre chocolat !

— Je vous l'apporte tout de suite ! promit Reinette en courant à la cuisine.

— Et moi je vous quitte, ma belle chérie, j'ai du travail, s'excusa Camille.

Le maître des lieux parti, Reinette arriva avec son plateau et ses tasses.

— Et monsieur ? s'étonna-t-elle.

— Au travail comme tous les hommes importants, s'enorgueillit Madeleine.

Puis elle se fendit d'un sourire engageant et proposa :

— Nous boirons le chocolat ensemble, Reinette ; ainsi ferons-nous plus ample connaissance.

2

Le bonheur à deux ne dura pas longtemps chez les époux Delalande, guère plus d'une année délicieuse à se découvrir de jour comme de nuit. Madeleine était facile à vivre quoique avec des idées bien arrêtées, les entêtements puérils de madame Michaud avaient marqué leur empreinte. Camille quant à lui, n'étant pas charbonnier bien que travaillant à l'extraction du charbon, ne prétendait pas être maître chez lui, il avait tant d'occasions d'imposer son esprit décisionnaire et ses visions d'avenir dans son domaine exclusif de l'exploitation minière !

Le temps aussi que le but soit atteint du côté de Reinette, et il y avait eu beaucoup à faire. Côté vestimentaire, cela n'avait été qu'un détail. Qui ne se serait glissé avec délice dans une robe aux couleurs gaies, ajustée à sa taille, qui renvoyait l'image d'une adolescente heureuse de son sort ? Et qu'importe s'il ne s'agissait que d'une fripe de sa patronne !

La nourriture saine et variée avait participé à ce que Madeleine appelait le remplumage de sa petite bonne sur laquelle elle gardait un œil circonspect.

Plus laborieux avait été de lui apprendre le service que Camille voulait impeccable. Et de longs mois avaient été nécessaires pour inculquer à Reinette, pétrie de bonne volonté, le dressage d'une table à la française, la présentation d'un plat et surtout, surtout, la façon de s'exprimer, en particulier lorsque madame recevait du beau monde.

Ses expressions de Cévenole inculte, alliées à cet accent grand-combien à nul autre pareil, auxquelles se mêlait un patois imagé avaient, un temps, amusé Madeleine. Camille, lui, fronçait les sourcils et priait son épouse de policer, autant que faire se pouvait, l'adolescente au demeurant volontaire. Et là, cela n'avait pas été que partie de plaisir.

— Préparer une infusion, Reinette, une infusion et non faire bouillir une tisane, voyons ! C'est ainsi que tu dois procéder avec nos invitées. De même, lorsque tu apportes une tasse de café à mon époux, je ne veux plus t'entendre dire : le jus de monsieur est servi.

Et ce n'était qu'un infime exemple des manquements de Reinette à la bienséance de mise dans les bonnes maisons. Enfin, Madeleine avait fait de sa jeune servante une soubrette accomplie si l'on excepte quelques écarts de vocabulaire lorsqu'elle l'accompagnait au marché du samedi.

C'était vraiment un spectacle, dans tous les sens du terme, que ce marché incontournable de

La Grand-Combe qui voyait, se ruant pour vendre leur production, les maraîchers montant de la plaine alors qu'y descendaient les chevillards de Lozère. Spectacle visuel d'une foule bigarrée se pressant sur le plateau de Bouzac, devant le parvis de l'église, à l'assaut de la bonne affaire ; cacophonie auditive d'un peuple mélangé aux apostrophes acides comme aux effusions emportées, roulements rocailleux des gens de la montagne, balancement musical du parler italien, appels ensoleillés de ceux de la Cévenne. Que dire alors du degré olfactif qu'atteignaient certains étals sous le ciel de midi à l'heure où les papilles s'éveillent à la faim ? Du bon... et du moins bon, des relents franchement agressifs et d'autres innommables.

On voyait alors les *damettes* porter un fin mouchoir de dentelle à leur nez délicat et dire en nasillant à leur bonne :

— Tu finiras les emplettes sans moi, je vais t'attendre dans la calèche, l'odeur, ici, est insupportable !

Alors là, les servantes s'en donnaient à cœur joie, retrouvaient leurs manières d'avant et leurs amies d'enfance, jouaient à la patronne, marchandaient âprement, fiévreusement même, car une sorte d'émulation s'instaurait à savoir celle qui emporterait le morceau au meilleur prix. Avec, en guise d'auréole, la responsabilité du porte-monnaie de madame.

Un bien beau marché, décidément, et une petite récréation dans les journées bien remplies du personnel de maison.

Le bonheur à deux, si prometteur, du couple Delalande, enfui en moins d'un an ? Oui, mais comment ne pas s'en réjouir quand il se transforme en un bonheur à trois, comblant les vœux du jeune couple et plus largement ceux des grands-parents ?

Sacrée Madeleine qui sous des dehors fragiles, un peu éthérés, cachait une fécondité qui ne demandait qu'à se révéler ! Elle n'eut pas à faire, comme nombre de jeunes femmes en mal d'enfant, le pèlerinage local et très prisé à Notre-Dame-de-Lablachère, ni déposer dévotement ses lèvres sur le verrou de son église dédiée à saint Thibéry, intercesseur dont l'efficacité n'était plus à démontrer.

Pratique symbolique et curieusement suggestive en ce siècle pudibond !

Passé l'annonce de l'heureux événement, les exclamations et manifestations de joie, les deux familles alaisiennes se déchirèrent. A vrai dire, elles n'étaient d'accord que sur un point, l'enfant de Camille et Madeleine devait naître à Alais, un point c'est tout ! Et chacune d'arguer de bonnes raisons.

— Le docteur Gibelin a son cabinet à deux rues de la nôtre ; en quelques minutes il sera au chevet de Madeleine avec son assistante madame Ponse, une véritable perle, avança Germaine Delalande qui se voyait déjà accueillir l'héritier du nom dans son appartement cossu de la rue Saint-Vincent.

— Accoucher en ville dans le bruit de la rue, l'air vicié des halles qui, somme toute, ne sont pas loin de chez vous, ce serait folie ! s'insurgea Pétronille Michaud. La campagne, il n'y a rien de mieux pour donner le jour à un enfant.

Germaine pinça la bouche.

— Moi, ce que j'en dis c'est pour le bien de l'enfant comme de la mère. Votre pauvre Augusta n'était pas au mieux ces derniers temps.

— Elle va mieux ! La preuve, elle voyage ! Si cela peut vous rassurer… ajouta Pétronille qui avait humé, chez la belle-mère de sa fille, l'air sournois de la contagion.

Belle trouvaille, en fait, que cette notion de voyage pour cacher une convalescence dans un monastère niché dans les Hautes-Alpes. Par chance ou par lassitude, Germaine Delalande, qui n'était pas, de plus, femme à entretenir un foyer de discorde, sut se contenter de cette affirmation.

Rien donc n'était tranché sinon que le bébé ne pousserait pas son premier cri à La Grand-Combe, ah ça non !

Madeleine eut le dernier mot en choisissant sa maison paternelle, non pour contenter sa mère, ni pour contrer sa belle-mère qu'elle tenait en grande estime, mais parce qu'elle laissa parler la nostalgie.

— Je vais retrouver ma chambre de jeune fille, là où j'ai tant rêvé de vous, Camille. Vous viendrez m'y retrouver le plus souvent possible, j'espère ?

— Chaque fois que mon travail me le permettra, ma chérie.

Pas plus tôt installée chez papa Michaud, Madeleine ressentit les premières douleurs. L'enfant était pressé. Sous le lourd regard de son époux, Pétronille se décomposa et compta vivement sur ses doigts. Dix ! Dix mois, ouf, l'honneur était sauf ! Son radieux sourire en témoignait, adoucissant du coup l'œil du futur grand-père. On pouvait qualifier d'« honnête délai », comme ne manqueraient pas de le faire remarquer les gens dits bien pensants, celui qui séparait l'union des parents de la naissance de leur premier enfant.

Agnès Delalande vit donc le jour en décembre 1878, le 13 exactement, pour la Sainte-Luce, où les jours, dit-on, croissent d'un saut de puce.

Est-ce le dicton calendaire qui fit s'écrier monsieur Michaud, se penchant pour la première fois sur le berceau garni de rose :

— Madeleine, mais c'est un puceron que tu viens de mettre au monde !

Plus sûrement, il devait faire référence au phylloxéra, son grand souci du moment qui s'acharnait sur le vignoble languedocien en général, sur celui, en particulier, du brave viticulteur soumis comme tant d'autres à l'arrachage et la replantation… pour autant que les finances suivent.

Il n'empêche, tous ceux et celles qui eurent l'honneur de visiter la jeune accouchée et son bébé, tout en s'extasiant de la délicatesse des traits de la petite fille, ne manquèrent pas de s'interroger en aparté sur le faible poids du bébé et ne donnèrent que peu de chances aux parents de la voir grandir en force et en santé. De là à avancer la petite nature de sa tante Augusta, il n'y avait qu'un pas qu'on franchissait en aparté.

— Ces maladies-là, on les dit héréditaires, c'est pas loin de se vérifier, pouvait-on entendre comme niaiseries.

Que l'on se rassure, l'avenir donna raison au grand-père Michaud car, à l'instar du parasite de la vigne qui, somnolant l'hiver, se mettait en dormance pour reprendre vigueur et ravages au printemps, Agnès passa les trois premiers mois de sa vie dans une sorte de léthargie, tétant juste de quoi satisfaire son appétit d'oiseau, pleurant à peine pour aérer ses poumons et assurer ses parents qu'elle était toujours en vie, et faisant le plein de sommeil entre ces deux activités, ce qui permit à Madeleine de jouir de longues plages de repos durant ses relevailles et de faire valider par son époux son séjour prolongé dans les vignes de son père.

Au printemps donc, comme espéré, la chenille creva sa chrysalide et donna de la voix. Le lait de sa mère ne lui suffisait plus ; il fallut, pour combler la soudaine gloutonnerie du bébé, des biberons complémentaires à base de phosphatine Falières, une sorte de bouillie enrichie en phosphate de calcium que l'on se procurait uniquement chez les apothicaires. Un soulagement pour la jeune maman que de ne plus sentir cette petite larve suspendue des heures durant à son sein. Elle avait retrouvé sa ligne et songeait à nouveau à la coquetterie.

L'heureux papa profita des bonnes dispositions de son épouse pour proposer un retour au bercail dont il désespérait.

— Vous ne pouvez imaginer, Madeleine, combien la maison est triste sans vous. Ni à quel point Reinette prend de libertés ! Tout va à vau-l'eau, le linge est négligé, la nourriture insipide et je ne vous parle pas de la poussière qui court sur les meubles.

Camille forçait volontairement le trait. Madeleine ne s'en laissait pas conter.

— Vous voudriez me décourager de retrouver notre nid d'amour que vous ne vous y prendriez pas autrement, mon cher époux. Y auriez-vous installé, en mon absence, une belle hétaïre qui aurait en tête de m'évincer aussi de votre cœur ?

Rodé aux roueries féminines, Camille se garda bien de répondre, il se permit même un demi-sourire ambigu et quelques frisures dans l'œil. Bien qu'elle ait énoncé cette éventualité sur le ton acidulé de la plaisanterie, le vibrion de la jalousie qui titillait parfois Madeleine poussa cette dernière à accéder à la demande de son époux.

— Eh bien, soit, mon chéri, venez nous chercher dimanche, nous rendrons une petite visite à vos parents qui réclament de voir Agnès et je vous promets de reprendre Reinette en main.

La reprise en main annoncée fut totale, mais n'alla pas dans le sens que Camille attendait. Au premier regard qu'échangèrent le bébé et Reinette, ce fut le coup de foudre. Il sembla même qu'Agnès se fît si gigoteuse face aux deux mains que lui tendait la petite bonne qu'elle aurait échappé aux bras de sa mère si celle-ci n'avait cédé en recommandant :

— Ne la lâche pas, au moins. Tu verras, elle pèse.

Recommandation doublement superflue : Reinette ne comptait plus les frères et sœurs qu'elle avait maternés pour soulager sa mère ; de plus, l'osmose se fit en l'instant, Agnès se nicha contre la plate poitrine de Reinette et, s'y trouvant bien, s'endormit.

Dès lors, il ne fut plus question de reléguer la servante aux travaux ménagers, elle serait entièrement au service d'Agnès et pour cela Madeleine n'eut plus recours à ses robes défraîchies pour vêtir Reinette mais lui acheta deux tenues de nurse qui, si elles n'avaient pas le pouvoir de flatter la silhouette androgyne de l'adolescente, la hissaient d'un cran dans la hiérarchie du personnel de maison. Une sacrée promotion ! Elle se paya même le luxe d'aller dans sa famille avec son uniforme pour son jour de congé. Si sa mère s'émut aux larmes et sa jumelle se prit à l'envier, le père, fidèle à ses manières frustes, laissa tomber :

— La bécasse qui se laisse amadouer par des chiffons de nonne plutôt que réclamer une paye meilleure !

La remarque glissa, sans la blesser, sur les épaules de Reinette qui n'en pensait pas moins ; à tout prendre, qu'avait-elle à faire d'un salaire qu'elle ne voyait jamais, alors que son statut de nurse la comblait, et l'uniforme avec ?

En retrouvant sa patronne, la maison de la pinède avait renoué avec l'agitation ordinaire d'une demeure d'ingénieur. Les après-midi très féminins de son épouse voyaient une noria de calèches monter le raidillon qui y menait. En descendaient, capotes et capelines, robes à tournure et falbalas qui se pressaient dans le salon où les bavardages allaient bon train. Carina servait le thé avec maestria, tout comme elle s'acquittait des travaux ménagers avec célérité. Cette veuve d'un mineur piémontais avait été placée très jeune chez des bourgeois dont elle s'était rapidement approprié les manières raffinées et il ne passait pas un jour sans que Madeleine Delalande se félicitât d'avoir proposé à cette femme d'une cinquantaine d'années la fonction qu'occupait Reinette.

Elle en arrivait même à soupçonner que c'était la seule gourmandise qui poussait ces dames à se presser chez elle toujours plus nombreuses, ce dont certaines ne se cachaient pas.

— Ah, ma chère, quel délice que vos biscuits aux amandes !

— Carina ne rate jamais ses *amaretti*.

— Des *amaretti*, dites-vous ? Et ceux-ci aux oranges confites ?

— Des *ricciarelli* ! Je suis comme vous, ils ont ma préférence.

Madeleine Delalande ne négligeait pas pour autant ses famille et belle-famille qui se plaignaient de ne pas reconnaître leur petite-fille d'une fois à l'autre. Agnès changeait si vite !

S'instaura alors le rituel du lundi, jour de foire des Alaisiens, lesquels se muaient ce jour-là en *fierejaires*, simples badauds ou frénétiques acheteurs que ni la bise glacée d'hiver ni le soleil ardent d'été n'aurait fait renoncer à cette immersion dans une foule hétéroclite.

Ces matins-là, Madeleine se coiffait d'un chapeau à longue voilette dont elle se drapait le visage, enfilait des gants et grimpait dans le train de dix heures, suivie de Reinette portant au bras Agnès. Si le « taureau de fer » rebutait toujours grand-père Augustin, il n'en était pas de même pour le bébé qui battait des mains en arrivant à la gare et dont la bonne humeur ne s'émoussait jamais tout le long du trajet. Le train, pour Agnès, devenait un joujou familier, toujours plein de surprises rigolotes comme les coups de sifflet du chef de gare auxquels répondaient ceux de la locomotive, ou bien de rencontres improbables, un chat dans un panier qui miaulait sa détresse et vers qui elle tendait sa menotte, un enfant turbulent jouant avec la porte du compartiment auquel elle adressait d'aguicheuses risettes.

Rien de plus plaisant aussi que cette machine lancée à près de trente-cinq à l'heure qui les emmenait à Alais ! Agnès prit goût, dès cette époque, aux voyages en train.

Si Madeleine arrivait pimpante en gare d'Alais, il n'en allait pas de même d'Agnès ni de Reinette. Les petites mains de l'une, fureteuse en diable, noires de poussière de charbon, avaient copieusement maculé la robe, la cape et la coiffe nouée sous le menton de sa nounou si bien que Germaine Michaud qui attendait les voyageuses dans sa jardinière ne se privait pas de houspiller Reinette d'injustes remarques :

— Ma pauvre fille, dans quel état tu es ! Une vraie souillon !

Puis elle se tournait vers sa fille :

— Quel besoin as-tu de vêtir cette fille de blanc ? Crois-tu qu'elle s'occuperait moins bien de notre petite Agnès dans un sarrau de grosse toile noire ?

Madeleine haussait les épaules. Elle ne se sentait plus à l'âge des remontrances et n'était pas venue pour cela ; de plus, elle avait abandonné l'espoir que sa mère comprenne qu'il en était ainsi dans la société où elle évoluait. On n'était plus à la campagne, que diable !

Reinette, elle, ne prenait pas ombrage des réflexions de madame Michaud, dont l'âme campagnarde affleurait sous une fine croûte de vernis gomme. Il régnait au mas Michaud un esprit bon enfant dans lequel la jeune nounou se coulait avec aisance. Après le repas autour de la grande table où Augustin Michaud avait toujours souhaité que son personnel prît place, chacun allait vaquer à ses occupations. Reinette veillait sur la sieste d'Agnès avant d'aller la promener dans le vieux landau de sa mère exhumé du grenier, tandis que Pétronille, Augustin et leur fille, dans leurs plus beaux atours, arpenteraient les grandes artères de la cité cévenole.

Son jour de foire donnait aux Alaisiens le sentiment avéré d'habiter dans une cité animée, vivante, commerçante, où l'argent circulait d'une bourse à une main, d'une main à un tiroir-caisse et de ce tiroir à un coffre de banque, et tout cela aussi prestement qu'une manipulation de prestidigitateur. Une ville de travail comme l'était Alais, c'est couru, était une ville d'affaires, de transactions grandes ou petites, une ville pour tous, riches ou besogneux, paysans ou citadins, dans un mélange joyeux et coloré, dans une débauche de marchandises propres à satisfaire toutes les bourses.

D'ailleurs, chaque fois Madeleine s'en faisait la remarque : dans la population alaisienne, le clivage était moins évident qu'à La Grand-Combe.

En habitué, monsieur Michaud laissait sa jardinière aux Prés Rasclaux chez un tonnelier et ami, le compère Nadal.

— Tu me la surveilles, hein, Nadal ? Et tu donnes aussi un picotin d'avoine à Goulu, il ne te le refusera pas.

Puis ils passaient tous trois le pont Vieux et Augustin se dirigeait vers la Chaussée, une voie surélevée, large et asphaltée qui protégeait la ville des dévastatrices crues du Gardon. Poursuivant dans cette direction, il savait, autour des outils agricoles, rencontrer des viticulteurs comme lui. Avec les plus familiers, il passerait un bon moment à la terrasse du café Gambrinus, où il siroterait un verre de Suze ou se réchaufferait d'un champoreau. Les dames, elles, avaient filé droit une fois franchi le pont Vieux et l'immersion avait été immédiate, la foule les avait happées, les menait ici et là, au gré des vagues humaines qui leur faisaient l'effet d'être sur un manège.

— Là ! Là, maman ! Regardez ces chapeaux ! Venez, approchons-nous.

Madame Pinson, la redoutable modiste de chez qui personne ne sortait sans un achat, avait déménagé sa boutique sur le trottoir, si bien que, du haut de leurs marottes formatées, les bibis, capotes, charlottes, toques et autres capelines faisaient aux élégantes des clins d'œil aguicheurs.

S'approcher. Vite dit ! Mais comment se frayer un passage jusqu'au Graal alors qu'une opportune démonstration de montage de plumes sur fil de laiton, dit *à la minoche*, par une habile plumassière, captivait les regards ? Elles y parvinrent enfin et madame Pinson joua pour elles son grand jeu d'autant que la naïve Pétronille lui avait servi des arguments sur un plateau d'argent.

— Un baptême pour très bientôt ? Mais c'est formidable ! Fermez les yeux, j'ai ce qu'il vous faut, chère madame.

Madame Michaud ne se hasarda même pas à donner son avis ; lorsqu'elle eut l'autorisation de se regarder dans le triple miroir articulé, elle était coiffée d'une calotte boule en mélusine à larges bords, dont l'un était orné de quatre plumes de faisan au milieu desquelles était piqué un colibri.

La vente était faite. Pas une seconde à perdre. Madame Pinson posa un tambourin de tulle rose, garni de fleurs et doté d'une voilette, sur la tête de Madeleine.

— C'est vous la jeune maman ? J'en étais sûre ! Non, non, ne dites rien. Ce n'est pas vous qui avez choisi ce chapeau, c'est lui qui a repéré la tête qui le mettrait le plus en valeur. Ah, mais vous êtes sublime !

Le corps las, la tête enfiévrée de bruit, les yeux éblouis de mille et une choses, Madeleine avait hâte de s'en retourner conter aux *damettes* de La Grand-Combe les merveilles de la dernière mode et déballer, sous le regard indulgent de Camille, ses somptueux achats.

3

Jusqu'à ce 22 juin 1880, désormais inscrit dans sa mémoire, Madeleine Delalande n'avait connu que l'endroit du décor de la vie des femmes étroitement liée à celle de la Compagnie des mines.

L'envers allait lui exploser au visage juste avant midi. L'église, d'ordinaire et parce que c'était son rôle, sonnait les heures, appelait à l'office, carillonnait mariages et baptêmes, saluait la Sainte-Barbe et accompagnait de son glas les enterrements. Depuis son union avec Camille et son installation à La Grand-Combe, Madeleine n'avait jamais eu à frémir au son du tocsin qui jeta, en quelques minutes, toute la population de la commune sur le plateau de Bouzac, centre névralgique de la cité minière.

Alors elle se souvint, la montagne avait tremblé une heure auparavant, lui arrachant un petit cri. Carina était arrivée, blême, de la cuisine et avait demandé, une main sur la bouche :

— Madame a ressenti, comme moi ?

— Oui… enfin, je ne sais pas. Il m'a semblé que le sol vibrait…

— Parfois, la terre se révolte… avait grommelé la servante en retournant à ses fourneaux.

Plus rien, ensuite, ne se produisit jusqu'au son de cloche qui s'éleva dans l'air. Il se voulait appel, il se voulait prière, il se voulait espoir mais ne réussissait qu'à semer la panique, faire battre plus fort les cœurs et sourdre les larmes au coin des yeux.

Dans un premier temps, Madeleine envoya Carina aux nouvelles. La Piémontaise revint deux heures plus tard avec l'information la plus facile à communiquer à sa patronne :

— C'est la galerie Sainte-Barbe qui est concernée.

— Concernée en quoi ? Avez-vous demandé à voir monsieur ?

— Je me suis difficilement frayé un chemin jusqu'aux bureaux des ingénieurs, atermoya Carina.

— Mais vous y êtes parvenue ou non ? s'impatienta la jeune femme.

L'angoisse qui gagnait sa mère déjà trouvait un écho chez la petite Agnès d'habitude paisible que Reinette n'arrivait pas à occuper malgré ses nombreux joujoux, poupées de chiffon ou sujets sur roulettes dont sa chambre était encombrée. Sans cesse elle tiraillait la robe de sa mère en chouinant.

Carina n'avait pas le beau rôle, mais elle n'était pas femme à se dérober, elle devrait lâcher le morceau à un moment ou un autre, alors autant trancher dans le vif. Elle se lança :

— Je suis parvenue à me glisser dans un groupe qui prenait à partie un homme imposant que je reconnus pour l'avoir servi à votre table. Ceux qui l'interpellaient me confirmèrent qu'il s'agissait de monsieur Raffin…

— Et mon époux était avec lui, bien sûr ?

Ce n'était pas une demande, mais un cri.

— Monsieur Delalande avait dû descendre dans la fosse à la demande d'un maître-mineur ; ses conseils feraient ou non poursuivre l'abattage dans un chantier qui donnait du fil à retordre.

— Nooooon ! hurla Madeleine avant de s'abattre dans les bras de sa servante qui fit signe à Reinette d'éloigner la petite.

La longue attente commença. Qu'elle soit vécue dans les maisons, dans les rues, sur les places ou sur le carreau de la mine, l'angoisse des femmes était partout la même. Qu'elle s'exprime en cris et imprécations ou qu'elle soit une fervente et silencieuse prière adressée au ciel, leur souffrance était la même.

Il était comme ça, le peuple des gueules noires. Râleur, hâbleur, capable de furie, la tête aussi dure que la roche sur laquelle ripait la rivelaine, mais soudé par une force invincible dans l'adversité, une fraternité à toute épreuve.

Au soir de cette journée de cauchemar où le brasier du grand poussier avait enflammé les entrailles de la terre, la mine recracha les hommes que le matin même elle avait avalés. Bonne fille, elle n'en garda pas un, se satisfaisant de laisser sur certains une empreinte indélébile en guise d'avertissement, des brûlures aux bras, aux jambes ou au torse, de nombreuses estafilades dues à la chute des boisages. A tous, une forte commotion.

Lucide tout au long des événements, l'ingénieur Delalande accusa le coup avec un comportement qui forçait le respect ; il avait refusé qu'on le remontât tant qu'un seul de ses hommes n'avait pas encore refait surface. Il n'avait pas cédé à la panique, donnant des ordres précis d'évacuation prioritaire, de premiers soins à dispenser à ceux qui perdaient leur sang et prenant le temps de rassurer les plus jeunes ou les moins aguerris qui braillaient leur trouille d'être ensevelis. Il ne consentit à se faire ramener chez lui qu'une fois tous les jetons comptabilisés, il était las et pourtant ne se leurrait pas : il n'en avait pas terminé avec cette affreuse journée. Il lui restait à affronter la peur de Madeleine.

Il était loin d'imaginer pareille hystérie. Elle s'élança sur lui, l'étreignit avec passion puis le repoussa avec violence et martela son torse de ses poings rageurs ; le désordre de ses sentiments dictait l'incohérence de ses gestes, folle tantôt d'amour, tantôt de haine et de colère. Contre qui ? Elle n'aurait su le dire, englobant dans son rejet l'homme et sa fonction, la mine, La Grand-Combe, cet univers de misère et d'opulence mêlées qui cachait bien son jeu : faire souffrir ceux qui de près ou loin en étaient dépendants.

A bout de pleurs et de cris, elle s'effondra dans un fauteuil en se libérant de ce qui avait accentué sa peur :

— Et moi, moi pauvre femme qui porte en mon sein un pauvre orphelin !

— Que dites-vous, Madeleine ? Quelle nouvelle folie...

— Ah, vous me croyez folle ! C'est pourtant bien vrai que j'attends un enfant...

— Et vous ne m'en disiez rien ?

— Cela méritait une autre mise en scène que cette mascarade...

Camille éclata d'un rire neveux. Il venait de croiser son visage dans un miroir du salon. Le mot de son épouse était juste, une mascarade que ce visage noirci, ces sourcils grillés, ces vêtements maculés, mais quelle joyeuse mascarade !

Sa fatigue envolée comme par magie, il souleva Madeleine qui jouait encore la récalcitrante et la fit tournoyer.

— Un enfant ! Madeleine, je vous aime !

Doublement inscrit donc, ce 22 juin 1880, sur les tablettes de la famille Delalande. Commencée dans l'enfer, la journée se terminait au paradis.

Malgré tout, Madeleine n'en démordait pas, elle ne voulait pas vivre, ne serait-ce qu'une seule journée de plus, à La Grand-Combe, cette cité née pour et par la mine !

— Je ne vous savais pas capricieuse, mon aimée. Raisonnons un peu, voulez-vous ? Vous savez que j'aime mon travail, qu'il me donne de grandes satisfactions même s'il me réserve des moments plus pénibles comme ce fut le cas récemment. Que dirait-on d'un homme qui renâcle au premier écueil rencontré ? Ce serait faire offense aux mineurs qui, dès le lendemain, sont descendus dans la fosse, plus vaillants que la veille.

— Je n'y peux rien, c'est plus fort que moi.

Elle était fébrile, se frottait nerveusement les mains comme pour en ôter de la poussière imaginaire, les yeux constamment noyés de larmes.

Finalement, Camille se disait qu'il avait été plus aisé de gérer la crise du grand poussier que la tempête familiale attisée par une Madeleine forte de son bon droit et auréolée d'une nouvelle grossesse. Et lui qui rêvait d'un fils ! Il allait devoir se montrer diplomate, avancer des promesses, gagner du temps. C'était méconnaître Madeleine et surtout la pression qu'exerçaient sur elle Pétronille et Augustin chez qui elle s'était réfugiée avec sa fille et Reinette. Encore que monsieur Michaud gardât les pieds sur terre tout en prodiguant ses conseils :

— Tu ne peux nier, ma petite fille, que ton mari a une situation enviable, qu'il te fait une belle vie, que vous vivez dans l'aisance, je dirais même dans l'opulence…

— Vous oubliez, papa, les risques de son métier.

— Quel donc n'en comporte pas ? Crois-tu qu'un paysan n'est pas à la merci du cheval qui s'emballe en faisant les labours ? Que le couvreur ne risque pas de glisser d'un toit qu'il est en train de rafistoler ? Que le conducteur d'une patache qui…

— Tu ne vas pas comparer, mon pauvre Augustin ! ricana Pétronille, vent debout.

— Comme si tu savais la valeur du travail, ma pauvre Pétronille ! lui rétorqua son époux avec arrogance.

— Papa, maman, vous n'allez pas vous disputer, tout de même ? C'est de moi qu'il est question, d'Agnès et du bébé que j'attends, nous avons le droit de vivre dans la sérénité.

— Alors tu vas rester ici jusqu'à la naissance, tu laisseras ainsi à ton cher Camille le loisir de réfléchir à un avenir à votre convenance à tous.

Madeleine ne doutait pas que ses parents l'accueillissent à bras ouverts ; elle savourait cependant le fait de se l'entendre dire. Elle n'apprécia pas, en revanche, la sage recommandation de son père.

— Tu vas commencer par écrire à ton mari pour lui dire que tu te reposes chez tes parents où il sera toujours le bienvenu. Tu ne peux décemment pas priver un père de sa fille…

Agnès avait échappé à la surveillance de Reinette et faisait opportunément irruption dans la conversation des grandes personnes en réclamant :

— Papa ! Où il est, mon papa ?

Augustin écarta les bras à cette évidence en disant :
— … et une petite fille de son papa chéri !

Camille l'avait compris, son épouse ne reviendrait pas vivre à La Grand-Combe. Du moins, pas de sitôt. Après avoir longuement médité sur la puérilité de Madeleine – franchement, sa réaction manquait par trop de pondération, de sagesse ! –, s'en être irrité, avoir opposé un silence boudeur à ses missives, il se prit à songer combien la maison était vide sans elle, sans sa présence aérienne, et surtout sans le babil de la petite Agnès qu'il prenait plaisir à faire sauter, le soir, sur ses genoux.

Au bout d'une semaine, sa résolution était prise qu'il alla exposer à la jeune exilée. Une mutuelle rancune les empêcha de s'étreindre avec passion comme ils en avaient tous deux le désir et qui se lisait dans les regards furtifs qu'ils échangeaient. L'atmosphère se détendait cependant au fur et à mesure que Camille exposait son projet.

S'il avait été ferme quant au métier pour lequel il était formé et qu'il exerçait avec bonheur, n'en déplaise à certaines personnes, il pouvait comprendre que la cité minière où l'appelaient ses fonctions actuelles laissât un trop mauvais souvenir à son épouse. Aussi promit-il de mettre tout en œuvre pour trouver un poste équivalent à Alais qui, pour être la capitale du bassin houiller, était aussi une ville fleurant bon la petite bourgeoisie à laquelle tout un chacun rêve en secret d'appartenir.

Madeleine sut se montrer diplomate.

— Cela n'enlèvera pas l'épée plantée dans mon cœur chaque jour où vous serez en danger, Camille, néanmoins j'essaierai d'ériger, par mon amour, un rempart au malheur.

Quelques mois plus tard, alors qu'en tous ses déplacements Madeleine se faisait précéder d'un ventre pointu qui annonçait la proche fin de son terme, Camille fit irruption au mas Michaud en brandissant comme un trophée deux dossiers conséquents. Les yeux arrondis de son épouse demandaient une explication... qu'elle soupçonnait en partie.

— Cela, ma toute belle, est ma nomination officielle en tant qu'ingénieur en chef aux houillères de Rochebelle.

Le regard pétillant de Madeleine s'assombrit quelque peu. Rochebelle. Elle ne connaissait, de ce quartier d'Alais séparé de la ville en soi par une large courbe du Gardon, que sa réputation. Il était gris. Partout. Avec ses terrils appelés crassiers pour les poussières qui s'en dégageaient au moindre coup de vent, ceinturés par cette forêt du Rouvergue au sous-sol carbonifère. Devrait-elle, après y avoir séjourné sur son versant nord, vivre le reste de son existence sur ses pentes sud où fleurissaient, ne lui déplaise, les pimpantes demeures du personnel encadrant des Houillères ?

— Et ceci, poursuivit Camille sans attendre, c'est une promesse de vente... ou d'achat, selon comme l'on se place. J'ai pris une option avant de vous la faire visiter, car je sais qu'elle obtiendra tous vos suffrages, sur une maison nichée sur la colline du Bas-Brésis, le paradis des Alaisiens.

— Une maison à nous ? Mais comment… ?

— J'avais des économies, ma chère, et mon père a voulu se montrer généreux. Une affaire entendue, également, avec la Compagnie. En refusant d'être logée par elle, je ne perds pas mes droits aux avantages, chauffage, transport et personnel de maison.

— Nous pourrons garder Carina ? C'est une perle…

— Non, elle ne veut pas quitter La Grand-Combe, c'est son choix. De plus, il ne s'agit plus des mêmes employeurs. Peut-être en sera-t-il de même avec Reinette dont nous devrons nous séparer ?

— Reinette ? Mais ce n'est pas possible ! Elle ne parle que du bébé dont elle aura à s'occuper.

— Bon, bon, je vais essayer d'arranger ça. Alors, heureuse, ma chérie ?

— Comblée, mon cher amour ! Allons voir la maison.

Elle la vit, elle dit oui et n'eut qu'une envie, emménager et vite ! Mais elle dut surseoir à ce désir car un autre impératif l'obligea à la patience : à peine l'acquisition de la villa entérinée par le notaire, l'enfant qu'elle portait frappa impérieusement à la porte de la vie.

Grand branle-bas de combat au mas Michaud ! Rien – ou si peu – n'était prêt pour l'événement.

— Rien ne presse, ça porte malheur ! arguait Pétronille, peu encline à tricoter brassières et chaussons.

— Faut dire que ça te sert bien, ces superstitions d'un autre âge ! se gaussait Augustin qui n'avait plus d'illusions sur le caractère nonchalant de son épouse.

L'effet de surprise vint de Reinette qui, devant Camille Delalande relégué aux attentes fébriles des futurs papas, déballa tout un trousseau par elle tricoté.

— Comment sais-tu si ce sera un garçon, Reinette ? s'extasia Camille Delalande devant cette avalanche de laine bleue.

— Madame en est persuadée. Rien à voir avec sa première grossesse.

— C'est elle qui t'a commandé tout cela ?

— Oh non, je voulais lui en faire la surprise.

— La laine, tu l'as achetée ?

— De temps en temps, monsieur Augustin me demande un petit service en cachette de madame Pétronille… et il me glisse la pièce.

Un frisson glacé glissa le long du dos de Camille. Son beau-père, un suborneur de jeune bonne, de cette innocente Reinette !

— Que… que te demande-t-il ?

— De lui couper les cheveux et d'épointer sa moustache. Il dit que je le fais mieux que son barbier et que c'est moins cher.

Camille partit d'un grand éclat de rire soulagé, incongru dans cette maison, à l'heure où le temps s'était arrêté sur les souffrances de Madeleine. Il empoigna Reinette et lui colla deux grosses bises sur les joues en lui disant :

— Tu es une belle personne, Reinette. Il faudra te trouver un mari qui sache apprécier tes qualités.

— J'en veux fichtre point, d'un homme ! se lâcha la jeune fille, oublieuse dans cet élan de sincérité des leçons de madame Madeleine.

Dans la pièce à côté aux murs fraîchement chaulés et au mobilier rustique, besognait la sage-femme en attendant le médecin qui, avait-il fait dire, était en route. Draps et serviettes, sortis à profusion des armoires, s'empilaient sur la table.

Le médecin de la famille Michaud, un patriarche qui avait aidé à mettre au monde Augusta et Madeleine, puis tout récemment la petite Agnès, avait toute la confiance de Pétronille, en dépit des remarques de Germaine Delalande qui ne se privait pas pour préconiser une médecine jeune et des accouchements en milieu hospitalier plus à même de pallier les complications toujours imprévisibles.

C'est dire si les conversations qui avaient accompagné la grossesse de Madeleine participaient à un sentiment de totale sécurité pour la future accouchée. Il en allait ainsi en cette fin de siècle tourné vers le progrès, mais si frileux encore à lui faire confiance.

Tout le temps que dura la lente descente vers la vie du second enfant du couple Delalande, Reinette fut invitée à tenir la petite Agnès hors de la maison, les cris de sa maman qui exprimait sans retenue les douloureux bouleversements de son corps n'auraient pas manqué de choquer la fillette sensible à toute expression de sentiments. Agnès riait à la joie des autres et pouvait pleurer à leur chagrin sans saisir les raisons de l'une ou de l'autre. Par chance, les abords du mas Michaud offraient des abris ombragés sous d'exubérants mûriers, autant de terrains de jeu parfaits l'été quand frappait le soleil d'août et l'hiver quand le vent froid ébouriffait les têtes en cheveux.

De ce même extérieur où l'on avait invité Camille Delalande et son beau-père à tuer le temps, les deux hommes tendaient l'oreille aux bruits venant de la maison. Ils pouvaient, en les identifiant, imaginer la progression des efforts de Madeleine.

A un moment donné, il fut palpable qu'ils étaient à leur paroxysme et Camille souffrait avec elle. Ce fut ensuite, et pour un temps qui leur parut interminable, un silence profond comme un aven, plus lourd que le plomb et beaucoup plus angoissant que les cris et les gémissements qui l'avaient précédé.

Et puis, au grand soulagement de toute la maison qui sembla exhaler un soupir libérateur, un petit miaulement frissonna dans le silence de cathédrale. Tout, alors, se précipita, les pas pressés, actifs, de la sage-femme, mesurés et précis du docteur et ceux, pesants, conditionnés au corps alourdi qu'ils portaient, de Pétronille.

Camille n'avait qu'une envie, faire irruption dans la chambre, bousculer tout le monde et prendre dans ses bras le petit Evariste, son fils dont le miaulement de chaton lui avait fait l'effet d'un rugissement de lionceau. La bienséance le retint. Madeleine prisait si peu d'être surprise à sa toilette ou seulement en négligé !

Evariste ! Quel bras de fer n'avaient-ils pas engagé quand il fut question de trouver un prénom à l'enfant à venir ! D'emblée, Madeleine avait éloigné l'éventualité d'une autre fille, aussi ne fut-il question que d'un prénom masculin. Défilèrent alors les ancêtres des deux familles et, comme la défunte mère de monsieur Michaud avait emporté la mise avec Agnès, le père de Germaine Delalande, feu le capitaine de vaisseau Evariste Soltz, âprement défendu par Camille, fut définitivement retenu.

Dieu qu'il lui tardait de tenir dans ses bras l'héritier du nom, celui à qui il apprendrait à devenir un homme !

Enfin la porte s'ouvrit. En deux enjambées, Camille se trouva près du lit où reposait Madeleine, encore pâlotte mais vêtue d'une vaporeuse chemise de nuit, les épaules couvertes d'un paletot en léger plumetis. Tout près d'elle, sur un oreiller de dentelle, vêtu de bleu mais entortillé dans une couverture blanche, le bébé dormait à poings fermés.

Un mouchoir à la main en prévision des larmes qu'elle ne manquerait pas de verser, Madeleine désigna l'enfant à son mari :

— Je vous présente notre petite Eva, mon cher époux. Une petite fille qui m'a causé bien des tourments.

Oui, vraiment, le mouchoir fut nécessaire à évoquer le « mal joli » qu'elle avait enduré. Sans laisser à Camille le temps d'assimiler la déception et de se recomposer un visage ravi, Auguste Michaud joua des coudes.

— Allons, mon gendre, faites-moi un peu de place, voyons, que j'admire à son tour cette merveille !

Il se pencha sur l'oreiller qu'il scruta attentivement puis releva la tête et pointa un doigt sur Madeleine.

— Je te soupçonne, ma fille, d'accointances avec les insectes. Naguère tu nous faisais un puceron et aujourd'hui tu te contentes d'un moustique !

Deux petits rires perlés avaient ponctué leur récit à deux voix, j'y mêlai le mien en guise d'adhésion à l'humour de ce malicieux grand-père qu'elles venaient d'évoquer pour moi.

Et pourtant, impossible de comparer ces deux vieilles dames dignes à un puceron ou un moustique. Quelle incongruité !

Il me revient maintenant, à l'heure où j'écris ces souvenirs d'enfance, la sourde irritation qui me prit contre monsieur Michaud. J'avais donné le change et souri avec elles, mais le soir, dans ma chambre, j'avais laissé libre cours à mon besoin de défendre mes deux amies.

Mentalement, j'invectivai le vieux monsieur :

« Vous n'étiez pas gentil, monsieur Michaud, avec vos petites-filles. A-t-on jamais vu un pépé se comporter comme vous l'avez fait, au risque de froisser votre gendre, ce si charmant monsieur Camille, d'attrister votre fille, la délicieuse maman d'Agnès et d'Eva ? »

Le lendemain, mon ressentiment à son égard s'était émoussé ; grand-père Michaud s'était invité dans mon rêve nocturne et m'avait murmuré à l'oreille :

« Tu n'as rien compris, fillette. Les surnoms de Puceron et Moustique se voulaient marques d'affection, et aussi mises en garde : malheur à qui ferait le moindre mal à mes petits trésors. »

Sotte que j'étais de prendre tout au pied de la lettre !

Cette genèse de leur histoire n'illustrait nullement le fruit de leurs propres souvenirs, mais il n'y paraissait rien. Elles l'avaient vécue par procuration, avaient compati aux états d'âme de Madeleine, une maman tendresse, sans jamais donner le mauvais rôle à Camille, un papa dont elles avaient fait un héros ; elles avaient simplement exposé les faits comme on les leur avait servis à l'époque. Elles n'étaient pas femmes à porter un jugement, encore moins sur leurs parents à qui elles avaient voué le même amour.

Et moi, je leur emboîtai le pas dans le regard qu'elles posaient sur une époque révolue, ne m'étonnant jamais de sa désuétude. Les calèches menant les damettes *au marché s'intégraient dans le paysage au même titre que le « taureau de fer » et son record aujourd'hui ridicule de trente-cinq kilomètres à l'heure. Le mas Michaud n'avait plus de secrets pour moi, je le voyais cerné d'un océan de vignes sur lesquelles j'imaginais une armée de pucerons exerçant leur ravage, j'entendais Augustin pester contre le mauvais sort.*

« Ils nous suceront jusqu'à notre dernière goutte de sang, je te le dis, ma pauvre Pétronille ! » rageait-il, et il n'était pas loin que je m'émusse pour lui.

— Tu dors, Bleuette ?

— Nous t'avons fatiguée avec nos histoires.

Non, je ne dormais pas ni n'étais fatiguée de leur récit, simplement je l'intériorisais, songeuse.

— Dommage, nous ne t'avons pas fait visiter notre villa du Bas-Brésis, soupira comiquement Agnès.

— Une prochaine fois… si tu reviens nous voir… me taquina Eva, cette fine mouche.

L'imaginaire album des souvenirs venait de se fermer. Je soupirai :

— Dommage. Le temps passe si vite en votre compagnie !

4

Adieu donc La Grand-Combe ! Adieu son pittoresque marché qui savait imposer le soleil à la grisaille ambiante ! Adieu aussi son église toute neuve qu'on avait voulue si grande afin qu'elle rayonne bien au-delà de la cité minière !

Un grand bonjour Alais qui avait vu naître Camille, Madeleine et leurs deux filles ! Pour le jeune couple, c'était un retour aux sources, une ville de plaisirs avec ses promenades, ses jardins, ses commerces, ses distractions théâtrales et ses soirées mondaines ; pour leurs filles, l'assurance de grands-parents gâteaux qui ne demandaient qu'à leur ouvrir tout grands les bras ; en résumé, une ère de bonheur sans tache s'annonçait.

Le départ de ses patrons fit craindre un instant à Reinette la fin de cette sinécure qu'était son statut de nounou auprès d'Agnès. Sans se projeter dans une place pérenne – les petites gens comme elle savaient par atavisme combien leurs desiderata pesaient peu dans le choix des patrons –, la jeune fille avait espéré rester encore un temps au service de la fillette pour la conduire et la ramener de l'école d'ici quelques années ; or, l'arrivée d'Eva et la prière conjointe des époux lui entrouvrirent un nouvel horizon.

— Cela te conviendrait-il, Reinette, de rester pour t'occuper de nos filles ?

— Oh oui, monsieur !

— Attends car ce n'est pas si simple, il te faudrait pour cela quitter la Compagnie des mines de La Grand-Combe. C'est nous alors qui serions tes employeurs. Combien te payait-on ?

— Rien ! Enfin, moi rien, c'est mon père qui touchait les cinq francs de ma paye chaque quinzaine. C'est sûr qu'il tordra le nez s'il ne les touche plus.

— Ecoute, Reinette, madame et moi nous sommes conscients du travail que cela représente, un enfant de trois ans et un petit bébé ; pour cela, nous doublerions ton salaire, ton père n'y perdra pas, qu'en dis-tu ?

Reinette ne disait rien mais son esprit plus délié d'année en année faisait un rapide calcul : en donnant quinze francs chaque mois à son père, elle était assurée de son accord et, pour la première fois de sa vie, il lui resterait un pécule. Déjà Perrette s'invitait dans la tête de Reinette et bâtissait pour elle des châteaux en Espagne… à la hauteur des ambitions de la jeune nounou. Monter mois par mois son trousseau – une bru est plus appréciée si elle n'entre pas en miséreuse dans sa belle-famille –, se vêtir plus chaudement l'hiver – elle était si frileuse, encore que madame Madeleine, la générosité faite femme, la pourvoyait en châles, en mantes et matelotes, certes démodées mais point trop usées et qu'elle partageait avec Rosette sa jumelle, casée à son tour au ménage des locaux du personnel des bureaux.

Une fonction qui avait fait ricaner le père Fracinet :

— Une fille boniche, l'autre à cirer les bureaux des ronds-de-cuir... Ah, elle est brillante et surtout productive, la progéniture de Fracinet !

— Alors, c'est non, Reinette ? Notre proposition ne te convient pas ?

Combien de temps était-elle restée dans la réflexion alors qu'elle avait la réponse au bord des lèvres ?

— Oh si ! Si, monsieur ! Oui, bien sûr, madame Madeleine. J'aurais trop de peine à quitter mademoiselle Agnès et la petite demoiselle Eva qui me fait déjà des risettes. Du moins, je crois.

— Parce qu'elle ignore encore que c'est à vous qu'elle doit sa layette de garçonnet ! Quand elle saura... plaisanta Camille Delalande.

Mais, malgré lui, le ton était grinçant, il était tellement déçu de ne pas avoir eu un fils ! Une double déception même, car au lendemain de son accouchement, Madeleine, larmoyante mais péremptoire, lui annonça qu'il devrait se contenter de ses adorables filles et prier le ciel pour qu'il les lui conserve car elle ne mettrait plus un enfant au monde, ah non, plus jamais !

— Vous avez beau travailler pour les Houillères, mon ami, vous n'êtes pas comme ces mineurs, que je sache, qui n'ont de cesse de fournir des galibots sans se soucier d'épuiser leur femme ?

— Qu'allez-vous chercher là, ma très chère ? Je vous aime trop pour exiger de vous plus que vous ne pouvez me donner. Et puis, vos souffrances sont de trop fraîche date, laissons passer du temps et peut-être un jour, si le ciel le veut…

— Il ne le voudra pas ! Et moi non plus ! Jusqu'au médecin qui me l'a déconseillé.

Pour faire passer ce mensonge, Madeleine adoucit sa voix et se fit câline :

— Parlez-moi un peu de cette villa du Bas-Brésis que j'ai hâte d'agencer, de meubler, de nous y voir installés et heureux.

Attendrissante Madeleine ! Qui résisterait à de telles volontés quand elles s'accompagnent d'une certaine logique enrobée d'un enthousiasme tombant fort à propos ? Pas Camille, en tout cas, épris comme au premier jour et déjà subjugué par le regard de velours noir de sa petite dernière, si peu semblable à celui, gris clair, de son aînée.

— Comment vous décrire, ma chérie, notre future maison ? répondit-il enfin, les yeux fermés pour n'omettre aucun détail.

Puis il se ravisa, ouvrit les yeux et prit un air taquin.

— En fait, non, je ne vous dirai rien, vous la découvrirez par vous-même. N'est-ce pas mieux ainsi ? Tout ce que je peux vous dire c'est que, de la terrasse qui court le long de la façade, vous pourrez jouir d'une vue imprenable sur la ville qui s'étale à vos pieds au-delà du Gardon. Et un Gardon, je vous en fais serment, qui n'atteindra jamais, au plus fort de ses crues, le portail d'entrée de notre petit paradis.

Etait-ce calculé ou non ? Si oui, à subtile Madeleine avait répondu non moins finaud Camille. Les relevailles de la jeune accouchée qui s'étaient prolongées bien au-delà d'un délai convenable lors de la naissance d'Agnès, se virent écourtées tant la curiosité titillait Madeleine, servie, il est vrai par une santé florissante. Une seule contrainte la retenait encore de courir les magasins d'ameublement et les boutiques de décoration : les tétées d'Eva qui prenait un malin plaisir à s'endormir au sein. Mais pouvait-elle faire autrement quand le docteur, en raison du faible poids du nouveau-né, avait martelé sans ménagement, plus qu'un conseil, une exigence :

— Le lait maternel jusqu'à six mois et rien d'autre ! Compris ?

Restaient à Madeleine quelques tricheries sans conséquence, en s'assurant la complicité de Reinette. Profitant d'une fin d'après-midi attiédie par un de ces orages d'été qui font penser à l'apocalypse et qui ne sont en fait qu'une tempête dans un verre d'eau, elle pria sa mère de l'accompagner à la découverte de la merveille. Et fit ses recommandations à Reinette :

— Si Eva réclame à cor et à cri avant que je sois de retour, donne-lui un petit biberon d'eau sucrée avec trois gouttes d'eau de fleur d'oranger. J'ai prié ma mère de m'accompagner, j'ai trop hâte de découvrir enfin notre maison !

Prier Pétronille... Quel doux euphémisme ! C'est tout juste si l'épouse du viticulteur ne fut pas la plus prompte à s'installer dans la jardinière ; la curiosité donnait des ailes à cet être tout en flegme et indolence.

Le léger attelage emprunta l'étroite et très pentue rue de la Cavalerie louvoyant entre deux rangées de maisons qui s'épaulaient et, après une placette plus aérée, poursuivit son ascension jusqu'à un plateau de la colline de Brésis, par une montée qui paraissait sans fin.

— Nous montons au paradis, c'est du moins ce que m'a soutenu Camille, affirma Madeleine tout en scrutant les numéros qui s'affichaient sur les portails et les portillons. Le 36, c'est ici ! s'écria-t-elle en tirant sur les rênes.

En fait de paradis, il faudrait se contenter du purgatoire car on était loin d'avoir atteint le sommet boisé de ce poumon vert alaisien. Elle alla pousser les deux battants du portail en fer qui grinça pour la forme, dérangé dans son sommeil, et remonta dans la jardinière qu'elle fit avancer dans une longue allée bordée de buis attendant les faveurs d'un spécialiste de l'art topiaire jusqu'à une tonnelle sur laquelle courait en treille une exubérante glycine mauve. Son abondance florale était telle qu'elle occultait en partie la perspective de la maison.

Madeleine s'abîma longuement dans la contemplation de ce décor floral et en tira enfin la conclusion qui s'imposait :

— Nous l'appellerons La Glycine !

— Qui ça ? demanda Pétronille, impatiente de découvrir en son entier l'acquisition de son gendre.

— La maison, bien sûr ! Villa La Glycine.

— Mais où se niche-t-elle, à la fin, cette maison ?

— Par ici, maman, venez voir !

Madeleine avait contourné la tonnelle et restait en extase devant un pavillon carré coiffé d'une toiture à quatre pentes. Une volée de sept marches faisait accéder au balcon évoqué par Camille et sur lequel s'ouvraient deux fenêtres en plus de la porte d'entrée.

— Cher Camille, comme je l'aime ! s'exclama la jeune femme à son tour séduite par le panorama qui portait l'horizon jusqu'au mont Bouquet.

— C'est vrai qu'il a eu bon goût, consentit Pétronille.

Les deux femmes s'arrachèrent enfin à leur contemplation d'une ville assoupie dans une langueur vespérale et franchirent le seuil d'une maison plus vaste qu'elle n'y paraissait de l'extérieur. Un couloir central desservait sur sa gauche toute la partie jour qui se composait d'un salon avec sa cheminée séparé par un arc de cercle d'une grande salle à manger. Dissimulée dans la tapisserie, une porte s'ouvrait sur une cuisine de dimensions honnêtes pour peu que la petite famille ne songeât pas à y prendre ses repas.

Il fallait revenir à son point de départ pour trouver en vis-à-vis des pièces à vivre les mieux exposées un bureau que se réserverait Camille, la chambre des époux, celles de dimensions restreintes des deux petites filles et une sympathique salle de bains accompagnée des commodités. Au bout de ce couloir, des marches descendaient au sous-sol où l'on trouvait, sous un plafond qui n'excédait pas le mètre quatre-vingt, outre des caves et débarras, une buanderie et deux pièces à usage de chambres, dotées chacune d'un fenestron, où loger éventuellement le personnel. De la buanderie, une porte donnait directement sur un jardin qui avait dû être potager – la présence d'un puits fort utile aux arrosages en témoignait, mais la nature y avait repris ses droits, livrant aux herbes folles, à l'ivraie, au lichen, l'ébauche de carrés de culture bien dessinés.

— Ah, un puits ! fit remarquer madame Michaud. Tu exigeras de Reinette qu'elle redouble de vigilance. Les enfants sont curieux de tout ce qui les met en danger.

Quel oiseau de mauvais augure, cette Pétronille ! Essayer de saper ainsi la joie évidente de sa fille, ce n'était pas fair-play. Par chance, rien n'atteignait Madeleine dans le rêve éveillé qu'elle était en train de vivre : là un canapé Chesterfield et les fauteuils assortis autour d'une table de salon... du voilage blanc pour notre chambre... du rose pour les filles, oui, deux chambres identiques, un tapis peut-être devant la cheminée...

— En fait, elle n'est pas très grande... Madeleine, tu m'écoutes ?

— Vous disiez, maman ?

— Je dis qu'il manque une chambre pour que cette maison soit parfaite.

— Une autre chambre pour un autre enfant ? C'est Camille qui vous a soudoyée et vous entrez dans son jeu ? Je n'aurais pas cru cela de vous, maman.

Madame Michaud sortit un mouchoir de son sac, le porta à son nez et geignit :

— C'est à moi que je pense, à mes vieux jours, lorsque ton père qui est plus âgé que moi aura quitté ce monde. J'avais espéré les couler près de toi.

— Maman, quelles noires idées ! Papa et vous n'êtes pas des vieillards. Pour vous rassurer je peux vous dire que, quand cela sera, les filles hélas auront quitté le nid, elles seront installées à leur tour dans leur vie de femme.

Une ombre de nostalgie brouilla le visage de Madeleine. Sa mère lui avait gâté son plaisir, ses seins lui faisaient mal, elles retournèrent en hâte au mas Michaud.

Le mois qui suivit vit, autour et dans La Glycine – Camille Delalande n'avait pas vu d'objection au nom donné à leur maison –, un ballet d'ouvriers, de jardiniers, de livreurs et d'installateurs qui s'ingénièrent à satisfaire la nouvelle propriétaire. Pour ce faire, elle avait dévalisé les plus belles boutiques de la ville. Du neuf, partout ! Enfin… excepté au sous-sol où Madeleine fit installer sa chambre de jeune fille qui serait celle de Reinette ; pour l'autre qu'allait occuper une certaine madame Eugénie, femme de ménage et cuisinière de son état, il fut aisé de découvrir dans les greniers du mas Michaud un lit bateau et une commode, mobilier des aïeux dont on n'avait pas eu le cœur à se débarrasser.

Par une belle journée d'automne, Camille et Madeleine donnaient, dans leur nouvelle maison, leur première réception. Pour cette pendaison de crémaillère, ils avaient convié leurs parents respectifs, ils leur devaient bien ça, aux Michaud chez qui ils avaient élu domicile durant toute la grossesse de Madeleine, aux Delalande qui, outre une aide financière bienvenue, leur avaient déniché les meilleurs ouvriers au meilleur prix. Les deux grands-pères se disputaient pour faire sauter sur leurs genoux Agnès et Eva qu'Augustin, certainement chapitré par son épouse, fit l'effort de ne pas surnommer Puceron et Moustique. Un même effort retint monsieur Delalande père de ne pas mentionner qu'un petit Evariste, d'ici une paire d'années, serait le bienvenu pour pérenniser un nom si honorable.

Au moins autant que leurs parents, mais sans l'exprimer, les fillettes apprécièrent leur nouvelle demeure, le bébé pour son calme qui lui permettait de longues plages de sommeil jamais interrompues par la grosse voix de pépé Michaud, la petite Agnès pour cette aire de jeu aux surprises infinies que lui réservait le jardin, ses coins et ses recoins, cachettes improbables d'où la dénichait d'un air faussement courroucé la paisible Reinette.

Encore une qui ne boudait pas son plaisir ! Délestée des quinze francs qu'empochait sans scrupules son père, elle se sentait riche des cinq restants qu'elle thésaurisait avec volupté. On lui aurait supprimé son congé mensuel qu'elle n'en aurait pas pris ombrage, à condition qu'on le lui paye ; elle entendait déjà les pièces qui tombaient dans sa boîte. Puis rougissait à cette pensée peu charitable pour sa famille que, somme toute, elle aimait bien. Une fille pas compliquée, Reinette.

Une qui la voyait partir, ces dimanches-là, avec un regard humide et une moue pathétique, c'était Agnès. Aurait-elle préféré sa nounou à sa mère ? La réponse, en guise de question, était fournie par la petite.

— Tu vas prendre le « taureau de fer », dis, Reinette ?

Les voyages en train, voilà ce qu'il manquait à Agnès ! Ce qui lui manquera toute sa vie et qu'elle comblera par une collection impressionnante de cartes postales. Mais la vie n'avait pas encore dit son dernier mot.

A quelque temps de là – on était au printemps, des tapis de violettes jonchaient le sol –, la jardinière des Michaud s'engagea dans l'allée bordée de buis de La Glycine. Le mulet écumait de bave, poussé dans la montée par son propriétaire, lui-même asticoté par une Pétronille méconnaissable. Elle d'ordinaire si mollassonne ne maîtrisait plus l'adrénaline que lui avait injectée le courrier qu'elle tenait dans sa main fébrile et qu'il lui pressait de faire lire à Madeleine.

Par malchance, elle arriva en plein drame. Eva couinait, Madeleine pleurait, seule Agnès manifesta sa joie de voir ses grands-parents.

— Mais c'est qu'il grandit, mon petit puceron ! s'écria pépé Auguste en faisant sauter Agnès dans ses bras. Et ce moustique, qu'est-ce qu'il a à brailler ?

Nouvelles larmes de Madeleine qui avoua, entre deux hoquets, n'avoir plus de lait.

— Qu'on lui donne du lait de chèvre ! proposa Auguste.

— Tu es enceinte à nouveau ? s'insurgea Pétronille.

— Non et non, à tous les deux, soupira Madeleine qui n'aspirait qu'à la tranquillité.

— Mais nous voulions que tu lises la lettre de ta sœur qui...

— Plus tard, je n'ai pas la tête à...

Reinette prit sur elle d'interrompre sa patronne, une recommandation de ses débuts dans la fonction qu'elle respectait scrupuleusement.

— Si je peux me permettre, madame Madeleine, de vous rappeler que le médecin qui a mis au monde Eva a préconisé six mois de lait maternel. J'ai compté sur mes doigts, la petite en est à sept, presque huit. On pourrait essayer de ces laits en boîte vendus en pharmacie dont me disaient user les nounous à La Grand-Combe.

— Reinette, j'étais désespérée et tu me sauves la vie… et celle d'Eva… Pourvu qu'elle s'habitue !

— La faim l'aidera à s'habituer, n'en doutez pas, madame. Souvenez-vous d'Agnès qui dévorait sa phosphatine. Et surtout, n'ayez aucune honte de n'avoir plus de lait, elle vous l'a tout pris et maintenant elle veut passer à autre chose.

— Père, voulez-vous descendre Reinette chez Selme-Loquette, le pharmacien de la Grand-Rue ?

Une grosse demi-heure plus tard, une boîte de lait Nestlé offrait sa poudre crémeuse au doseur qu'y plongea Reinette par six fois et le tour était joué : Eva rassasiée distribuait des risettes de satisfaction.

Alors l'impatience de Pétronille n'eut plus de bornes et plutôt que de tendre la lettre à sa fille, elle la résuma à sa façon.

— Ta sœur nous écrit qu'elle a recouvré, dans les Alpes, la santé qui lui faisait défaut. Le bon air, l'altitude et surtout, dit-elle, les soins que lui ont prodigués les religieuses de l'abbaye de Boscodon ont fait merveille et, mieux que ça, lui ont ouvert les yeux sur une vocation qui couvait en elle. Augusta prendra le voile de novice le jour de la Pentecôte et nous sommes invités à l'accompagner sur le chemin de la foi.

— Ce sera sans moi ! décréta Michaud. Les bondieuseries…

— Père, vous m'avez bien conduite à l'autel pour mon mariage avec Camille. Augusta veut épouser Dieu, est-ce plus méprisable ?

— J'ai dit non, c'est mon droit ! Et puis votre « taureau de fer » ne m'a toujours pas convaincu. C'est une affaire classée, allez-y, vous tous, si ça vous chante !

Le « taureau de fer » ! Agnès qui jouait à quelques pas des grands sans rien perdre de leur conversation, s'invita avec aplomb :

— Moi j'y vais, et vous aussi, maman ? Et mémé ?

— Nous allons nous organiser, ma chérie, et c'est promis, tu seras du voyage.

Il en fut ainsi et Agnès ne bouda pas son plaisir malgré les contraintes d'un voyage proche d'une expédition.

Il fut convenu que Germaine Delalande viendrait s'installer à La Glycine car il n'était pas question d'emmener le bébé. Ce à quoi la grand-mère sollicitée consentit de bon cœur, elle n'avait pas si souvent le loisir de profiter de ses petites-filles – le commerce bien sûr qui se révélait une bonne excuse et surtout la préférence affichée de sa bru pour la maison de ses parents qui n'était plus à démontrer.

Ainsi donc rassurée quant à la petite Eva qui ne serait en rien dérangée dans son quotidien, Madeleine confia l'organisation du voyage à son époux qui avait pris quelques jours pour chaperonner ces dames. Billets de train, réservations d'hôtel, de fiacre car l'abbaye était isolée, en homme consciencieux, Camille Delalande ne laissa rien au hasard. Son front plissé intrigua son épouse.

— Quelque chose vous chiffonne, Camille ?

— La longueur du trajet, cela m'inquiète pour Agnès.

En quoi il avait bien tort ! La fillette, quatre ans et demi, n'oublierait jamais le périple qui avait enchanté sa petite enfance ; ni les paysages qui défilaient à la fenêtre du compartiment, ni les arrêts bruyants dans les gares, ni les changements, nombreux, qui mettaient mémé Pétronille en émoi, la faisaient ahaner comme lestée d'un énorme fardeau alors qu'elle n'avait que le souci de son chapeau et de son sac, ni les montagnes couronnées de neige.

Sa tante Augusta, dont elle faisait la connaissance, lui fut présentée comme la mariée du jour : elle allait épouser Dieu.

Le goût déjà très prononcé d'Agnès pour la toilette lui fit tordre le nez et la réflexion qu'elle fit à son père, durant le trajet de retour, provoqua l'hilarité du compartiment.

— J'espère, mon papa, que vous ne regarderez pas à la dépense pour ma robe de mariée. Je n'en voudrais pas une comme celle de tata Augusta !

5

Une petite enfance heureuse d'enfants nés avec une cuillère d'argent dans la bouche. L'attention, mieux que la surveillance, d'une nounou qui redoutait le jour inéluctable où elle devrait les quitter. Une maison confortable et un jardin où il faisait bon s'ébattre, faire des galipettes. Pour parents, un couple uni, aimant, qui jamais n'élevait la voix, jamais ne s'irritait contre elles.

Pourquoi l'aurait-il fait, d'ailleurs ? Jamais la moindre dispute ni la plus infime chamaillerie ne venaient troubler les jeux des fillettes. Jamais le sentiment de jalousie ne s'instaurait chez l'une en raison des compliments faits à l'autre et vice versa.

Indéniablement, Agnès et Eva avaient la vie charmante de petites filles au caractère doux sans tomber dans la mièvrerie, curieuses sans indiscrétion, vives et pétillantes sans pour autant ressembler à des diablotins en jupons.

Si leurs goûts vestimentaires différaient – à Eva la brunette le rouge et l'orangé seyaient comme un gant tandis que les coloris pastel, sans l'affadir, convenaient au teint clair et rosé d'Agnès –, l'uniforme de l'école des sœurs du Pansèra, du gris de la tête aux pieds, aligna les fillettes au même rang que les gamines de Rochebelle, un faubourg ouvrier, sans qu'elles se prévalent d'une situation de privilégiées. Ce qui pourtant ne pouvait passer inaperçu.

Reinette avait sacrément redouté le passage des demoiselles de la petite enfance au statut d'écolières et puis, à la place du souffle glacé d'un remerciement pour bons et loyaux services, le zéphyr alléchant d'une nouvelle proposition vint à propos pour apaiser ses craintes.

Il n'y paraissait plus de la gamine chétive et timorée envoyée au service de l'ingénieur Delalande. Dix années s'étaient écoulées, qu'elle avait mises à profit pour dégrossir avec bonheur ses manières et son langage, pour discipliner ses cheveux dans une sage coiffure à bandeaux qui dégageait son front étroit. Sa dextérité au tricot comme à la couture, reconnue par sa patronne, lui faisait ajuster à son corps désormais doté de formes moelleuses les vieilles toilettes de Madeleine, quand ce n'était pas celles de Pétronille. Reconnaissante mais aussi bonne fille, après avoir porté deux ou trois fois ces dernières, elle les donnait à sa mère et madame Michaud n'y voyait que du feu.

La lente transformation de la nounou des demoiselles Delalande, si elle n'avait que peu surpris ses patrons, n'avait pas laissé indifférent un jeune ouvrier agricole travaillant dans les vignes du père Michaud et qui s'arrangeait toujours pour lui rendre quelques services. Descendre les marches de la terrasse en soulevant le landau d'Eva. Porter le panier à linge jusqu'à l'étendoir. Cueillir pour Agnès et sa nounou les deux premières grappes de raisin mûr à point. Autant de prévenances que Reinette acceptait tout en devinant le jeu du jeune homme, qui la laissait indifférente. Lui comme les autres, d'ailleurs, qui la sifflaient dans la rue.

Pas un qui fît battre son cœur. La preuve, à vingt-quatre ans, Reinette attendait encore le prince charmant.

Le destin, par l'entremise de Madeleine Delalande, allait mettre fin à une attente qui n'en était pas une.

— Reinette, cela me coûterait de me passer de toi, et à mes filles plus encore, tu peux me croire, commença Madeleine, en faisant blêmir la nounou. Pourtant, cette année Eva entre à la grande école, Agnès sera dans la classe des cours moyens, à part les conduire le matin au Panséra et les ramener le soir après l'étude, je me creusais la tête pour remplir tes journées et j'ai trouvé ! Grâce à ma belle-mère, je l'avoue.

Le front de Reinette se plissa, sa bouche s'entrouvrit pour se refermer aussitôt ; il n'était pas question d'interrompre madame qui lui avait fait si souvent la leçon sur ce point de politesse.

— Dans l'immeuble de mes beaux-parents, deux étages au-dessus du leur, sous les toits, est installée depuis quelques années une jeune couturière en chambre dont la clientèle commence à s'étoffer grâce au qu'en-dira-t-on, au point qu'elle prend du retard dans ses livraisons. Refuser des commandes et respecter les délais ou embaucher une petite main ? Elle optera pour la seconde solution si le travail fourni est à sa convenance. Je me suis avancée en vantant la finesse de tes points, ton excellence dans la délicate finition des boutonnières brodées ou passepoilées, les broderies que je t'ai vue exécuter sur les mouchoirs des filles…

Et voilà, Madeleine Delalande n'avait plus besoin de ses services et cherchait à se débarrasser d'elle avec élégance ! Reinette était à deux doigts de pleurer. Et restait muette car Madeleine poursuivait, apparemment satisfaite de la proposition qu'elle allait énoncer :

— Alors, voici ce que monsieur Delalande et moi avons à t'offrir. Tu restes toujours à notre service, logée et nourrie. Nous reparlerons de ton salaire. Ton travail consistera, les jours de classe, à accompagner nos filles le matin à l'école et à aller les y chercher le soir, et le jeudi tu les mèneras au catéchisme et à leur leçon de musique.

— Il n'y a rien de changé, alors ? ne put s'empêcher de se réjouir la jeune fille.

— Ce qui change, Reinette, c'est qu'après avoir déposé Agnès et Eva, tu iras travailler chez mademoiselle Rosine, la couturière dont je viens de te parler, et ce jusqu'à l'heure de récupérer mes filles. Tu conserves toujours un dimanche mensuel.

— Mais… mais, madame est sûre que je ferai l'affaire ?

— Tu auras une semaine pour montrer ce dont tu es capable.

— Alors je veux bien essayer. Au fait, elle me payera, votre demoiselle Rosine ?

— Dans un premier temps, elle te propose un salaire mensuel de dix francs pour une trentaine d'heures de travail par semaine, après ce sera en fonction de la délicatesse des ouvrages qu'elle te confiera. Il va sans dire que monsieur Delalande ramènera tes gages à quinze francs et que tu auras à ta charge ton repas, les jours où tu seras chez la couturière.

Reinette s'était faite au calcul mental, aussi donna-t-elle son accord sans réticence.

C'était le grand jour pour les demoiselles Delalande comme pour la demoiselle Fracinet qui allaient se colleter, les unes à former les lettres de l'alphabet avec application et réduire de rebutantes fractions, l'autre à faire courir fil et aiguille dans un tissu sans qu'il y paraisse.

Les filles couraient devant, leurs bottines claquaient sur les pavés de la rue de la Cavalerie, tandis que leurs cartables, identiques, battaient leurs épaules.

— Dépêche-toi, Eva ! Nous devons être dans la cour avant que la cloche sonne. Et je connais sœur Marie des Anges, elle n'est pas tendre avec les retardataires.

— Je ne peux pas aller plus vite, mes bottines me serrent, se plaignit Eva avant de s'en prendre à Reinette avec aplomb : Si nous sommes en retard, c'est à cause de toi, Reinette, tu as mis trop de temps à natter mes cheveux.

La nounou se hâta pour rattraper les filles.

— Mademoiselle Eva, je ne vous savais pas fillette de si mauvaise foi ! Qu'aviez-vous à gigoter que j'aie dû m'y reprendre à deux fois pour faire vos tresses ?

La mine piteuse d'Eva parlait pour elle et la douce Reinette comprit qu'elle demandait à être rassurée.

— Nous sommes toutes les trois un peu fébriles car c'est un grand jour pour celles qui veulent enrichir leurs connaissances, vous dans la lecture et l'écriture, votre sœur dans les problèmes et les conjugaisons et moi dans la couture. Alors, haut les cœurs !

L'ambiance était tout autre lorsque Reinette les récupéra à la sortie de l'étude, les deux fillettes n'en finissaient pas de raconter leur journée, leur maîtresse, leur voisine de bureau et surtout les nouveaux jeux à la récréation.

— Nous avons joué aux statues et j'ai gagné trois fois ! annonça Agnès toute fière.

— Vraiment ? Des statues ?

— Pendant qu'une fille, le dos tourné, compte jusqu'à trois, il faut s'approcher d'elle et se figer lorsqu'elle se retourne. Si tu bouges, tu retournes à ton point de départ.

— Nous, on a dessiné une marelle avec le ciel et la terre, mais on ne m'a pas laissée jouer, je n'avais pas de palet pour jeter, pleurnicha Eva.

— Nous allons t'en trouver un, tout lisse, tout beau, la consola Reinette. Et moi, vous ne me demandez pas si je me suis bien amusée ?

— Si, si, raconte-nous, Reinette !

— Vrai de vrai, mes petites chéries, vous souvenez-vous de ce livre qui racontait l'histoire d'Alice au pays des merveilles ? Eh bien, moi, j'y étais, au pays des merveilles ! Ah ça oui, j'y étais !

Un tout petit pays des merveilles, oubliait de préciser Reinette en parlant de ce que mademoiselle Rosine nommait son atelier et qui n'était qu'une chambre de bonne, envahie il est vrai de mannequins sur lesquels la couturière enfilait les robes en attente d'essayage. Un florilège de soie, de faille, de taffetas ; une palette de bleu, de vert, de cramoisi ; une corne d'abondance déversant dentelles, ruchés et plumetis ; ici et là des boîtes de boutons, en nacre, verre, velours, satin. Les yeux de la nounou brillaient encore en évoquant sa journée.

Patiente et néanmoins surprenante percée dans le milieu de la mode que celle de mademoiselle Rosine, placée toute jeune à la blanchisserie Dumas où elle besognait du matin au soir ; le repassage des jabots empesés, le délicat tuyautage des coiffes de dentelle, les petits points de reprise, les boutons à recoudre lui donnèrent le goût du beau linge, qu'il fût de corps ou de maison, mais ces travaux couvraient à peine le modeste loyer de sa chambre dans un bel immeuble de la rue Saint-Vincent, encore qu'un repas pris sur le pouce pour couper la journée fût compris dans ses émoluments.

Ambitieuse certainement, mais plus sûrement versée dans la couture, elle complétait ses harassantes journées – et sacrifiait souvent une partie de la nuit éclairée à la lampe – par un travail à façon que lui confiait l'imposante madame Armand, une couturière incontournable sur la place d'Alais. Il n'était pas loin que l'élève dépassât le maître, la maîtresse en l'occurrence, mais comment se faire connaître sinon en promouvant par elle-même et sur elle son talent de créatrice ?

Une blouse originale faite d'un assemblage de chutes, une jupe à tournure modérée, taillée en biais dans une percale à rayures, et son boléro ajusté fermé de brandebourgs, dont la matière première avait mangé ses économies, lui valurent des remarques appuyées à la blanchisserie et jusque dans la rue.

— Si j'osais, mademoiselle Rosine, je vous demanderais le nom de votre couturière… fit une cliente.

— Ah oui, Rosine, ne fais pas ta cachottière. D'où te vient ce joli chemisier ? insista sa patronne.

Rosine rougit pour la forme en avouant, comme une faute, que c'était elle qui l'avait fait.

Une, deux, puis trois, les commandes se succédaient mais ne lui permettaient pas encore de quitter son travail à la blanchisserie, ni même d'abandonner ses extras pour madame Armand. Mais la ville d'Alais n'était pas si grande que les petits succès de Rosine n'arrivent aux oreilles de celle qui se voulait la prêtresse de la mode. Alors qu'elle livrait son travail, madame Armand la toisa de toute sa morgue et lui jeta :

— Je n'ai pas pour habitude d'élever en mon sein des ingrates, tu as eu ton bon pain, il faudra apprendre désormais à t'en passer !

Rosine eut bien raison de ne pas se formaliser. Une quinzaine d'années s'étaient écoulées depuis ce houleux épisode et jamais elle n'avait manqué de pain. Pour être honnête, il faut reconnaître qu'elle n'avait pas détrôné sa rivale qui avait toujours une clientèle fidèle... de matrones, de dames patronnesses, de rombières, disait Rosine en souriant car la jeunesse venait à elle, toujours plus nombreuse, de plus en plus entichée de renouveau. D'ailleurs, Madeleine Delalande ne faisait-elle pas partie de ces femmes qui avaient contribué à la réputation de mademoiselle Rosine ?

Reinette, ce fut acquis au bout d'une semaine, faisait non seulement l'affaire, mais se préparait un avenir auquel elle n'aurait jamais songé. Une seule chose lui pesait : la tutelle paternelle dont elle ne se libérerait que par un autre joug, celui du mariage pour lequel elle ne ressentait aucun attrait. Son heure n'était pas venue !

Les fillettes aussi prirent en peu de temps le rythme des journées ponctuées par la minutieuse inspection de sœur Marie des Anges, avant de rentrer en classe.

— Montrez vos mains, mesdemoiselles !

Il arrivait, si un cas isolé annonçait une invasion de poux, qu'elle interrompe la classe et passe dans les rangs ; avec une règle, elle soulevait les nattes – coiffure obligatoire –, les secouait au-dessus d'une feuille blanche qu'elle examinait avec soupçon.

— Vinaigre ! laissait-elle tomber avec beaucoup de tact sur la coupable, à qui elle désignait un bureau à l'écart.

Plus qu'Agnès aux fins cheveux, Eva, dont l'épaisse toison offrait à ces bestioles un abri idéal, redoutait ces inspections qui vous plaçaient au ban de la société. Par chance, et surtout grâce aux soins de Reinette qui veillait au grain, toutes deux échappèrent à l'infamant exil et surtout au vinaigre qu'elles ne prisaient que pour assaisonner la salade.

Par chance, l'intransigeante sœur Marie des Anges, qui n'avait, soit en dit passant, d'angélique que le nom, jouait relâche le jeudi et laissait à d'autres sœurs de sa congrégation l'enseignement du catéchisme sous quelle forme que ce soit. Bien entendu, les principales prières devaient être apprises et récitées de mémoire, la routine les y aidait, mais les pages d'Evangile pouvaient donner lieu à des saynètes que les catéchumènes interprétaient au même titre qu'une pièce de théâtre avec costumes et mise en scène, dans lesquelles excellait un duo de jeunes religieuses, sœur Pascaline et sœur Françoise qu'Agnès et Eva, avec leur goût du sobriquet hérité de pépé Michaud, surnommaient sœur Praline et sœur Framboise.

Choisie par sa petite taille pour interpréter Zachée qui s'était perché sur la branche d'un sycomore pour apercevoir Jésus, cela n'avait pas importuné Eva, bien au contraire. Leste comme une gazelle, elle avait joué le rôle de ce collecteur d'impôts à qui Jésus tendait la main et s'invitait chez lui.

Scène biblique certes, mais sœur Praline en profitait pour enrichir les connaissances de ses élèves.

— Qui sait ce qu'est un sycomore ?

— Un arbre !

— Mais encore ?

— ????

— Une sorte de figuier, mesdemoiselles, un arbre commun en Palestine. Vous vous en souviendrez ?

Agnès se souvenait, elle, d'avoir tiré des larmes à sœur Framboise quand il lui avait été donné d'incarner la Vierge Marie au pied de la croix ; la sensibilité de la fillette, communicative, avait transporté les religieuses et leurs jeunes ouailles sur un Golgotha plus vrai que nature car elles avaient fait l'ascension, ce jour-là, de la colline de l'ermitage où avait été construite une chapelle dédiée à Notre-Dame-des-Mines. La statue de Marie, drapée de blanc et de bleu, mains tendues en imploration, appelait la protection divine sur la ville et ses habitants.

Une enfance et une adolescence réglées comme une portée musicale et c'était bien le cas de le dire quand ces demoiselles, le jeudi après-midi, couraient, toujours chaperonnées par Reinette, chez madame Chapuis, professeur de piano et de solfège de son état et ange de patience par vocation.

Gammes laborieuses, exercices d'assouplissement des doigts et de vélocité, sensibilisation au rythme et à l'oreille, les progrès n'étaient pas faramineux, mais Madeleine insistait, désirant pour ses filles la culture musicale qu'elle n'avait pas eue, sans exiger d'elles plus qu'elles ne pouvaient donner.

Ce qui ne l'empêchait pas de rosir de plaisir lorsque Agnès et Eva exécutaient à quatre mains, sans passion mais sans fautes, un menuet tiré du *Petit Livre* d'Anna Magdalena Bach, le seul recueil à leur portée en dehors de la méthode rose. Et tout cela, pour quelques félicitations du bout de leurs lèvres en cul de poule des amies de Madeleine Delalande venues tuer leur temps d'oisiveté à La Glycine.

Enfin, la longanimité jointe à la pédagogie avant-gardiste de madame Chapuis, faute d'en faire d'honorables concertistes, ouvrit les demoiselles Delalande au goût immodéré pour ce qu'il était commun d'appeler « la grande musique » et plus particulièrement pour les airs d'opéra, sans pour autant bouder l'opérette très en vogue en cette fin de siècle.

Leur impatience s'exprimait dans les demandes répétées dont elles finissaient par lasser leur mère.

— Quand donc aurons-nous le droit de vous accompagner au théâtre, vous et papa ?

— Chaque chose en son temps, mes petites chéries. Vous êtes à l'âge des devoirs et des leçons. Celui des distractions viendra vite, hélas !

Madeleine Delalande avait raison. Avec quelle rapidité filèrent ces années d'insouciance ! Et avec quel bel ensemble le chaperonnage de Reinette commença à peser aux presque jeunes filles, tout comme il entravait les projets de la demoiselle Fracinet !

Chaque matin, en allant prendre son travail chez mademoiselle Rosine, Reinette croisait un jeune homme qui, lui, poussait la porte du Palais des costumes, un magasin de confection pour hommes où il était premier vendeur.

Ces deux entités, tirées à quatre épingles, prirent le temps de s'apprécier du regard avant que Ruben Laffont, sûr de son fait, se permette d'aborder la midinette, se présente et lui propose de se retrouver à la pause de midi pour aller boire un rafraîchissement.

— Je ne sais si cela est bienséant, hésita Reinette, pour la forme car, elle aussi, avait mille fois souhaité aborder l'élégant vendeur, sans jamais se risquer à ce qu'il la méjuge.

— Tout ce qu'il y a de correct, mademoiselle... ?

— Fracinet. Reinette Fracinet, je travaille pour mademoiselle Rosine, la couturière.

Les présentations faites, tout parut facile aux deux jeunes gens qui, au fil des jours et des rencontres, parlaient d'avenir, un lendemain qui passait par une union qu'ils appelaient de leurs vœux.

Agnès et Eva avaient respectivement dix-sept et quatorze ans et poursuivaient en dilettantes leurs études au collège de jeunes filles lorsque Reinette quitta un emploi de près de deux décennies chez les Delalande. La rupture de contrat se fit avec l'assentiment des deux parties ; l'ingénieur et son épouse dotèrent la future mariée de leur bénédiction ainsi que d'un trousseau tiré d'une armoire du mas Michaud, celui qu'avait longuement monté Pétronille en vue du mariage d'Augusta. Or, il n'entrait pas, dans la règle du couvent où leur fille avait décidé de passer sa vie, que les nonnes dorment dans des draps fins ni fassent leur toilette avec du linge brodé.

Reinette en pleura de joie et de reconnaissance.

— Je ne vous oublierai jamais, pleurnicha-t-elle, n'osant pas se jeter dans les bras de Madeleine.

Agnès et Eva, en revanche, ne se privèrent pas de rendre bise pour bise à leur nounou qui les quittait.

— Sois heureuse, Reinette ! lui recommandèrent-elles avec sincérité.

C'était plus qu'il n'en fallait pour que Reinette, émue, verse des torrents de larmes ; la veille, son père l'avait agonie d'injures et de méchancetés, l'accusant d'ingratitude à l'égard de sa famille.

— En vérité, ma véritable famille, c'était vous, hoqueta-t-elle, et je vous quitte !

Mes deux vieilles amies et moi avions perdu, ce jour-là, toute notion du temps. Le récit de leur enfance et de leur adolescence ne méritait pas d'être tronçonné.

Confuses comme deux enfants pris en faute, elles reconnurent que l'heure du chocolat était largement dépassée. Il était cependant impossible de faire l'impasse sur une préparation dont Eva avait le secret.

— Le plaisir du palais passe d'abord par celui des narines, assurait-elle doctement en me confiant le secret de sa fabrication.

Et c'était vrai. Cuisant à petits bouillons, les galets noirs achetés chez La Marquise de Sévigné, une chocolaterie de renom dans la station thermale de Royat, nous enveloppaient d'un fumet sans pareil.

Poursuivant son rituel, Eva sortait trois tasses qu'elle présentait à un rai de lumière pour s'assurer de leur netteté, mais aussi de leur transparence.

— Tu vois, Frisette, la vraie tasse chinoise laisse apparaître en son fond une silhouette de geisha.

— Vous êtes sûre, mademoiselle Eva, qu'il ne s'agit pas d'une tasse japonaise, alors ?

Que n'avais-je dit ! Quelle idée saugrenue que de vouloir faire ma savante ! Eva dardait sur moi son regard grossi par son face-à-main et laissait tomber :

— Elles appartenaient à grand-mère Delalande qui s'y connaissait en porcelaine. Sachez, petite demoiselle, qu'avec grand-père, ils tenaient L'Art de la table, un très beau magasin à Alais, dans la rue Saint-Vincent.

Quelle mouche m'avait piquée d'aller contester une affirmation de cette grand-mère ? Il ne me restait plus qu'à faire profil bas et assurer mon hôtesse de la légèreté et du raffinement de sa tasse chinoise.

Durant cette mise au point, Agnès avait tranché la brioche en belles et généreuses parts tout en minaudant :

— C'est moi qui l'ai faite !

Elle ne se doutait pas, la chère femme, combien futuriste était sa réflexion, et moi, je ne doutais pas de ses talents de pâtissière. Il m'était aisé de l'imaginer, ceinte d'un enveloppant tablier blanc, mélanger consciencieusement les ingrédients, attendre avec fébrilité que lève enfin la pâte et surveiller le four pour une cuisson parfaite.

Mutines, gamines, elles m'apparaissaient telles qu'elles étaient quelque soixante années plus tôt alors qu'elles couraient dans le jardin de La Glycine. Sur la pointe des pieds, j'ai pénétré avec elles dans leur villa pimpante, aux tentures surannées, aux épais tapis, aux nombreux tableaux qui tapissaient les murs, les aquarelles de Madeleine qui s'était découvert cette passion sur le tard. Admi-

*rateurs inconditionnels, tous les membres de la famille se les étaient disputées, mais le succès de Malande – c'était sa signature – s'était arrêté là. Pas une de ses prétendues amies, gavées de thé et d'*amaretti*, qui ne manquaient pas de se répandre en exclamations enthousiastes, n'ouvrit un jour son réticule ni ne demanda le prix d'une seule de ses œuvres.*

Mais qu'importait à Agnès et Eva ? Les aquarelles de leur mère les avaient suivies dans leur vie et si une gloire posthume – et surprenante – les avait cotées, c'eût été faire outrage à Madeleine de s'en séparer.

L'école du Panséra n'avait plus de secrets pour moi, je m'étais glissée, par la magie de leur récit, sur un des bancs et avais empli mes yeux de cette école du temps passé. Les livres aux feuillets jaunis, les cahiers au papier rugueux qu'égratignait la traîtresse plume Sergent Major, ces leçons ânonnées... je ferme les yeux et je les vois. Eva se lève pour réciter sa poésie. Bien droite et toute menue dans sa blouse d'écolière, les mains dans le dos, la gorge pleine d'une émotion qu'elle veut faire partager, elle débite sans l'ombre d'une hésitation le texte qu'elle a, la veille, répété avec Agnès.

Le pauvre colporteur est mort la nuit dernière.
Nul ne voulait donner des planches pour sa bière.
Le forgeron lui-même a refusé son clou...

Agnès m'a convaincue au sujet du « taureau de fer », je n'ai pu que reconnaître le progrès formidable qu'il apportait en ce siècle en matière de transport. Pour autant, il ne me fut pas aisé de trouver comme elle quelque charme à ce mastodonte cracheur de feu et de fumée.

Tantôt courant derrière elles et peinant à les rattraper, tantôt les précédant tant le chemin m'était devenu familier, j'ai escaladé la colline de l'ermitage, me mêlant à l'escouade de sœur Framboise et de sœur Praline, que je devinais aussi tendres et croquantes que leurs surnoms. Qu'il faisait bon, à l'ombre tutélaire de la statue de Notre-Dame-des-Mines, jouer aux devinettes, à il ou elle, parfois aux osselets ! Temps de repos imposé par les religieuses, encore essoufflées de la longue montée, temps très courts car il fallait songer à redescendre, mais temps heureux, d'insouciance et de légèreté, où l'on se croit d'une innocente invincibilité.

J'ai souri à leur farouche volonté de ne pas massacrer Mozart et j'ai franchement ri lorsque Eva la coquine s'est moquée de sa sœur. Il y avait, dans son lazzi, une telle tendresse…

— Tu ne sais pas, Fossette, le tour pendable qu'a joué Agnès à cette pauvre madame Chapuis ?

— Non, vous ne m'avez jamais parlé d'une plaisanterie…

— Eva, tu ne vas pas me faire honte, tout de même ?

— C'est si cocasse ! Notre Fossette va adorer. Il faisait froid, ce jeudi-là, et Reinette nous avait emmitouflées de gants et d'écharpes de laine. Ma sœur n'avait pas travaillé la partition comme nous l'avait demandé madame Chapuis…

— Toi non plus d'ailleurs, ou alors si peu !

— Oui, je l'avoue. Agnès donc, avant de s'asseoir au tabouret et alors que notre professeur tournait le dos, souleva le cadre supérieur du piano et jeta son écharpe sur les marteaux qui frappent les cordes. Tu imagines, fillette, l'effet produit dès qu'Agnès enfonça une touche et la panique de cette pauvre madame Chapuis. Elle allait annuler notre cours et partir à la recherche de son accordeur habituel lorsqu'un doute lui fit découvrir le pot aux roses.

— Elle vous a grondée, madame Agnès ?

— Même pas, la bonne personne ! Elle était soulagée, je crois. Et moi, bien embêtée pour trouver une excuse. En retournant chez nous, nous avons ri, mais ri, sans pouvoir nous arrêter. Et Reinette riait avec nous.

— Oh, je ne vous imaginais pas aussi coquines ! Mais dites-moi, qu'est devenue Reinette ?

Je partageais leur émotion à évoquer Reinette. La nounou de leurs jeunes années faisait partie des souvenirs heureux que mes vieilles amies gardaient comme un trésor.

— Elle fut très heureuse avec son élégant vendeur, mais n'eut jamais d'enfants. Elle avait eu deux filles, disait-elle, qui avaient comblé presque vingt années de sa vie... et une ribambelle de frères et sœurs qui l'avaient poussée hors du nid, confia Agnès.

Derrière cette explication, Reinette ne cachait-elle pas la souffrance d'une maternité qui lui avait été refusée ?

6

Tout comme la progéniture de Camille Delalande se bornerait à ses deux filles, il était dit que sa carrière s'arrêterait à Alais, il en était désormais convaincu et s'y était résigné.

En mesure, à plusieurs reprises, d'accéder au poste de directeur dans les mines de Saint-Etienne puis dans le nord de la France, il s'était heurté aux refus catégoriques, habilement accompagnés de fallacieuses excuses, que lui servait son épouse.

— Ingénieur en chef, cela ne vous suffit donc pas, mon cher Camille ?

— Il n'empêche, ma chérie, que le statut de directeur est loin de me rebuter. Et le salaire qui va avec ne saurait vous déplaire, je suppose.

— Je ne vous savais pas ambitieux à ce point, Camille, convenez-en.

— L'ambition n'est pas un défaut, Madeleine, ne vous déplaise.

Abordée avec ce point de vue, l'affaire semblait mal engagée pour Madeleine. Dieu merci, elle sut amener son époux sur un terrain qui lui serait plus favorable et que ses origines paysannes, frappées au coin de son bon sens, lui dictaient. Car à quoi bon bouder quand jouer sur l'affectif pouvait être plus efficace ? Par exemple, avec le vieillissement des parents et beaux-parents qu'ils auraient des remords à quitter. Se lancer dans une vie inconnue alors que celle qu'ils avaient leur convenait si bien. Elle tempêta un peu, mais pas trop, et remporta la mise en jouant sa dernière carte, un atout majeur.

— Saint-Etienne ! Y avez-vous pensé ?

— Penser à quoi ?

— Mais au climat, voyons ! C'est bien connu, ces régions du centre de la France ont des hivers rigoureux et interminables, suivis d'étés étouffants. Nos filles, à coup sûr, seraient malades d'un bout à l'autre de l'année. Et je ne vous parle pas de moi, de ma gorge fragile, de mes migraines à répétition...

L'ingénieur des mines passait-il une journée au mas Michaud ? On lui servait alors le même discours, mâtiné d'humour.

Pouvait-on, disait-il en substance, imaginer une seconde Agnès et Eva, alias Puceron et Moustique, adorables et fragiles insectes du Midi, survivre hors du climat cévenol, seul propice à leur plein épanouissement, au dire du chauvin Augustin Michaud ?

Un autre son de cloche avait tinté chez les parents de Camille, partagés entre la légitime fierté d'avoir engendré un si brillant garçon et l'horrible solitude qui présiderait à leurs vieux jours.

— Nous n'avions pas eu encore l'occasion de vous en parler, mes enfants, mais nous songeons sérieusement à nous retirer des affaires, d'autant qu'un client sérieux s'intéresse à notre...

— Vous allez vendre votre commerce, père ?

— Et ce n'est pas tout, intervint Germaine qui se réservait le meilleur.

— Dites vite, maman ! Vous nous suivriez à Saint-Etienne... ou à Douai ?

L'espoir renaissait chez Camille, que sa mère brisa dans l'instant.

— Pas vraiment. Nous avons mis une option sur une maison qui est à vendre au Bas-Brésis, à cent mètres de la vôtre, mes chers enfants !

Les projets des parents Delalande avaient fait deux heureuses, Agnès et Eva, qu'une tendre affection liait à leurs grands-parents qu'ils soient maternels ou paternels. Et deux adultes résignés : Madeleine qui prisait peu cette proximité, Camille qui touchait la limite de ses aspirations.

Il ne lui restait plus, en époux, père et fils aimant, qu'à décliner toute promotion susceptible de l'éloigner d'Alais. Ingénieur en chef des mines de Rochebelle il était et resterait à la satisfaction de toute sa famille.

D'année en année, la ville d'Alais s'enorgueillissait de nouvelles transformations visant à l'embellir, l'agrandir, la faire déborder largement de son centre d'activités commerciales au profit de quartiers dans la périphérie ; Clavières, Chantilly, Le Moulinet et Les Promelles, pour ne citer qu'eux.

Par son activité industrielle, ses boutiques aux vitrines alléchantes, sa population qui sans cesse s'étoffait, elle était en train de devenir la perle du bassin minier des Cévennes. Et chacun de remarquer que, de jour comme de nuit, la ville resplendissait.

Dès potron-minet, charrettes et charretons sillonnaient les rues pour approvisionner les commerces de plus en plus nombreux, de plus en plus achalandés.

Les cafés et restaurants faisaient florès, leurs terrasses qui débordaient largement des trottoirs invitaient à une pause conviviale grâce aux tables et guéridons, aux chaises et aux parasols dont elles étaient pourvues alors que le consommateur pressé venait au comptoir boire un café ou un apéritif sur le pouce. Dans le fond de la salle, des échanges animés, parfois des éclats de voix, des envolées littéraires, des révoltes partisanes couvraient les conversations. Les revendications prolétaires, les doctrines sociales, ceux qui disaient vouloir faire de la politique, s'adonnaient à leur passe-temps favori : refaire le monde décadent, la société grégaire. Les plus sages ramenaient la concorde en lançant leur slogan rassembleur :

— Tous derrière Jaurès, c'est l'homme de la situation !

Pour les Alaisiens épris de promenades bucoliques, des espaces verts propices à la flânerie voyaient le jour ; les bienfaisants ombrages en cœur de ville du jardin Vauban voyaient s'installer sur les bancs prévus à cet effet la mère de famille surveillant sa nichée qui s'ébattait dans l'herbe, le vieillard essoufflé son journal sous le bras, un couple d'amoureux se tenant sagement à distance.

L'odorante roseraie de la Prairie, où flottait l'ombre du Petit Chose, accueillait le dimanche des familles entières qui venaient, le panier du repas champêtre au bras, y passer la journée.

Même la nuit, la ville ne trouvait pas le sommeil. Dès la tombée du jour, place était faite à un homme pressé qui arpentait les rues. Sur l'épaule, il portait une longue perche au bout de laquelle pendait un lumignon protégé par des parois de verre : c'était l'allumeur de réverbères qui n'avait plus que quelques années pour vivre de ce vieux métier. Déjà, dans les villes importantes, la fée électricité lui coupait l'herbe sous les pieds. De son geste précis, les flammes jaunes des becs de gaz touchés pas sa baguette magique éclaboussaient chaque carrefour de petites étoiles rassurantes. Rues et ruelles s'animaient dans des halos de lumière qu'il viendrait éteindre, le lendemain, avec la même patience, faisant le même trajet.

Dès le début de la « saison », entendons l'automne et l'hiver, c'était au théâtre qu'une foule disparate se pressait. Aux loges et aux balcons, les bourgeois prenaient place, au poulailler la jeunesse aussi prompte à faire la claque que la bronca, au parterre les familles modestes ; mais, sur scène, le même spectacle pour tous.

— Que joue-t-on qui vaille cet engouement ? s'étonnait parfois un quidam, surpris de la longue file qui battait le pavé en attendant que les portes du théâtre s'ouvrent.

— Une opérette. *La Fille de madame Angot*, s'entendait-il répondre.

Ce pouvait être aussi une pièce de boulevard dont les Alaisiens étaient friands.

— *Le Voyage de monsieur Perrichon*. Il paraît que c'est à mourir de rire.

Alors, oui, on pouvait dire que la petite cité cévenole prenait de jour en jour des allures de grande, ce qui flattait non seulement ses édiles, mais aussi ses habitants.

De même, Agnès et Eva grandissaient au rythme de leur ville, assumaient comme elle les mutations de leur âge qui ne trahissaient pas leur joliesse enfantine. Au contraire, elles l'affirmaient. Il faut dire que ces demoiselles y prenaient peine.

Habituées dès l'enfance à fréquenter les boutiques de mode, passe-temps que leur mère pratiquait avec passion, elles avaient prolongé cette activité au-delà de l'adolescence, profitant des jeudis ou des jours de vacances pour retrouver des amies de classe et sillonner les artères principales d'Alais.

Primesautières et optimistes par nature, état d'esprit qui ne les quittera jamais, elles s'enjouaient d'un rien, comme cette fois-là où il faisait grand vent. Celui du nord, disaient les Cévenols en appuyant sur cette antithèse du sud qui apportait le froid et asséchait les sols. Ce déroutant mélange de mistral et de tramontane donnait le tournis lorsqu'il s'agissait de franchir le pont Vieux. Ces demoiselles avaient beau nouer très fortement sous leur menton les brides de leur chapeau à capote, celui-ci oscillait et renvoyait leur tête en arrière, déchaînant leurs fous rires. Plus cocasses encore lorsque le couvre-chef d'un passant lui échappait intempestivement.

— Regarde, Eva, le képi de monsieur Dugas notre facteur vient de s'envoler.

Instinctivement, Eva levait la tête et demandait :

— Où ça ? Où ça ?

— Dans le Gardon, bien sûr. Regarde, il flotte !

Tout en suivant des yeux le parcours du képi tourbillonnant comme une feuille morte et se laissant entraîner par le courant, les deux sœurs étouffaient leur rire devant la mine piteuse du facteur, bien marri d'avoir laissé fuir cette partie de son uniforme qui ajoutait à sa prestance.

Face à son miroir, Madeleine se lamentait en silence de la fuite du temps.

N'avait-elle pas découvert, tout récemment, en brossant sa volumineuse chevelure, quelques impétueux fils d'argent, révélateurs honnis d'une quarantaine bien entamée ? Quotidiennement, c'étaient quelques rides qui faisaient leur apparition et s'installaient sur son visage en pays conquis.

« Rides d'expression », se consolait-elle.

Ah, les rides ! Sujet inépuisable de conversation avec ses amies, toutes confrontées au même problème. Elles se moquaient parfois de ces fines griffures qu'elles traitaient par le mépris mais redoutaient qu'elles ne deviennent sillons creux. Elles s'amusaient, parce qu'il valait mieux en rire, des noms qu'on leur donnait : griffe du lion, pattes-d'oie...

— Faut-il qu'en nos vieux jours nous devenions des bêtes ! s'esclaffaient-elles... pour ne pas en pleurer.

Mais aujourd'hui, le pire était arrivé : les rides d'amertume qui inclinaient vers le bas la commissure de ses lèvres et se perdaient dans son menton, faisant ressortir la légère saillie de celui-ci, jusque-là imperceptible mais qui allait s'accentuant.

Des rides d'amertume. Rien que ce nom était déprimant. Pris au premier degré, passe encore, il faisait penser au côté amer de certains aliments, mais au second, il se teintait de regrets, de vague à l'âme, et même plus, de tristesse. Et soudain, elle en connut la cause. Elle exhala un déchirant soupir qui fit réagir son époux, plongé dans un journal.

— Madeleine, quel tourment vous assaille ?

— Je viens de réaliser qu'il était temps que notre chère Agnès fasse son entrée dans le monde ! Mon Dieu, que les années passent vite ! Le temps est venu qu'elle participe à toutes les distractions qu'offre la « saison » afin qu'elle trouve un bon mari.

Sous-entendu : comme vous, Camille, généreux et attentionné, patient et compréhensif, ô combien !

Quelle maladresse que d'assener aussi cruellement à un père le futur départ de sa fille adorée ! Madeleine aurait pu y mettre des formes, mais elle avait trouvé logique de faire partager son angoisse à son époux… et avait réussi.

Installé lui aussi dans le confort d'une vie sans heurts, entouré de ses « trois femmes » gracieuses et paisibles, il réfutait toute idée de changement.

— Rien ne presse, Madeleine. Vous l'avez dit, Agnès n'a pas vingt ans.

Puis, soudain pris d'un doute, il vint vers son épouse, la prit aux épaules et demanda en la fixant dans les yeux :

— Notre fille vous aurait-elle fait des confidences ? Son cœur battrait-il pour un de ces jeunes godelureaux, rencontrés à la promenade ? Un prétendant assidu dont vous m'auriez tu la constance ?

Des gouttes de sueur perlaient à son front, au-dessus de son épaisse moustache, il venait de réaliser une évidence : ses filles, un jour, quitteraient le foyer !

Madeleine, consciente de sa bévue, s'empressa de le rassurer.

— Qu'allez-vous imaginer, mon ami ? Rien de tout cela, je vous l'assure. J'ai simplement le souci qui incombe à tout parent d'établir sa fille au mieux et en dehors de toute urgence. Un pas de danse dans la bonne société n'est pas synonyme de mariage immédiat, que je sache.

— Bien sûr, quel égoïste je fais de réagir en père possessif ! C'est vous qui avez raison, ma chérie, je rends hommage à votre esprit de prévoyance. Après tout, un bal n'engage à rien.

— Celui qu'organise le fleuron de notre ville, notre Ecole des mines, arrive fort à propos. Et puis, n'est-ce pas là où nous nous sommes rencontrés, vous ingénieur à la belle prestance, frais émoulu de votre école parisienne, et moi, timide demoiselle remplaçant au pied levé une amie qui avait la varicelle ?

Séquence émotion. Madeleine avait bien rattrapé le coup. Dans la pénombre de leur chambre, Camille fermait les yeux pour mieux revivre ces souvenirs.

— Vous étiez une sacrée enjôleuse, Madeleine, et vous avez su me séduire au premier regard. D'ailleurs, vous me séduisez toujours.

C'était dit, convenu : la fille aînée du couple Delalande aurait non seulement ses entrées au théâtre, mais surtout pourrait exhiber sa taille fine, son regard indéfinissable et sa luxuriante chevelure aux différents bals de la « saison ».

Il fallait pour cela passer par la case toilettes, tâche dont Madeleine se fit une priorité. Un véritable plaisir que ces nombreux essayages chez mademoiselle Rosine la couturière attitrée de la famille Delalande où Agnès retrouva avec joie madame Laffont, alias Reinette, sa première ouvrière.

— Un premier bal, déjà ! s'écria celle-ci, en se souvenant du bébé minuscule qu'elle avait tenu dans ses bras aux premières heures de sa vie. Vous savez comment vous avait surnommée votre grand-père en vous voyant si menue ? Puceron ! Par chance, votre maman ne s'en est pas offusquée. D'autres, à sa place…

— Grand-père Augustin est taquin, mais il a un cœur d'or. Mais tu as raison, Reinette, ni ma sœur ni moi n'avons oublié ces surnoms peu flatteurs dont il nous avait affublées.

La jeune fille et son ancienne nounou, volubiles, avaient toujours un souvenir commun pour évoquer le passé et il fallait parfois que mademoiselle Rosine mette un frein aux anecdotes qu'elles avaient plaisir à exhumer.

— Mademoiselle Delalande, je vous en conjure, cessez de vous tortiller, vous allez vous piquer avec toutes les épingles que je viens de poser pour ajuster cette robe ! Vous ne me rendez pas la tâche facile.

Madeleine y allait alors de son grain de sel.

— Tu n'es plus une enfant, Agnès. Tiens-toi bien droite et laisse travailler mademoiselle Rosine, sinon ces toilettes ne seront jamais prêtes en temps voulu.

Soyeuses, fluides et virevoltantes, froufrouteuses à souhait, fidèles aux coloris qui seyaient à Agnès, toujours de bon goût, jamais provocantes, les robes de soirée enfilées une à une faisaient rosir de plaisir les hautes pommettes de la jeune fille.

A son retour de ces essayages où elle n'avait pas été conviée, Eva pressait sa sœur de questions ; la couleur, la forme, elle voulait tout savoir des toilettes en préparation, se réjouissait pour Agnès et gardait en arrière-pensée que, dans peu de temps, son tour viendrait. A elle, alors, la soie, le satin et le tulle, les châles en cachemire et les écharpes de velours en avalanche. Tout ce que son père appelait fanfreluches.

Pour le premier bal auquel participa Agnès, celui précisément des écoliers des Mines dont avait parlé Madeleine, Eva s'imprégna longuement de l'image de sa sœur dont la silhouette était sublimée par une robe blanche à petite tournure et encolure brodée d'une guirlande de fleurs qui dégageait ses épaules rondes.

Camille avait pris la main de sa fille pour la faire tourner sur place puis, ému et fier, il avait sorti un écrin de sa poche et accroché à son cou un collier de perles fines.

Les yeux d'Agnès s'étaient remplis de larmes de joie, ceux d'Eva brillaient d'espoir ; bientôt, elle aurait le même !

— Tu me raconteras ta soirée, fit-elle promettre à Agnès.

— Promis, juré. Dors bien, petite sœur.

— Dormir ? Non, j'attendrai ton retour pour que tu me racontes.

— Il sera tard, Eva... Enfin... il sera tôt... Minuit passé, en tout cas. Je serai fatiguée et toi, tu te seras endormie, j'en suis sûre.

— On parie ?

Ce fut alors un rituel, qu'il s'agisse de bals, de concerts, de soirées au théâtre, un véritable tourbillon de distractions, au retour d'Agnès, Eva se glissait sans bruit dans sa chambre et lui posait question sur question auxquelles l'aînée répondait, parfois distraitement, jamais avec la moindre irritation ou lassitude, souvent en bâillant de fatigue.

Et puis, contre toute attente, ce fut Eva qui se lassa de ces distractions qui lui dérobaient sa sœur, son amie, son double. Si, un temps, les toilettes l'avaient éblouie, les pièces de théâtre alléchée, c'est tout juste si elle écoutait Agnès narrer sa soirée.

— J'ai dansé trois quadrilles avec le fils du directeur de notre père, un jeune homme plein de prévenances.

— Et moi, j'ai lu une partie de la nuit et j'ai passé l'autre à attendre ton retour, lui répondait-elle, morose.

— Je t'avais dit de ne pas m'attendre, jetait Agnès avec légèreté, inconsciente de ce malaise qui s'installait entre elles.

Pourtant, elle ne pouvait faire l'impasse sur la mine boudeuse, plus souvent qu'à son tour, de la toujours rieuse Eva. Elle finit par lui en demander la raison.

— Dis-moi ce qui ne va pas, petite sœur, la pria-t-elle en l'entourant d'un bras protecteur.

Eva se dégagea, irritée, et finit par lâcher :

— C'est déplaisant de grandir !

— Pourquoi dis-tu cela, sœurette ?

— Nous ne sommes plus jamais ensemble ! Tu trouves plus de plaisir à danser, à sortir, qu'à passer une soirée avec moi.

— Ne crois pas ça, mon Eva. Maman le veut ainsi, pour mon avenir. Bientôt ce sera ton tour, ma petite sœur.

Que répondre à cela ? Eva se trouva à court de réplique, elle qui avait pourtant la langue bien pendue et la repartie facile. Pour la première fois, une brouille qui navrait l'une et l'autre s'installait entre les deux sœurs.

Le programme théâtral, les bals officiels et les soirées dansantes en plus petit comité, les invitations lancées, reçues et qu'il fallait rendre, bref toute cette agitation qu'on regroupait dans les milieux concernés sous un seul terme : « la saison », appellation erronée car elle en couvrait bien plus, allait bientôt prendre fin, et ce sans que le but visé par Madeleine Delalande fût atteint. Agnès s'était bien amusée, avait joué à la coquette, fait chavirer certainement bien des cœurs, mais le sien ne s'était pas enflammé, aucun de ses nombreux chevaliers servants d'un soir n'avait incarné l'image du prince charmant auquel toute jeune fille rêve.

Et, franchement, on ne pouvait pas dire qu'elle en était désolée ; ce qui n'était pas le cas de sa mère qui croyait devoir l'encourager :

— Nous ne sommes pas pressés de te voir quitter la maison. Ne te tracasse pas, ma fille, chacun de nous trouve un jour ou l'autre la moitié de pomme qui lui est destinée.

Eva se réjouissait : tout un été à renouer les liens effilochés par cette maudite « saison » ! Elle allait devoir déchanter.

7

L'été 1897. L'été magique pour Agnès car après la frénésie d'une « saison » sur laquelle Madeleine avait joué son va-tout, c'est dans le paisible mas Michaud, écrasé de chaleur, que la jeune fille s'émut des battements intempestifs de son cœur.

Coiffée au poteau, Madeleine Delalande qui tiendra rigueur à son père d'avoir introduit un loup dans la bergerie ! Par chance, ce loup-là sut se donner le temps de séduire non seulement la fille, ce qui fut chose aisée, mais la famille entière… encore qu'Eva se permît de faire un peu de résistance.

Monsieur Mersant était ce qu'il est convenu d'appeler un bel homme. De belle taille, et bien prise, les cheveux aile-de-corbeau soigneusement plaqués sur le crâne de part et d'autre d'une raie médiane, en deux mouvements ondulés. Une fine moustache, aussi noire que ses cheveux et ses sourcils, soulignait aristocratiquement sa lèvre supérieure et s'effilait en pointes, rappelant celle d'un certain Badinguet et de son demi-frère, le duc de Morny. De quoi faire périr d'envie les petits gommeux imberbes qui avaient aussi leur élément d'élégance romantique emprunté à Oscar Wilde, la canne qui se déclinait différemment selon l'heure de la journée.

Pas de canne pour monsieur Mersant qui avait obtenu pour cela un satisfecit de pépé Michaud.

— Il est bien temps de s'en procurer une lorsque le besoin s'en fait sentir. Ah ces objets détournés au nom de la mode, en verrons-nous la fin ?

Augustin Michaud tenait ces propos en l'introduisant dans son mas où papotaient son épouse, sa fille et ses petites-filles, qu'il présenta une à une à ce monsieur élégant, vêtu en ce mois d'août torride d'un veston d'alpaga sur un pantalon de toile et une chemise blanche au col dur en celluloïd, ce qui raidissait son cou hâlé et lui conférait un port de tête majestueux. Il tenait à la main un léger panama.

L'aisance de ses gestes comme de sa parole lorsqu'il salua les quatre personnes que lui présentait fièrement Michaud posait l'homme courtois, familier d'un relationnel facile, ainsi que ces dames ne tardèrent pas à l'apprendre.

— Mesdames, je vous demanderai de nous laisser, nous avons à parler affaires avec monsieur Mersant, courtier en vins pour le compte de chais renommés et de restaurants prestigieux.

— J'ajouterais, si vous le permettez, monsieur Michaud, en bons vins. Ceux-là seuls m'intéressent et c'est pourquoi j'ai tenu à vous rencontrer.

L'engageant sourire de son regard qui accompagnait cette flatterie se retrouvait sur ses lèvres ; il dénonçait l'homme respectueux du travail, peu versé dans la flagornerie de bas étage pas plus que dans l'obséquiosité qu'aurait débusquée le matois viticulteur en deux coups de cuillère à pot.

D'emblée, Agnès tomba sous le charme de cette incarnation de l'homme sûr de lui, certes, mais solide, honnête, généreux – l'image du père n'est-elle pas inscrite en toute jeune fille ? –, des qualités qui n'avaient pas eu le temps de s'exprimer mais qu'elle devinait présentes. Comparé à la jeunesse oisive, imbue, tout en courbettes et en platitudes qu'elle avait côtoyée ces derniers temps, monsieur Mersant incarnait l'homme rassurant dont en secret elle avait rêvé.

De son côté, le regard pénétré de l'éblouissement joyeux des dix-neuf printemps de la belle, monsieur Mersant, envoûté, déplorait qu'une si irréelle apparition quittât la pièce.

— Je ne pense pas, monsieur Michaud, que ces dames gênent à notre conversation, pas plus qu'à notre marché, car nous allons faire affaire, n'est-ce pas ?

— Hé hé, il n'appartient qu'à vous, mon cher, de vous montrer raisonnable. Mais j'insiste, mesdames, pour que vous fassiez place nette, le vin comme l'argent, c'est une histoire d'hommes.

Il fallait en passer par les impératifs du grand-père Michaud. Les dames sortirent, le buste raidi, telles des douairières déchues, les demoiselles en esquissant une de ces légères révérences de politesse enseignée par les religieuses du Pansèra : le pied droit envoyé vers l'arrière tandis que le genou gauche esquissait un imperceptible fléchissement. A cet instant, le regard du courtier en vins essaya de plonger dans celui d'Agnès, mais celle-ci détourna le sien, appliquant l'attitude réservée qu'on lui avait enseignée, alors qu'à travers ses longs cils elle détaillait le bel homme. Avec Agnès, le soleil de monsieur Mersant venait de quitter la pièce.

Allait-il avoir la tête aux affaires d'autant que Michaud attaquait de front ?

— J'ai encore un peu de mon cru 95 à écouler, une année exceptionnelle, convenez-en. Reste à savoir à combien vous allez me le raisonner ? Vous l'avez dégusté, Mersant, ce n'est pas de la bibine. Alors, j'attends.

— Parlons également de votre récolte 96, atermoya Mersant, le temps de reprendre un peu ses esprits.

— 95, enfin ce qu'il en reste, et 96 partent ensemble. C'est à prendre ou à laisser. J'ai besoin de libérer mes fûts autant que d'engranger des liquidités.

Depuis une huitaine d'années qu'il était dans le métier, Pierre Mersant pouvait dire qu'il avait tout vu, tout entendu chez les viticulteurs et lui, dans sa fonction, avait essuyé toutes sortes de tempêtes. De la destruction du vignoble languedocien par le phylloxéra qui s'étala sur une douzaine d'années à sa lente reconstitution grâce aux cépages hybrides, en passant par la production de vins frelatés pour pallier une période de pénurie, du puceron américain responsable du désastre aux cépages nouveaux de même provenance, la boucle était bouclée.

Mersant n'avait pas connu le désastre à sa genèse mais depuis l'âge de dix-huit ans il était passé par toutes les étapes de la profession et il l'exerçait avec passion et compétence, non sans avoir dû s'adapter aux différentes périodes. Il ne pouvait que déplorer aujourd'hui l'amorce d'un cycle de surproduction.

Parce que ses parents, hélas disparus, l'avaient fait naître en Auvergne et que le centre de la France lui permettait d'être à égale distance, approximativement, du Bordelais, du Languedoc, du Val de Loire, de la Bourgogne et de l'Alsace, il avait élu domicile à Clermont-Ferrand. Au fil de ses tournées régulières et des transactions qui en découlaient, ses clients vendeurs et acheteurs étaient devenus des amis dans un métier où le professionnalisme et l'honnêteté étaient la meilleure carte de visite, et la confiance, un atout de réussite.

Même si c'était la première fois que Pierre Mersant avait le plaisir de rencontrer Agnès, ses relations commerciales avec le domaine de monsieur Michaud remontaient à trois ans déjà ; pour cela, il y était reçu en ami.

Il n'était pas loin qu'il perdît, en ce lieu, toute considération.

Le repas que le courtier Mersant avait tout naturellement été invité à prendre à l'issue d'une journée fructueuse pour les deux parties confirma l'attraction magnétique qu'exerçait sur lui la sublime Agnès, elle-même incapable de dissimuler l'effet du doux regard, de la fière moustache, de la bouche gourmande, en fait de toute la personne de Pierre Mersant.

En prenant congé de ses hôtes – il ne pouvait en aucun cas faire une entorse à son carnet de rendez-vous copieusement rempli – il retint, plus qu'il n'eût fallu, la main fine que lui tendait Agnès et murmura rien que pour elle :

— Nous nous reverrons très bientôt, si vous le voulez, mademoiselle Delalande.

Le sourire d'Agnès avait valeur d'accord.

Il revint en effet près d'un mois après cette première rencontre et pria longuement pour que la petite-fille de monsieur Michaud ait choisi ce jour, le même qui les avait fait se rencontrer, pour venir visiter ses grands-parents.

Il pouvait être rassuré, la jeune fille avait persuadé ses parents qu'un séjour avec Eva au mas Michaud amenait le sourire chez ses grands-parents vieillissants.

— Vous ici, Mersant ? Vous n'allez pas revenir sur notre accord, j'espère ? Moi, en bon Cévenol, je n'ai qu'une parole.

Déjà Michaud montait sur ses grands chevaux. Avec un sourire rassurant, Mersant lui répliqua sur le même registre :

— L'Auvergnat bon teint que je suis vous rejoint sur ce point, monsieur Michaud. Je vous apporte tout simplement quelques plants de ce cépage dont nous avions longuement parlé. Ils m'ont été donnés au domaine de Beausoleil dans le Minervois. Si vous voulez faire un essai…

— On verra, on verra, grommela Michaud qui détestait qu'on lui force la main.

Pierre Mersant avait bataillé pour trouver une raison valable de retourner en Cévennes et rencontrer celle qui lui avait volé son cœur ! Et puis enfin la bonne idée qui maintenant recevait un accueil mitigé ! Qu'importe ! Il était dans la place, Agnès aussi. Pourvu qu'on le retienne pour le repas, qu'on lui laisse un peu de temps d'avancer les pions de l'amour qui le brûlait.

Chance ! Le versatile Michaud revenait sur ses pas et décrétait d'un ton sans réplique :

— On vous garde à souper, Mersant. Vous n'aurez pas fait ce détour pour rien.

Le repas traînait en longueur pour le plus grand bonheur des jeunes gens qui l'auraient prolongé toute la nuit. Malgré l'état second dans lequel baignait Agnès, état de grâce et de félicité, l'audace de l'amour agit en elle comme un moteur. Prenant en aparté Pétronille, elle lui joua la carte de la convivialité :

— Je suis certaine que monsieur Mersant n'a pas eu le temps de réserver une chambre d'hôtel ; grand-père vous serait reconnaissant si vous preniez l'initiative d'en faire préparer une, le mas n'en manque pas.

— Ma foi, tu as raison, petite. Une bonne maîtresse de maison en perspective. Tiens, je vais lui donner celle de ta tante Augusta. Je n'ai pas espoir qu'elle revienne un jour.

— Si elle est heureuse, grand-mère, vous devez vous en réjouir. On n'échappe pas à son destin et le sien passait par un exil volontaire que nous devons respecter.

Prêchait-elle déjà pour sa paroisse, la jeune amoureuse ? Toujours est-il qu'ayant obtenu gain de cause elle eut de la peine à trouver un sommeil qui la quitta très tôt. Pareil avatar ayant jeté Pierre Mersant hors de son lit, ils se trouvèrent tous deux sur la terrasse du mas, nullement étonnés de s'y rencontrer.

— Je n'avais qu'une crainte, partir sans vous avoir revue...

— Je tremblais à l'idée que vous fussiez parti. Que... que nous arrive-t-il ?

— Une chose merveilleuse, Agnès. Venez, éloignons-nous des fenêtres, nous pourrions réveiller quelqu'un. Votre bienveillante grand-mère ou votre jeune sœur, peut-être.

Pour la seconde, il était trop tard. Les pas d'Agnès quittant la chambre qu'elles partageaient au mas, aussi furtifs qu'ils fussent, lui avaient fait ouvrir un œil prudent. Elle avait ensuite gagné la fenêtre, écarté le rideau et, depuis, elle se contorsionnait pour ne rien manquer, depuis l'interstice laissé par les volets à claire-voie, du roman d'amour qui se jouait sous ses yeux. Pas de chance, sur l'invitation de monsieur Mersant, elle les vit s'éloigner dans les vignes, baignés d'une aura de félicité que magnifiaient les rayons rouge feu du soleil se levant à l'horizon.

— C'est pour vous que je suis revenu, Agnès, il m'était impossible d'imaginer ne plus vous revoir. De plus, il m'avait semblé qu'une même attirance, discrètement manifestée, émanait de votre adorable personne.

— C'est la première fois, je vous assure, qu'un homme éveille en moi ce trouble que vous avez perçu. Vous ne m'avez pas mal jugée, j'espère.

— L'élan spontané, criant de sincérité, est loin d'être condamnable. Surtout quand il est réciproque.

Dans les vignes du père Michaud, ils oubliaient le temps, parlaient d'amour et d'avenir, ne voyaient nul obstacle se dresser devant eux. Ils convolaient déjà… en rêve quand ils furent ramenés à la dure réalité.

— Mersant ! Ohé, Mersant ! Mais vous perdez l'esprit ! Vous allez manquer votre train ! Je vous attends dans ma jardinière… Ah, la belle récolte qui se présente, elle vous séduit, hein ? Tiens, mais toi aussi, Puceron, tu t'intéresses au bon vin que produira ma vigne ? C'est bien la première fois !

— Monsieur Mersant m'enseignait les cépages, chose que vous n'avez jamais faite, grand-père, trouva-t-elle comme excuse.

— Pardi, si j'avais eu des petits-fils, il en aurait été autrement.

— Comment monsieur Michaud vous a-t-il appelée, Agnès ? glissa Mersant, outré, à l'oreille d'Agnès.

— Je vous expliquerai, Pierre, un jour… répondit-elle de la même manière.

Avant d'avoir rejoint Michaud et sa jardinière, Pierre eut le temps de glisser sa carte de commercial dans la main d'Agnès en la priant de lui écrire.

— Vous me direz si je peux vous répondre sans vous attirer les foudres de vos parents.

Agnès n'avait pas hésité un instant. Reinette était la personne idéale pour recevoir les lettres de monsieur Mersant et surtout en garder le secret. Les amoureux de tous les temps ont de telles audaces !

Ainsi, durant six mois que dura leur échange épistolaire via monsieur et madame Laffont, personne dans la famille ne se douta de la supercherie. Pas même Eva qui en déduisit que l'adage se vérifiait : « Loin des yeux, loin du cœur ! » Pas non plus les parents d'Agnès lorsque reprit la « saison » et que leur demoiselle manqua d'engouement pour répondre aux nombreuses invitations qui parvenaient à La Glycine.

— Des soirées au théâtre, je veux bien, mais tous ces bals me donnent le tournis.

— Tu n'es pas malade, au moins, ma petite fille ? s'inquiéta Madeleine.

— Quelque mirliflore que tu aurais repoussé t'importunerait-il ? s'enquit son père en fronçant les sourcils.

— Ni malade ni importunée. Qu'allez-vous chercher là ? Il se trouve tout simplement que je n'ai pas un goût immodéré pour la danse, je laisse ça à ma petite Eva qui bientôt pourra s'y adonner, n'est-ce pas, ma sœurette ?

Habile manœuvre pour noyer le poisson et retrouver l'harmonie qui régnait entre elles et qui allait en prendre un grand coup.

Enfin le mois de mars pointait son nez, fidèle au poète : « Mars qui rit malgré les averses prépare en secret le printemps. » Le printemps des amoureux, cela va sans dire. Pierre lui avait écrit qu'il lui réservait une surprise et elle n'avait pas essayé d'en apprendre plus. N'aspiraient-ils pas tous deux à une union qui passait, rituel oblige, par un temps de fiançailles plus ou moins long.

« Si on pouvait l'écourter ! » soupirait-elle en détestant à l'avance une trop longue séparation.

Or la surprise fut de taille. Pierre Mersant, s'étant fait annoncer, se présenta au portail de La Glycine, costume sombre et gants beurre-frais, il avait trois bouquets de violettes à la main, un pour Madeleine, un autre pour Eva et le troisième pour Agnès dont il prit la main et, se tournant vers Camille Delalande, il énonça d'une voix posée quoique vibrante d'émotion :

— Vous me feriez un grand honneur, monsieur, et une immense joie en m'accordant la main de votre fille Agnès dont le cœur répond à mes vœux. Ma demande s'adresse également à vous, madame, dit-il en s'inclinant devant Madeleine. J'ajoute que nous n'avons que faire de longues fiançailles, sûrs de notre amour et conscients de notre engagement.

Il oublia, l'innocent, d'intégrer Eva dans ses demandes, faute impardonnable ! D'ailleurs, il ne mesurait pas, le pauvre, qu'en une seule phrase il avait perdu la considération de toute la famille.

Ignorant l'outrecuidant, les trois regards se tournèrent vers la cachottière et chacun y alla de son ressentiment :

— Je n'avais donc pas rêvé, l'été dernier, chez grand-père Augustin, vous étiez tous deux sur la terrasse et puis vous avez disparu dans les vignes, reprocha Eva, acerbe.

— La bonne excuse, les bals qui te donnaient soi-disant le tournis. Et moi qui craignais que tu ne sois malade ! geignit Madeleine, piteuse d'être tombée dans le panneau.

— Et moi qui ai frémi à l'idée que tu voulais rester fille ou faire comme ta tante Augusta, entrer dans les ordres ! explosa Camille.

Puis, les regardant alternativement l'un et l'autre, toujours l'air courroucé, il réalisa :

— Tu n'as pas l'air étonnée, Agnès, ni de la présence de ce monsieur ni de sa demande. Vous correspondiez, c'est ça ?

Là, Agnès ne pouvait que baisser la tête, ce qui signifiait qu'elle plaidait coupable. Pierre Mersant vint à son secours.

— C'est à moi qu'il faut vous en prendre, monsieur. J'aurais dû vous demander l'autorisation de correspondre avec votre fille. Je voulais... oui, je voulais m'assurer que notre attirance mutuelle franchirait le cap de l'éloignement.

Comme il mentait bien pour la défendre ! Agnès n'était pas dupe du mensonge éhonté de son amoureux. Leur amour, elle l'avait su dès le premier jour, résisterait à tous les orages.

— Un amour d'été qui passe l'automne, puis l'hiver et n'est que plus vivace au printemps, poursuivait Mersant, ça force le respect, n'est-ce pas ?

Il ne manquait pas de toupet, mais Camille ne s'en laissait pas encore conter.

— Les lettres, où les recevais-tu, Agnès ? Au mas Michaud, je parie ?

Camille Delalande avait reconnu le courtier entrevu plusieurs fois chez son beau-père. Toujours tête baissée comme une condamnée, Agnès fit non de la tête.

— Mes parents n'ont tout de même pas été tes complices ? Dans ce cas, j'aurai deux mots à leur dire !

— Ne vous irritez pas contre mes grands-parents, papa, de quelque côté qu'ils soient, ils ne sont pas en cause.

— Je sais ! s'écria Eva, frappée d'un éclair de génie. Reinette !

Puis se tournant vers sa sœur :

— Un jour, je t'ai vue lui tendre un livre, cela m'a surprise car notre nounou n'était pas très versée dans la lecture. Peut-être même ne sait-elle pas lire. Ce qui me fait dire ça, c'est qu'elle te l'a rendu presque aussitôt. Pardi, juste le temps d'y glisser une lettre !

On peut dire, sans être devin, que la surprise de Pierre Mersant était en train de tourner au fiasco. Madeleine triturait nerveusement son bouquet de violettes, Eva qui avait laissé tomber le sien le renvoya d'un coup de pied rageur dans ceux de Mersant alors qu'Agnès serrait le sien sur son cœur dans un geste désespéré digne d'une grande tragédienne.

En fait, ce sont ses larmes qui, jaillissant et se transformant bien vite en sanglots convulsifs, renversèrent la situation. Trois personnes se ruèrent vers elle, prêtes à la consoler en disant :

— Ma chérie...

Seule Eva resta en retrait. Elle n'était pas en mesure de pardonner ce qu'elle appelait une double trahison. Pas encore...

La discussion alors prit un tour raisonnable, encore que les propos tenus par ses parents ne fassent pas refleurir le sourire d'Agnès.

— Te marier si jeune, Agnès ? Quelle folie te prend, ma fille ?

— Je suis de votre avis, Camille, notre Agnès a bien le temps de convoler.

Et Madeleine énonçait cela sans sourciller, elle qui avait mis en branle tout un processus pour mettre en valeur une jeune fille à marier ! Ce qui suggéra à l'incriminée une réponse bien sentie :

— N'était-ce pas dans le but affiché de me trouver un époux que vous m'avez traînée au bal, au théâtre, aux invitations en tout genre, maman ? Je suis désolée de vous avoir donné tant de peine. Mais vous devriez au contraire vous réjouir, j'ai trouvé l'élu qui a su parler à mon cœur. Que vous importe le lieu où nous nous rencontrâmes, les courriers échangés à votre insu ? Je pensais, au contraire, que vous vous réjouiriez de mon bonheur futur, de notre bonheur.

Elle avait levé un regard chaviré vers Pierre qui lui prit les deux mains et les porta dévotement à ses lèvres. Puis, se tournant vers monsieur Delalande, il réitéra, avec moins de panache et se mettant à nu :

— Votre fille est la femme de ma vie, je n'imagine pas l'existence sans elle à mes côtés et je sais qu'elle partage mes sentiments. Un refus de votre part nous plongerait tous deux dans les ténèbres, mais un accord nous hisserait aux nues.

— Dites oui, papa, pour mon bonheur ! pria Agnès.

— Pour ton bonheur et pour notre malheur, nous allons perdre notre petite fille.

— Vous gagnerez un fils féal ! insista Pierre.

— Alors, soyez heureux, mes enfants ! capitula monsieur Delalande.

8

Ferme dans ses prétentions à rendre sa femme heureuse, Pierre Mersant le fut tout autant dans son refus de vivre ailleurs qu'à Clermont-Ferrand où il louait un appartement petit mais agréable qui leur suffirait dans un premier temps.

— Notre réseau ferré quadrille à ce jour notre pays de façon très satisfaisante. En dehors de Paris, bien sûr, Clermont-Ferrand est le centre d'une toile d'araignée qui jette ses fils dans toutes les provinces de France, et ce à moins de quatre heures, cinq pour les plus éloignées. Ce qui me permet d'être presque tous les soirs chez moi. Tous les deux ou trois jours quand je vais en Alsace ou dans le Bordelais.

— Ma fille à des milliers de kilomètres ! Nous ne la verrons plus ! s'effondra Madeleine.

— Vous exagérez un peu, Madeleine, quelques centaines, tout au plus. Mais c'est déjà assez loin pour le déplorer, rectifia Camille.

Agnès souriait à l'exagération de sa mère, aux soupirs de son père, tout en comprenant leur déception. Sa mère, qui avait prôné toute sa vie la théorie du « tout-Alais » et y était parvenue, peinait à digérer le menu que leur servaient les deux amoureux tandis que son père, pétri de préjugés, craignait qu'un connaisseur en vins n'en fût aussi un grand consommateur. A chaque époque ses soucis, et cette fin de siècle était marquée par les méfaits de la fée verte, le nom évocateur de la traîtresse absinthe.

Or, sur son petit nuage d'amoureuse, Agnès balayait leurs appréhensions, appuyée par l'attitude déférente, longanime et néanmoins déterminée du beau Pierre, qui se plia à la délicate mais nécessaire confession de ses capacités à faire vivre une famille. Les divers et raisonnables placements de Pierre Mersant et ses revenus annuels, variables certes mais confortables, prouvèrent que les conditions étaient réunies pour que Camille Delalande accorde officiellement la main de sa fille et que Madeleine consente à organiser leur mariage pour le 15 juillet.

— On peut dire que vous ne me facilitez pas la tâche. Trois mois et demi, c'est de la folie.

Forte de la capitulation paternelle, portée par une joie qui pétillait non seulement dans ses yeux, mais irradiait de toute sa personne, Agnès voulait passer toutes les minutes avec son cher promis.

— J'ai trois jours à vous accorder, ma chérie, et puis à partir du 15 juillet, j'aurai toute la vie à vous dédier.

— Et moi toute l'éternité ! renchérit étourdiment Agnès.

Ah, si l'on savait parfois la portée qu'ont les mots…

— En attendant, je vais vous présenter à mes grands-parents Delalande, ils habitent à deux pas.

Pierre Mersant fut accueilli par un :

— Voici donc celui qui t'enlève à notre affection ! Comment vous dire, monsieur, sans vous vexer, que vous êtes un empêcheur de tourner en rond ?

— Grand-père, ce n'est vraiment pas gentil pour Pierre qui ne mérite pas…

— Ton grand-père a raison. Nous enlever Agnès pour l'emmener au bout du monde, vous nous poignardez, monsieur.

Les amoureux avaient eu la sagesse de sourire aux outrances des deux aïeux. Leur décrépitude appelait à l'indulgence même si leurs propos frôlaient la mauvaise tragédie. Pour la première fois, Agnès prit conscience de leur âge avancé, elle plaqua sur leurs joues quatre baisers sonores et dépourvus de rancune.

— Je suis heureuse, Pierre et moi sommes faits l'un pour l'autre. Un peu comme vous, en somme. Vous êtes mon modèle.

En une phrase, elle les avait mis dans sa poche. Aurait-elle autant de chance au mas Michaud ? Pas sûr !

— Traître ! Ah, j'en ai connu des judas dans ma pu... de vie ! tonna Michaud. J'ai cru avoir tout vu avec le phylloxéra, eh bien non ! La vie me réservait encore un tour de cochon.

— Comment dois-je le prendre, monsieur Michaud ? demanda Mersant qui connaissait l'homme et ses rodomontades.

— Comme tu veux, l'arsouille ! Tu me prends mon vin, tu manges à ma table, tu couches sous mon toit et pour merci, tu me dépossèdes du plus beau puceron que j'aie jamais vu à ma vigne. Et d'après toi, je ne devrais rien dire ?

— Au contraire, mais j'aimerais que vous me disiez, monsieur Michaud, que vous me vendrez toujours votre vin, que vous m'offrirez toujours le gîte et le couvert... pourvu que je rende votre petite-fille heureuse.

— Mais il n'en est pas question autrement, mon gars.

Brave pépé Michaud qui détourna la tête pour écraser une larme.

Pétronille, quant à elle, s'adonna à ses jérémiades coutumières.

— J'ai toujours su protéger ma fille des climats extrêmes où mon gendre voulait l'emmener. Et là, on ne me demande pas mon avis ! Ah, si tu m'écoutais, fillette !

— J'écoute mon cœur, grand-mère.

Restait Eva la rebelle ! Rebelle à cette sœur chérie par qui elle se sentait trahie. Rebelle à ce futur beau-frère qu'elle trouvait trop sûr de lui. Rebelle à leur bonheur qu'elle jugeait égoïste, indécent. Elle allait avoir dix-sept ans et sentait l'univers s'écrouler autour d'elle.

Mademoiselle Rosine flairait la consécration de sa vie de couturière, aussi gardait-elle secrète, dans ses moindres détails, la robe de mariée choisie par Agnès et approuvée par sa mère. Elle s'en réservait jalousement toute la création, jusqu'au dernier point, jusqu'à la dernière retouche si c'était nécessaire. Elle s'était même proposée pour habiller la mariée au matin de ses noces, coiffant au poteau Reinette son employée, mise au rang des réprouvées par une Madeleine un peu trop rancunière.

— Ne te tracasse pas, Reinette, l'avait consolée Agnès. C'est juste une passade pour la forme, mon futur mari aura tôt fait d'enjôler ma mère.

— Votre maman n'est pas la seule à me faire la tête, notre petite Eva n'est guère souriante, du moins avec moi.

— Avec moi non plus, rassure-toi, Reinette. Et avec Pierre alors, un vrai petit bouledogue. Vivement que tu lui couses sa première robe de bal, elle verra la vie sous un autre angle.

En fait, Eva était la seule à ne pas avoir déposé les armes. Autant les grands-parents respectifs se disputaient pour avoir les amoureux à leur table lors des courtes visites de Pierre Mersant, autant Camille prenait plaisir à s'entretenir de politique, de l'avenir de l'industrie comme celui de la paysannerie, autant Madeleine faisait contre mauvaise fortune bon cœur, autant la pourtant délicieuse Eva, délicat biscuit de Sèvres aux yeux d'alabandite, casquée d'une crinière de tsigane, campait sur sa position de rejet à toute tentative de conciliation émanant des fiancés.

Le grand jour était enfin arrivé. La fébrilité avait été à son comble entre les murs de La Glycine et maintenant sur le parvis de la cathédrale, alors qu'allait se jouer une page essentielle de la vie de leur famille, tous les membres avaient revêtu, en plus de leurs plus beaux atours, un voile de sérénité qui ne laissait place qu'à l'émotion partagée.

La veille, Pierre Mersant avait fait chavirer de bonheur sa promise.

— J'ai une surprise pour vous, Agnès chérie. Vous m'avez confié priser ce que votre grand-père appelle « le taureau de feu », aussi dans deux jours partons-nous pour…

— Clermont-Ferrand, bien sûr !

— Je parle de notre voyage de noces, ma douce.

— A Paris, alors ? Ou sur la Côte d'Azur ? Tout me convient puisque nous serons ensemble.

— Paris, oui, mais seulement comme point de départ. Cela vous évoque-t-il une quelconque destination ?

Pierre savourait le plaisir impatient d'Agnès.

— Un point de départ. Je ne comprends pas. Vous me faites languir, Pierre, c'est méchant !

— Nous allons à Vienne, ma chérie. Voyager dans l'Orient-Express vous sied-il ? J'avoue qu'aller jusqu'à Constantinople son terminus était tentant mais la prudence est mère de sûreté alors que les pays traversés à partir de la capitale autrichienne ne sont pas vraiment sûrs, ils seraient même souvent en ébullition, à ce que j'ai cru comprendre.

Agnès était restée bouche bée, aucun son ne sortait de sa gorge, elle étouffait de joie et ne sut que battre des mains comme un enfant applaudit un spectacle. A ses yeux perlaient des larmes de joie.

Une chaise repoussée rageusement en crissant sur le parquet l'interrompit. Eva manifestait à nouveau sa mauvaise humeur. Elle exprimait surtout une incommensurable tristesse, sa sœur était heureuse par l'effet d'un inconnu, elle n'avait plus besoin d'elle. Et elle, saurait-elle se passer de sa présence ? Qui sait.

Une fierté légitime habitait Camille Delalande qui, pour la dernière fois, tendait son bras à sa fille. Dans une heure, si l'archiprêtre de la cathédrale ne jouait pas les prolongations, c'est un autre qui aurait ce privilège, un autre au bras duquel elle partirait radieuse vers l'avenir, cet immense inconnu.

Et comment ne pas être gonflé de fierté, sa fille était au comble de la séduction, à l'apogée de sa beauté, au zénith du rayonnement dans une robe de soie ivoire qui balayait le sol, ne dévoilant qu'un bout d'escarpin Louis XVI lorsqu'elle avançait le pied. Le corsage et les manches, entièrement rebrodés de fils d'argent, chatoyaient au soleil. Elle avait mis le collier de perles qu'il lui avait offert l'an passé au ras duquel la couturière avait ajusté l'encolure afin qu'ils ne se chevauchent pas. De ses cheveux coiffés en bandeaux et ramassés sur sa nuque en une flopée d'anglaises qui tire-bouchonnaient, partait un voile voluptueux qu'une des demoiselles d'honneur, fille d'amis de ses parents, empêchait de traîner par terre. Eva avait décliné cet honneur et, à la demande subtile de Pierre, Agnès n'avait pas insisté.

— Il faut laisser du temps à votre sœur pour retrouver votre complicité. Attendez que nous lui proposions d'être la marraine de notre premier enfant et vous la verrez oublier sa rancune.

— Notre premier enfant ? Parce que vous en voulez plusieurs, monsieur Mersant ? Il faudra mon consentement !

Elle plaisantait pour cacher cette douleur secrète à venir qui gâchait un peu son bonheur, et rougissait à l'idée de faire un enfant. Touchante et délicieuse Agnès !

Dans un élan de générosité, madame Delalande avait fait une émouvante proposition à son presque gendre :

— Vous n'avez plus vos parents, Pierre, votre maman surtout qui vous conduirait à l'autel. Me trouvez-vous digne de la remplacer ?

Emu plus qu'il ne l'aurait cru, Pierre Mersant avait pris son temps pour répondre :

— Ma mère, si elle me voit et je n'en doute pas, pensera qu'il n'y avait pas une personne plus digne que vous de la remplacer, madame. Je vous suis reconnaissant de cette délicatesse.

Agnès n'avait d'yeux que pour Pierre au bras de Madeleine. C'est qu'il portait beau, le courtier en vins, le traître, selon monsieur Michaud, l'empêcheur de tourner en rond, le kidnappeur de fille, le dérobeur de sœur, sanglé dans un costume noir trois-pièces sur lequel scintillait l'or d'une chaîne de montre en sautoir à trois rangs. Des revers en satin de sa veste émergeaient un jabot de dentelle et une cravate grise à deux tours de cou, piquée d'une perle. Gris aussi ses gants et son chapeau haut de forme.

A la sortie d'une célébration tout en émotion et en promesses de bonheur vint le temps de congratuler les nouveaux époux.

Les demoiselles d'honneur – au nombre de six, en incluant Eva – papillonnaient autour du couple. Dans leurs vaporeuses robes de satin rose buvard, la couleur choisie par Agnès parce qu'elle convenait au teint d'Eva, et leurs capelines assorties, on aurait dit un bouquet de fleurs géantes.

« Un coq au milieu d'une basse-cour ! » se dit Eva, ne voyant que ce beau-frère honni et ces cinq péronnelles.

Effusions et félicitations accomplies, il fallut organiser un cortège cohérent pour se rendre au restaurant où devait avoir lieu le banquet des noces. Eva, qu'Agnès s'épuisait à intégrer dans cette journée exceptionnelle, avait décliné toute implication.

— Organiser un cortège ? Tu veux dire faire mettre les gens en rangs comme à l'école du Panséra ? Tu me prends pour la despotique sœur Marie des Anges ? Trouve-toi un autre lampiste.

Encore un coup d'épée dans l'eau ! Toute tentative de rapprochement, toute manifestation d'une affection qui n'avait rien perdu de sa profondeur, tout compliment qu'Agnès offrait à sa jeune sœur tombait dans un tambour qui sonnait creux. On aurait dit que le cœur d'Eva s'était fermé à leur enfance, à leur adolescence, à leur jeunesse, soudées, complices, affectueuses. Et cela écornait quelque peu le bonheur de l'aînée.

Il fallait cependant une organisatrice, ce qu'on nomme aujourd'hui une *wedding planner* ; Madeleine Delalande s'y attela parce que sa douceur se teintait d'exigence. Ce dont son mari parfois la plaisantait en disant :

— Je vous soupçonne, ma chère, d'avoir dans vos lointains ancêtres le cardinal de Richelieu, ne vous déplaise. Lui-même se reconnaissait, sous des dehors patelins, le don du commandement.

Affirmation devant laquelle Madeleine haussait négligemment les épaules et rétorquait :

— L'Histoire a retenu de lui qu'il était un grand homme.

Et s'il se trouvait qu'elle eût l'humeur badine, elle approuvait en souriant :

— Vous avez raison, mon ami, comme lui j'adore les chats !

Ancêtre réputé ou pas, sous ses directives le cortège enfin fut formé et put s'ébranler en direction du Café de France, une brasserie-restaurant sur laquelle l'on pouvait compter dans la ville d'Alais.

Par son passé de maison illustre et par son chef actuel, monsieur Léopold en place depuis quinze ans et dont la renommée dépassait le département, le Café de France bénéficiait d'une réputation qu'il devait à la constance de sa qualité. Bien que sollicité à Nîmes et même à Montpellier, monsieur Léopold restait fidèle à la ville qui l'avait vu naître. En aparté, il confiait volontiers que les restaurants parisiens où il avait fait ses classes manquaient de caractère, prônaient trop la perfection au détriment du terroir et de ses spécificités.

Les salons de réception se trouvaient à l'étage, il y en avait quatre séparés par des cloisons coulissantes et l'on pouvait ainsi moduler la pièce selon le nombre des convives. Toute une escouade de serveurs en tablier blanc qui leur tombait jusqu'aux chevilles formaient une haie au passage des invités précédés par le maître d'hôtel, puis lorsque tous furent assis, se placèrent derrière eux afin de répondre promptement au moindre de leurs désirs. La grande classe !

Le plus grand nombre était des parents, amis et alliés des Michaud-Delalande. On en comptait bien une cinquantaine sur lesquels on n'avait pu faire l'impasse ; notoriété oblige, celle des Delalande comme celle des Michaud. Ainsi se côtoyaient le commerce alaisien, les houillères de Rochebelle et bon nombre de propriétaires terriens de la plaine cévenole.

La seule famille, éloignée ô combien, de Pierre Mersant, était un couple de cousins issus de germain – la parenté se perdait dans la nuit des temps –, petits viticulteurs à Arpaillargues, village situé à une trentaine de kilomètres au sud-est d'Alais. Mersant les visitait, non en courtier mais en parent, par politesse en souvenir de ses parents, mais ils ne figuraient pas sur la liste des producteurs avec qui il commerçait, la médiocrité de leurs cépages étant rédhibitoire.

Ce n'était pas faute, cependant, de leur prêcher la politique de la qualité, fût-ce au détriment de la quantité ; mais les Bonnet, c'était leur nom, manquaient d'ambition et continuaient à vivoter de leur bibine sans se soucier de l'avenir. Pourtant, ils avaient un fils d'une vingtaine d'années, Maxime, qui fut désigné d'office comme le plus apte à être le cavalier d'Eva. Un garçon souriant, à l'air aimable, sans audace mais sans timidité, aux cheveux et aux sourcils abondamment fournis mais dépourvu de barbe, de favoris ou de moustache.

Un coup d'œil en biais de la jeune fille lui fit apprécier cette particularité.

« Enfin un qui ne satisfait pas aux diktats de la mode », lui céda-t-elle avec satisfaction.

Pour autant, elle resta sur la réserve et se garda bien d'engager la conversation avec un jeune homme qu'elle rencontrait pour la première fois. Ce qui ne les empêcha pas, tous deux, de s'observer à la dérobée.

Un petit discours de Camille Delalande, une réponse pleine de finesse de la part de son gendre, les agapes pouvaient commencer.

Les plats se succédaient, commentés par les convives, les superlatifs s'enchaînaient pour décrire la cuisine de monsieur Léopold, lequel fit son apparition au moment du dessert.

Tablier immaculé, immense toque blanche, il ne rougit pas au tonnerre d'applaudissements qui saluait sa maîtrise de l'art culinaire. Un peu fat, le bedonnant monsieur Léopold, mais à tout péché miséricorde, il avait comblé d'aise les papilles affûtées de cette coterie.

Du dessert aux chansons, il n'y avait qu'un pas et ce fut Pétronille qui, d'une voix qui s'écrasait parfois dans les aigus, s'engagea dans la délicate interprétation de la cavatine du *Mireille* de Gounod.

Anges du paradis, couvrez-la de votre aile.
Dans les airs, étendez votre manteau sur elle.
Et toi, brûlant soleil d'été, fais grâce à sa jeunesse
Epargne sa beauté…

Une envolée si lyrique qu'il plut à tous d'en oublier les couacs et de n'en retenir que l'émotion partagée.

Chansons de comiques troupiers, ritournelles reprises en chœur, c'est bien connu, lassent au bout du compte. Alors que se manifestait cette lassitude, les musiciens firent leur entrée, le grand moment était arrivé, celui où les mariés allaient ouvrir le bal et où les demoiselles et les garçons d'honneur allaient leur emboîter le pas.

Maxime Bonnet se leva de sa chaise, porta la main à une poche intérieure de son veston, en retira un petit paquet joliment emballé et le tendit à Eva.

— Nous n'avons pas été présentés, mademoiselle Eva, mais j'ai lu votre nom sur le menu, à votre place. Vous êtes donc la sœur de la mariée ? Quel sot, mon cousin, de ne pas avoir choisi la plus belle des deux !

Eva rougit, le compliment était bien tourné, elle prit le présent qu'elle déplia lentement, ouvrit un écrin et découvrit un trèfle à quatre feuilles monté en broche.

— Elle vous plaît ? Voulez-vous que je l'agrafe sur votre robe ?

Sa gorge était nouée, seules ses lèvres esquissèrent un merci et un petit battement de cils engagea Maxime à fixer la broche.

— Savez-vous danser la valse, mademoiselle Eva ?

— Très médiocrement, je le crains, articula-t-elle, désolée.

— Et moi, pas du tout ! Alors allons-y quand même si vous ne craignez pas que je vous écrase les pieds.

Maxime n'était certes pas le danseur idéal, mais il aimait danser et surtout danser avec Eva qu'il ne quitta pas de la soirée.

— Je réserve toutes vos danses. Avez-vous un carnet de bal ?

— Pas encore, mais je vous les accorde, monsieur Bonnet.

La fête s'achevait, Agnès et Pierre venaient de s'éclipser discrètement avec la bénédiction tacite d'Eva. Son beau-frère rentrait enfin en grâce, et pour cause ! il avait un petit cousin charmant.

Leurs récits qui se mêlaient sans jamais se contredire m'avaient totalement intégrée dans le point d'orgue de la vie d'Agnès, son fastueux mariage avec monsieur Mersant.

Le souci du détail que chacune avait retenu avec sa propre sensibilité m'avait permis de voir, dans le visage congestionné de Camille Delalande la fierté et la nostalgie d'un père, de débusquer derrière la voilette de plumetis noire les larmes furtives de Madeleine.

Jamais Agnès ne m'avait parlé de sa souffrance quand ses relations avec sa jeune sœur s'étaient détériorées. Ne pas verbaliser ce douloureux épisode revenait à le nier, à ne plus se souvenir de son existence. En revanche, en faire état comme le faisait Eva, n'était-ce pas plaider coupable de cette tempête somme toute dans un verre d'eau ? En tout état de cause, il était impossible de concevoir qu'un jour une brouille ait pu s'immiscer entre les deux sœurs, elles étaient plus proches que la chair et l'ongle !

Un soupçon de discernement, pour surprenant qu'il soit en raison de mon âge, me soufflait de changer de sujet.

— Vous ne m'aviez pas dit que vous aviez des chats. Plusieurs ? demandai-je à brûle-pourpoint, me souvenant que Madeleine avait dit les adorer.

— Trois, ma toute belle !

— En même temps ?

— Mais oui, maman avait le sien qui s'appelait Pruneau en raison de son pelage plus noir que le charbon ; le mien, un vrai chat de gouttière, ne se civilisait qu'une fois dans la maison, au-dehors, il faisait régner la terreur, je lui avais donné le nom d'Attila.

— C'est pourquoi mon Pompon ne sortait jamais, sauf lorsque Attila dormait profondément près de la cheminée ! assura Eva.

Puis, passant du coq à l'âne comme parfois les conversations des enfants peuvent être décousues, je demandai :

— Au fait, madame Agnès, vous ne m'avez pas décrit le gâteau de votre mariage. Etait-ce une de ces pièces montées si hautes qu'elles peuvent s'écrouler rien qu'en les regardant ?

— Bien sûr, Frison ! Des choux remplis de crème, empilés en forme de cône et soudés par un coulis caramélisé parsemé de dragées blanches. Monsieur Mersant et moi avons eu beaucoup de peine à les désolidariser pour les servir à nos invités. Pourtant, nous essayions de garder notre sérieux alors que nous étions au bord du fou rire. Imagine, fillette, ces boules qui venaient par trois, quatre et même plus, qui collaient aux doigts, aux couteaux, aux assiettes ! J'en ris encore.

Et en effet, Agnès riait de bon cœur à cette évocation, nous entraînant, Eva et moi, dans son hilarité communicative.

Quand elle parlait de son mari, Agnès disait toujours monsieur Mersant et j'en avais déduit, dans ma naïveté d'enfant, qu'il n'avait pas de prénom.

Je fus déçue, l'avouerai-je, lorsque Eva prise dans sa narration fit état qu'il se prénommait Pierre. Il me plaisait qu'il s'appelât seulement monsieur Mersant, ainsi gardait-il une aura de mystère.

Quel démon me poussa, ce jour-là, de jouer l'indiscrète ?

— Mademoiselle Eva, parlez-moi de Maxime Bonnet. Etait-il beau garçon ?

Je ne pris pas garde à la légère crispation de son visage d'ordinaire si lisse en jetant étourdiment son cavalier sur le tapis. Le ton de sa réponse me laissa perplexe.

— Il avait des sourcils comme des roues de charrette ! me répondit-elle sèchement.

Pas un cheveu de ma tête ne me dit de pousser plus avant dans ce sujet qui avait l'air tabou. Je me tus mais sa réponse tournait dans mon esprit. S'agissait-il d'un compliment ? L'intonation pourtant ne le laissait pas présager. Avec cette réponse lancée comme une fin de non-recevoir, il y avait là de quoi alimenter mon imagination. Faisait-elle référence à son métier de viticulteur ? Etait-ce une particularité des hommes d'Arpaillargues ? Les enfants se font facilement des images avec les mots des adultes et je me représentais Maxime Bonnet mi-homme, mi-charrette échappé d'un conte de Perrault et surtout tellement peu assorti à la douce et jolie Eva dans sa robe de tulle rose.

Agnès avait le don d'inoculer le virus du voyage. La description méticuleuse qu'elle me fit de ce train mythique, qui vivait sa première décennie avec un succès grandissant, avait à la fois quelque chose d'irréel et en même temps on pouvait, comme elle l'avait fait, apprécier le décor raffiné des voitures, les salons, les fumoirs, le restaurant et jusqu'aux couchettes qui proposaient des thèmes. La frustration de ne pas conduire sa sultane jusqu'à Constantinople avait-elle influencé monsieur Mersant sur le choix de leur nid d'amour ?

— Nous étions dans la suite Les mille et une nuits, me confia Agnès.

Que d'émotions dans sa voix naturellement un peu rauque. Enfin… naturellement… j'apprendrai un jour que la nature, à ce sujet, n'était pas la coupable.

Par chance, mon ignorance crasse dissipa la mélancolie de ma vieille amie quand j'étalai ma bêtise.

— Pourquoi n'avait-il pas choisi d'aller jusqu'à Istanbul[1]*, alors ? En classe, la maîtresse nous a montré des photos d'un palais de sultan…*

Agnès riait à gorge déployée, imitée par Eva.

— Et pourquoi pas Byzance, tant qu'on y est ! s'amusaient-elles à mes dépens en tapant dans leurs mains pour applaudir mon incurie.

---

1. Au moment du voyage de noces d'Agnès, on parlait de Constantinople alors qu'elle était devenue Istanbul au temps de leur récit.

Puis elles redevinrent sérieuses, et Eva invita sa sœur à poursuivre :

— Parle-lui des valses de Vienne, ça fait toujours rêver les fillettes candides.

En route donc pour la danse, pour le quadrille endiablé dans le grand salon d'apparat de la Hofburg, la polka qui avait ses adeptes, mais aussi la csardas, mise à l'honneur par l'impératrice Sissi, ardente avocate de la culture hongroise.

— Tu sais, Frisette, à cette époque qu'on disait belle et ce n'était pas faux, à Vienne plus qu'ailleurs l'insouciance avait droit de cité. On dansait partout, sur les places, dans les parcs, le jour, la nuit. La musique y était omniprésente. Monsieur Mersant me fit valser sur la musique du Beau Danube bleu *au Prater, puis il m'entraîna sur une grand-roue, récemment installée, de laquelle on dominait la ville et son fleuve alangui.*

— Alors c'est vrai, madame Agnès, il est bleu, le Danube ?

Deuxième partie

BONHEURS RÊVÉS

1

Toute autre qu'Agnès la sage, après le tourbillon d'un mariage de rêve et le périple fabuleux dans lequel l'avait entraînée son époux, se serait sentie à l'étroit en posant ses bagages dans son nouveau logis.

Rien de tout cela, en tout cas, ne transparaissait sur son visage délicatement rosé quand elle eut atteint, pressée de se débarrasser de ses bottines qui la faisaient souffrir, le troisième étage d'un immeuble cossu de la rue Blatin à Clermont-Ferrand.

« Avenue conviendrait mieux », se disait-elle, au regard de ce qu'étaient les rues d'Alais.

Suffisamment large pour que circulent à double sens calèches, tilburys et les pétaradants véhicules qu'étaient les premières automobiles, de plus comprenant en son centre une double rangée de rails pour le tramway électrique qui sillonnait la ville depuis cinq ans déjà, le tout longé de larges trottoirs, la rue Blatin était bordée sur toute sa longueur d'immeubles à trois ou quatre étages. Les rez-de-chaussée réservés aux commerces offraient une enfilade de boutiques entrecoupées de portes cochères, flanquées chacune d'une autre plus étroite qui menait aux étages.

— Bienvenue dans notre nid d'amour, madame Mersant !

Incapable de résister au plaisir de soulever dans ses bras sa si légère épouse pour lui faire franchir le seuil du paradis, Pierre combla l'attente de la jeune fille romantique qu'elle était naguère.

Elle découvrit alors une belle pièce carrée, donnant sur la rue, qu'au premier coup d'œil elle jugea sommairement meublée ; ses références en la matière : La Glycine, le mas Michaud ou la maison sans nom des grands-parents Delalande, péchant eux par un mobilier profus et parfois disparate, fruit d'héritages de plusieurs générations.

Son sourcil étonné, sa bouche où s'était figé son sourire firent réagir Pierre.

— Eh oui, ma chérie, c'est un appartement de célibataire qu'il t'appartiendra de transformer en doux cocon. Donne libre cours à ta fantaisie, Agnès, pour ton plaisir et pour le mien.

Il ouvrit la porte de la seconde pièce, toujours en façade, leur chambre qui lui parut nettement mieux pourvue que la précédente.

Pierre n'hésita pas à lui confier :

— Au décès de mes parents, j'ai remplacé mon lit de garçon et ramené ici les meubles de leur chambre.

Lit, armoire, commode, table de chevet, rien ne manquait en effet sinon une touche féminine.

— Je demanderai à mes parents de mettre ma coiffeuse au train ainsi que quelques tableaux de maman qui étaient dans ma chambre.

— Un peu nostalgique de tes Cévennes, ma chérie ? De ta famille aussi ?

— La nostalgie n'empêche pas le bonheur, Pierre, elle fait partie de la vie. On renonce toujours à quelque chose pour en avoir une autre, est-on malheureux pour autant ? Non, simplement nostalgique.

— Il s'en passe des choses dans ce joli crâne ! siffla-t-il, admiratif, en la prenant dans ses bras.

— Trêve de plaisanterie, monsieur mon époux, où peut-on cuisiner ? Je ne te promets pas les menus de l'Orient-Express, mais je me sens capable de faire cuire des pâtes.

— Par ici, madame la cuisinière.

Lui prenant la main, ils revinrent dans la salle de séjour, traversèrent un étroit couloir qui offrait trois portes.

— La cuisine, désigna Pierre en premier, les commodités et le *dibârâ*.

Agnès esquissa une mimique d'incompréhension.

— Les Auvergnats nomment ainsi une pièce à tout faire, sorte de cagibi, de réserve alimentaire, de local à balais, à chaussures, à tout, quoi, combla-t-il la perplexité d'Agnès.

Rudimentaire équipement dans cette cuisine avec fenêtre sur cour intérieure ! Agnès fit cependant bonne figure à la gazinière dotée d'un four, le reste viendrait petit à petit. N'avait-elle pas carte blanche ?

Leur première séparation, trois jours dans le Bordelais où le travail appelait Pierre, permit à la jeune femme de prendre ses marques chez les commerçants de la rue Blatin et même de s'aventurer au-delà de la place de Jaude jusqu'à la rue des Gras, le cœur commerçant de la vieille ville qui, à toute heure de jour, grouillait d'une foule affairée. L'aventure Michelin, pour n'en être qu'à sa première décennie, imprimait déjà sa marque sur la capitale auvergnate. Elle fit un détour jusqu'au marché Saint-Pierre où chaque étalier hélait à grands gestes et grands cris les chalands.

« On se croirait aux halles d'Alais, un samedi matin », songea-t-elle, et ce lui fut un réconfort que tous les marchés se ressemblassent.

Il ne fallut pas plus d'un mois pour que les commerçants de la rue Blatin repèrent cette cliente à la fois lumineuse et discrète, toujours pimpante et polie, s'excusant parfois de ne prendre qu'une seule tranche de jambon, qu'une demi-baguette.

— Monsieur Mersant mon époux est en déplacement, croyait-elle poli de préciser.

— Vous chantez les mots, madame Mersant. C'est un peu de soleil qui entre avec vous dans notre boutique avec votre accent.

— Un accent, moi ? Ne seraient-ce pas les Auvergnats qui en auraient un ?

Etonnement naïf ? Ou volontairement subtil ? La vaste question de la détention d'un accent, tout comme celle de la primauté de l'œuf ou de la poule, avait de bons jours devant elle.

A chacun de ses retours, Pierre Mersant ne manquait pas de noter une nouveauté dans leur appartement et s'en réjouissait.

— J'ai épousé une fée ! Celle du logis qui décore, encaustique, fleurit et qui cuisine à la perfection... enfin presque. Euh... surtout les pâtisseries. Ah, je sais, je vais t'appeler madame Tatin !

Le vide laissé par l'envol d'Agnès accablait sa famille cévenole. Il faut dire que le mariage de la chère enfant, beau à faire rêver, avait pour tous, le goût des lendemains qui déchantent. L'effervescence qui avait régné tout le temps de la préparation des noces, l'émotion ressentie le jour même, tout cela était retombé comme un soufflé et il n'en restait plus que le souvenir. Tous sans exception avaient une bonne raison de se sentir dépossédé.

Comme tous les pères, Camille enviait son gendre désormais adorateur privilégié de sa fille chérie ; Madeleine se plaignait de ne pas avoir vu grandir son enfant, le temps passant trop vite, et se promettait de ne pas laisser échapper sa cadette de sitôt.

Cadette qui n'en demandait pas autant. Si les ressentiments qu'elle avait nourris envers sa sœur, et plus encore envers son beau-frère, s'étaient envolés comme par magie, il lui était évident au quotidien qu'elle avait perdu sa confidente, sa conseillère, à qui elle aurait bien voulu confier l'ébauche d'une amourette qui ne demandait qu'à se concrétiser et qui occupait le plus clair de ses pensées.

Eva, donc, avait revu Maxime Bonnet, le cousin de monsieur Mersant, un jeune homme assez habile, ou assez rusé, ou simplement toqué de la jolie nymphette qu'on avait placée à côté de lui pour avoir soutiré, de façon innocente, à l'un de ses proches, les lieux propres à se trouver sur son chemin.

C'est ainsi qu'une fin d'après-midi, alors qu'elle sortait de son cours de peinture auquel Madeleine l'avait convaincue de s'inscrire, elle se trouva nez à nez avec son cavalier d'un jour qui l'aborda avec exubérance.

— Mademoiselle Delalande, ça alors ! Laissez-moi me souvenir… Eva, oui c'est ça ! Impossible d'oublier un si joli prénom, encore moins la très séduisante personne qui le porte.

Ce jour-là, Eva devait être d'humeur à trouver délicieux les compliments les plus éculés, à moins que ce ne soit son rêve de la nuit précédente qui la mette dans de si bonnes dispositions. Une jeune fille dont elle n'avait pas vu le visage, mais dont elle était certaine qu'il ne s'agissait pas d'Agnès, valsait dans les bras d'un jeune homme qui, lui, n'était pas monsieur Mersant. Ses longs cheveux noirs caressaient son dos au rythme de ses pas ; son cavalier, lui, était imberbe…

— Vous êtes un flatteur, monsieur Bonnet !

— Oh, vous vous souvenez de moi ? C'est mon jour de chance. Il fait une chaude journée, n'est-ce pas ? Venez, nous allons boire une limonade.

— Désolée pour votre jour de chance, monsieur Bonnet. J'allais rejoindre ma mère qui doit s'inquiéter de mon retard.

— Une prochaine fois, alors ?

— C'est ça, à bientôt, monsieur Bonnet.

En jeune homme poli, il n'avait pas insisté ; l'excuse, fausse ou vraie, plaidait en faveur de la jeune fille. Mademoiselle Delalande ne cédait pas à l'invitation du premier venu, eût-il été, le mois dernier, son cavalier. Il avait cependant matière à se réjouir, son regard ne l'avait pas trompé, la jeune Eva portait, accrochée au grand col blanc de son chemisier fleuri, la broche qu'il lui avait offerte.

Les rencontres fortuites, dès lors, se succédèrent ; quelques pas de concert, un détour pour allonger le trajet, jusqu'à une pause sur un des bancs sous les ombrages du Bosquet ; jamais cependant le moindre effleurement qui aurait effarouché la jouvencelle. Eva se réjouissait de la délicatesse de ce jeune homme plein de charme qui avançait précautionneusement ses pions.

— Puis-je vous raccompagner jusque chez vous, mademoiselle ?

— Je ne vois pas de raison à cela, monsieur Bonnet, mes parents non plus, qui m'en feraient reproche.

— Oui, vous avez raison, vous êtes si jeune, encore une enfant…

Juste ce qu'il ne fallait pas dire !

— Je ne vous permets pas, monsieur, j'ai dix-sept ans passés. Mes parents m'ont déjà amenée au théâtre et cette saison, j'irai au bal, ils me l'ont promis.

— C'est normal, vous dansez si bien. Peut-être nous y retrouverons-nous ? M'inscrirez-vous alors sur votre carnet de bal ?

— D'accord, pourvu que vous ne me considériez plus comme une petite fille.

Les rendez-vous tacites de Maxime et d'Eva cédèrent le pas à deux impératifs consécutifs, les vendanges des vignes paternelles auxquelles le fils Bonnet ne pouvait se défiler et, du côté de la jeune fille, le voyage à Clermont-Ferrand qu'avaient programmé ses parents. Un autre aléa suivrait, bouleversant le cours paisible de leur vie familiale.

Fière des éléments décoratifs qui transformaient agréablement le logement de célibataire de Pierre Mersant, sa jeune épouse avait hâte de partager cette petite vanité, qui lui était si peu coutumière, avec sa famille.

En route donc, ou plutôt en train, pour la cité dominée par ce volcan endormi qu'est le Puy de Dôme ! Rythmé par de nombreux arrêts dans des gares parfois désertes, enjolivé par des paysages aussi changeants qu'évocateurs de vraie nature, jalonné d'ouvrages audacieux qui semblaient enjamber avec élégance les vallons et rivières, se faufilant au sein des montagnes qui le recrachaient avec panache, le tracé de la ligne de chemin de fer menant à Paris via Clermont-Ferrand parut à lui seul un spectacle continu qu'apprécièrent Eva et son père, n'en déplaise à Madeleine qui se plaignait de tout.

— Gardez-vous bien d'ouvrir cette fenêtre ! La fumée me fait suffoquer. Mes reins sont soumis à rude épreuve et j'ai la nausée de ces balancements…

— Voyons, ma chérie, nous ne sommes pas dans un bateau…

— C'est tout comme ! Je ne comprends pas quel plaisir vous…

— Le plaisir des yeux, maman !

Plaisir qui se prolongea tout au long du séjour auvergnat de nos trois Cévenols. Toute à sa joie de revoir sa fille, l'appartement, la rue, la ville, ses commerces, ses parcs et ses jardins, tout trouvait grâce aux yeux de Madeleine. Jusqu'à ce charmant petit hôtel, rue Beaumarchais, où Agnès avait réservé deux chambres.

— Ce soir, je vous propose un spectacle au kiosque à musique du jardin Lecoq, suggéra Pierre pour distraire sa belle-famille, déjà morose car leur départ approchait.

— Ce soir ? Mais nous n'y verrons goutte ! se récria Madeleine.

— Les becs de gaz ont fait tout récemment leur entrée dans ce parc, nous le traverserons en toute sécurité. Une fanfare militaire se produit qui vous mettra en joie, j'en suis persuadé.

Bel optimisme que celui qu'affichait monsieur Mersant contre vents et marées. Jusqu'à sa chère épouse qui s'assombrissait alors qu'approchait la date fatidique. Eva n'était pas plus enjouée, elle n'avait pas eu le temps, ou le courage, d'évoquer devant sa sœur son attirance pour Maxime Bonnet. Elle attendait tant de ces retrouvailles, de leur complicité d'antan, des conseils aussi qu'Agnès lui donnerait. Rien ne s'était déroulé comme elle l'avait souhaité, il faut dire que Madeleine savait si bien profiter de la préséance ! Ce soir, peut-être ? Elle se faufilerait tout près de sa sœur pendant le concert et elles chuchoteraient comme au temps où elles étaient unies tels les doigts de la main. Ce soir, c'était sa dernière chance !

En fin d'après-midi alors qu'ils se préparaient à partir au concert, on frappa à la porte du logement de la rue Blatin. Pierre fronça les sourcils, ils n'attendaient personne, encore moins un facteur en tenue qui lui tendit sans un mot un télégramme.

Le papier bleu plié en quatre, adressé à monsieur et madame Mersant, faillit lui échapper des mains lorsqu'il en fit la lecture muette. Le plus dur restait à faire. Le lire à haute voix. Agnès s'était approchée de celui qui était désormais son protecteur, Madeleine du sien, Eva ne savait qui regarder.

— Lisez donc, mon gendre, l'encouragea Camille.

— *Père brutalement décédé. Espère votre prompt retour. Suis désespérée. Signé : Germaine Delalande.*

Les deux filles se ruèrent vers leur père, l'étreignirent pour le soulager de sa peine et épancher la leur. Madeleine émit un long soupir. De soulagement que le télégramme n'émanât pas, comme elle l'avait craint, de ses parents ? De déception car il était évident qu'ils allaient devoir hâter leur retour ? Laissons-lui le doute qu'elle partagea la peine de son époux.

Efficace et précis, comme toujours, Pierre Mersant prit les devants d'un retour en Cévennes précipité.

— Je vais à la gare m'occuper de vos billets de train. Pour demain matin ?

— Si nous pouvions avoir le Paris-Marseille de nuit, je préférerais.

— Je descends avec vous ! décida Agnès. Seras-tu du voyage, Pierre ?

— M'en voudras-tu, ma chérie, si je vous retrouve à Alais seulement demain soir ? J'ai un rendez-vous dans la Saône, je descendrai directement par la vallée du Rhône et je vous rejoindrai.

Le voyage de retour n'avait plus rien à voir avec l'aller. D'ailleurs, il faisait nuit, comme l'avait souhaité Camille Delalande, volant au réconfort d'une maman qu'il devinait accablée de chagrin devant la brutalité d'une mort que rien ne laissait présager.

Ils parlaient peu, communiant avec la pensée. Les mots parfois sont de peu d'importance ou peuvent paraître dérisoires au regard d'une inexprimable douleur. L'arrivée au Bas-Brésis déclencha les larmes trop longtemps retenues. La nuit précédente, madame Delalande s'était réveillée selon son habitude pour assouvir un besoin naturel. Près d'elle, son époux dormait du sommeil du juste, en témoignait sa respiration paisible quoique un peu bruyante. Et au petit matin, c'était un cadavre qui gisait à côté d'elle. Pas une plainte, pas un cri, un appel, un signe de souffrance. On aurait dit qu'il dormait mais il était froid comme marbre.

Les visites affluèrent, les Delalande étaient si connus sur la place d'Alais, et chacun y allait d'un mot consolateur, d'une phrase réconfortante.

— Une belle mort, vraiment.

Quelle billevesée ! Comment la mort peut-elle être qualifiée de belle pour qui est enlevé à l'affection des siens ? Mieux valait, à tout prendre, une longue accolade ou une mine compassée.

Pour la première fois de leur jeune vie, Agnès et Eva faisaient l'expérience d'un départ irréversible, d'un vide qui ne serait jamais comblé et de l'importance des souvenirs afin que ne s'estompe jamais l'image de leur grand-père. Sans doute aussi pour la première fois réalisaient-elles que les êtres chers de leur famille rattrapés par l'âge, un à un, disparaîtraient dans une logique de vie douloureuse à admettre.

Le cœur d'Eva était-il en mesure de bondir dans sa poitrine quand, à l'issue de la cérémonie religieuse des obsèques de monsieur Delalande, elle reconnut Maxime Bonnet et ses parents ? Il frémit, en tout cas, et, pris d'une réaction semblable, tout son corps frissonna. Il était venu, il ne l'avait pas oubliée et, visiblement il prenait part à sa peine, emprisonnant plus longuement que permis sa main gantée de noir dans la sienne, tout en lui murmurant :

— Mes pensées ne vous quittent pas, Eva. Suis-je parfois dans les vôtres ?

Elle fit oui d'un léger mouvement de tête et se retrouva dans les bras de Reinette. La fidèle nounou partageait, elle aussi, leur chagrin et celui de leur famille.

Pierre Mersant, tout en délicatesse, proposa à son épouse de rentrer seul à Clermont-Ferrand.

— Avec tes parents et ta sœur, vous ferez corps autour de ta grand-mère désemparée. Et toi, ma chérie, tu trouveras auprès des tiens le réconfort que mes nombreuses absences m'empêchent de te donner.

— Tu devances mes souhaits, Pierre, quel merveilleux époux ! Je te reviendrai plus forte si je vois que grand-mère s'accroche encore à la vie. Elle m'a l'air si fragile, elle dont maman enviait la santé.

— Le corps, parfois, cache des ressources insoupçonnées. Madame Delalande mère est une battante, j'ai bon espoir que tu rentres chez nous avec elle, par exemple. Quelques jours avec sa petite-fille lui feraient le plus grand bien.

— Je lui ferai part de ta généreuse proposition, mon chéri, bien que je doute…

— Je ne veux pas te voir défaitiste dans le malheur, mon Agnès. Ton prénom puise dans son étymologie la douceur de l'agneau et la force de ce qui est sacré. Sois forte et douce, mon aimée, dans tout ce que la vie réserve à chacun de nous.

— Je m'efforcerai de ne pas te décevoir, mon chéri. Tu n'es pas encore parti et déjà je me languis de toi.

La dernière année du siècle ne verrait donc pas la consécration d'Eva Delalande, ses dix-huit ans passeraient même inaperçus. Les bals et soirées promis par sa mère pour la distraire du départ d'Agnès tombèrent sous le coup d'une période de deuil qui n'en finissait pas.

La battante qu'incarnait grand-mère Germaine aux yeux de sa petite-fille se révéla être un colosse aux pieds d'argile ; privée de sa base qui lui servait de piédestal, la veuve vacilla quelques mois avant d'aller rejoindre son époux dans sa tombe.

La joie des retrouvailles entre les deux sœurs fut totalement anéantie par ce nouveau deuil qui les liait plus étroitement, certes, mais qui les murait chacune dans un ressenti différent. Agnès culpabilisait de laisser à sa jeune sœur l'accompagnement de ses parents dans la peine. Eva n'était pas loin d'en vouloir à son aînée de s'enfermer dans son bonheur à deux alors qu'elle voyait s'éloigner les possibilités de rencontres avec le cher Maxime.

Lequel, comme une piqûre de rappel injectée à bon escient, était venu renouveler ses condoléances à la famille de son cousin. Mêmes gestes de tendre compassion, mêmes mots murmurés, à quelque chose près.

— Les événements sont contre nous, charmante Eva. Ah, si seulement nous pouvions nous écrire !

C'était tout, c'était déjà beaucoup. Eva, cependant, n'avait pas de réponse à donner ; d'ailleurs, d'autres mains s'emparaient des siennes, d'autres bras l'enserraient, visages connus ou non, et soudain la révélation : Reinette !

Reinette Laffont était là, comme pour son grand-père. Reinette qui s'était fait le facteur complice d'Agnès. Reinette qu'elle avait associée à la fourberie de sa sœur. Reinette qu'elle n'aurait, à son tour, aucun scrupule à mettre dans la confidence d'une amourette qui avait de la constance.

— Décidément, mademoiselle Eva, le malheur s'acharne sur votre famille, déplora platement Reinette.

— Merci d'être là, Reinette, je suis heureuse de te voir.

« Pauvre enfant à qui la vie toujours souriait ! » soupira intérieurement la nounou.

— Pourrais-je venir te demander un petit service à l'atelier ?

Surprise, Reinette fit oui de la tête et partit en songeant que les demoiselles Delalande en prenaient à leur aise avec leur ancienne nounou.

« Je parie que je vais encore servir de boîte aux lettres », se dit-elle, un sourire contraint vieillissant son visage.

2

Non, 1900 ne serait pas, et jusqu'au bout, l'année d'Eva ! Il ne lui restait plus à espérer que le XXe siècle lui soit enfin favorable. C'était à voir !

Son échange épistolaire avec Maxime Bonnet, courageusement et audacieusement engagé par elle, poussée par son élan de jeune amoureuse, avait permis aux jours et aux mois de glisser comme l'eau sur la pelisse. Après les vendanges, alors que Madeleine devenue hypocondriaque à la suite de ces morts brutales, relâchait un peu la pression involontaire qu'elle exerçait sur sa fille, ils s'étaient donné rendez-vous au Bosquet.

Un début d'automne venteux avait dépouillé les arbres de leurs dernières feuilles ; elles formaient un tapis éphémère sous les pas des deux jeunes gens qui marchaient côte à côte, éblouis de cette liberté qu'ils avaient soustraite à leurs parents.

Alors que pas un baiser n'avait été échangé, pas l'ombre d'une caresse esquissée, Maxime faisait des projets qu'Eva approuvait.

— Vous êtes très jeune et moi guère plus vieux, nos parents vont nous traiter de fous, mais tant pis, je veux mettre les miens au courant de mon attirance pour vous, de fiançailles à envisager. M'autoriserez-vous, ensuite, à venir rencontrer votre père ?

Le cœur d'Eva cognait dans sa poitrine, ce qui la rendit un long moment muette, au point d'inquiéter Maxime.

— Vous... vous jugez que c'est un peu prématuré ?

— Je... Non ! Laissez-moi juste un peu de temps pour ne pas foudroyer mes parents, ils sont fragiles, savez-vous ? Ma sœur et votre cousin viennent passer Noël et le jour de l'an avec nous, je profiterai de leur présence pour leur parler de notre relation, nous aurons ainsi des alliés dans la place.

— Belle et astucieuse ! Vous avez toutes les qualités, plus d'autres, j'espère, que j'ai hâte de découvrir.

L'élan de joie qui transportait Eva prit, aux derniers mots de Maxime, un peu de plomb dans l'aile. Lui demander ce qu'il entendait par là, n'était-ce pas la meilleure façon de savoir à quoi s'en tenir ? Si jeune et déjà pragmatique, Eva Delalande.

— Quelles sont ces qualités qu'il vous importe de connaître, monsieur Bonnet ?

— Celles d'une épouse de viticulteur, par exemple, qui se doit d'épauler son mari en toutes circonstances. Je sais que vous avez un modèle par votre grand-mère maternelle, mais la fibre est-elle arrivée jusqu'à vous ?

— L’amour entre les époux se charge d’aplanir les difficultés de cet ordre, le rassura Eva, elle-même soulagée d’un poids dont elle n’aurait su dire le nom.

Le courage ne lui manquait pas, en ce matin de Noël. A la fin du repas, égayé par la bonne chère, viendrait son heure de gloire, à moins que… Non, elle ne voulait pas songer à une quelconque opposition à ses projets, à son bonheur. Au moment du dessert, ce serait parfait.

On y était enfin, à cet instant fatidique, il suffisait que les conversations cessent, qu’un ange passe, elle profiterait de ce silence impromptu. Ce fut sa mère qui la devança en priant Agnès de découper la bûche.

— C’est toi qui l’as faite, alors à toi l’honneur de nous la faire déguster.

Agnès obtempéra, elle était fière de ses talents de pâtissière qui s’affirmaient de jour en jour ; elle prit le couteau d’une main, la pelle à gâteau de l’autre et s’apprêtait à trancher lorsqu’elle arrêta son geste, rougit, sembla faire durer le suspense, puis se tourna vers son époux en disant :

— Pierre et moi avons une grande nouvelle à vous annoncer. Deux êtres chers nous ont été enlevés cette année, mais dans quelque mois un nouveau-né rendra le sourire à toute la famille. J’attends un bébé.

Patatras ! L’effet de surprise revenait à Agnès et Eva n’avait même pas l’envie de le lui reprocher. Elle allait devenir tata ! Il ne fut plus question que de cette future naissance, du prénom à choisir, de la layette à constituer, d'une chambre à prévoir...

— Oui, nous allons devoir déménager de la rue Blatin, c'est dommage, je m'y plaisais bien.

Emportée par la joie collective, Eva laissa filer son heure, mais se réveilla le lendemain avec un amer goût d'inachevé. Pourquoi n'avait-elle pas profité de la trouée ouverte par sa sœur pour distiller à son tour l'espoir de voir se concrétiser sa future union avec Maxime ? On ne la reprendrait pas à deux fois, aujourd'hui serait son jour.

Il le fut, assurément, et grâce à une perche que lui tendit innocemment sa sœur.

— Avec Pierre, nous allons donner le bonjour à ses cousins d'Arpaillargues. Veux-tu venir avec nous, Eva ? Tu ne t'en souviens peut-être pas, mais leur fils Maxime était ton cavalier à notre mariage.

Ah, qu'il était plaisant de faire, à son tour, la mystérieuse ! Eva déployait ses dons de comédienne en fronçant ses sourcils pour se remémorer ce cavalier qui avait pris son cœur avant d'avouer :

— Comment aurais-je pu oublier ce jeune homme ? Nous correspondons régulièrement... Eh oui, cette bonne Reinette est dans la confidence comme elle le fut pour toi. Nous avons eu si peu l'occasion de nous voir, mais il souhaite au plus tôt être agréé par notre père.

— Pourquoi vous précipiter ? Tu es si jeune, ma petite sœur !

— Le mariage ne serait pas pour demain. En tout cas, pas avant que tu aies mis mon neveu ou ma nièce au monde et retrouvé ta taille de guêpe.

Et chacune de se réjouir du bonheur de l'autre !

Agnès fut parfaite, elle soutint sa cadette devant la déconvenue des parents qui avançaient pêle-mêle le jeune âge de leur petite dernière, le peu d'entrain encore qu'ils avaient pour les réjouissances, la situation du fils des cousins Bonnet dont la modeste propriété viticole aurait beaucoup de peine à faire vivre deux ménages. Seul grand-père Michaud semblait boire du petit-lait, il n'était pas loin de couver d'un regard bienveillant ce jeune voleur de petite-fille, rêvant déjà de lui confier ses terres.

Agnès, toujours elle, posa le poids qui fit pencher la balance en faveur de sa sœur.

— Au moins ne pourrez-vous reprocher à ce gendre d'emmener loin d'ici votre fille.

Le regard que lui coula Eva en disait long sur leurs atomes crochus, un temps malmenés.

Tandis que Pierre et Agnès Mersant entamaient leur recherche d'appartement, Maxime Bonnet était autorisé à faire officiellement sa cour à Eva.

— Prenez le temps de vous connaître avant que soient célébrées vos fiançailles.

Une recommandation paternelle qui convenait aux jeunes gens, encore que l'un et l'autre en avaient une appréciation très personnelle. L'idéaliste Eva ne songeait qu'à prolonger ce temps où Maxime, sans la heurter, lui conterait fleurette alors que le jeune homme, fort d'un accord parental, s'engageait dans une cour pressante qui effrayait la jeune fille.

Lui tendait-il la main pour descendre une marche ? Il ne la lui rendait pas sans avoir posé ses lèvres chaudes au creux intérieur de son poignet. Quel audacieux ! Eva ne sut si elle en avait frémi d'épouvante ou de plaisir.

Pire ! Avec quel aplomb Maxime devança un jour l'élan qu'allait prendre son audacieuse promise pour sauter de la calèche qui les ramenait d'une promenade ; il enserra sa taille fine de ses deux mains, la souleva telle une plume et la posa au sol. Le courroux faisait flamboyer les yeux noirs d'Eva, tout en elle se révoltait au point qu'elle le rabroua vertement en guise d'avertissement.

— Maxime, qu'est-ce qu'il vous prend ? Contentez-vous désormais de me tendre la main, je saurai bien trouver le marchepied, n'en doutez pas !

La mine contrite du jeune homme lui laissait quelque regret et beaucoup d'interrogations. Ces privautés étaient-elles courantes entre les amoureux ? Ah, comme elle regrettait de ne pouvoir questionner Agnès, encore qu'elle imaginait mal le très digne monsieur Mersant avoir bousculé les usages au point de choquer sa promise, tout amoureux qu'il fût.

Une semaine… ou deux, Maxime se le tenait pour dit et gardait de prudentes distances, mais il réitéra, le bougre, lors d'un concert où son bras enserra ses épaules au nez et à la barbe des parents d'Eva qui les chaperonnaient. D'un petit coup de son éventail, discret mais sec et qui en disait long sur sa réprobation, Eva l'avait remis dans le droit chemin… et eut droit à une bouderie de gamin capricieux.

Sans cesse, elle oscillait entre le désir de plaire à celui qui lui avait ravi son cœur et la crainte du péché qui pouvait se tapir derrière un séducteur. Et toujours elle regrettait de ne pouvoir se confier. Si proche qu'elle fût de sa mère, ce n'était pas à elle qu'elle confierait ses doutes, ni dans une lettre qu'elle en parlerait à Agnès !

Depuis deux mois qu'elle écumait les petites annonces, s'enquérait des appartements vacants dans le quartier autour de la rue Blatin et jusqu'au boulevard Berthelot, visitait des logements insalubres au fond de cours humides, grimpait des escaliers qui ne menaient qu'à des enfilades sans charme de chambres de bonne rebaptisées appartements rénovés, Agnès Mersant se sentait fort découragée. D'autant que l'enfant qu'elle portait fièrement ne lui facilitait pas la tâche. Nausées, fatigue, éblouissements, rien ne lui était épargné des désagréments de début de grossesse.

« Qu'en sera-t-il alors en juin et en juillet ? » se prenait-elle à redouter.

Une crainte qui renforçait l'urgence de déménager car, plus elle avancerait vers son terme, moins elle aurait de l'allant. Mais l'optimisme revenait en fin de semaine lorsque Pierre prenait le relais.

— Il nous faut élargir notre zone de prospection, la rue Blatin n'est pas la seule artère agréable de cette ville.

— Son animation me plaît, à toute heure de la journée ; les commerces de proximité me conviennent... Oui, j'étais bien ici.

Agnès aurait-elle hérité des entêtements puérils de sa mère ? Fort heureusement, Pierre Mersant n'avait rien du débonnaire Camille Delalande qui préférait la paix aux jérémiades. Lui était homme de raisonnement, exemples à l'appui, et par chance, Agnès savait se ranger à ses sages avis.

— Il nous est impossible d'envisager un troisième étage, tu t'épuiserais, ma chérie, à descendre et remonter quotidiennement le landau de notre bébé. Un rez-de-chaussée avec un jardinet ferait bien mieux l'affaire, qu'en penses-tu ?

— Dieu sait si j'en ai visité ! Des caves au mieux pour ne pas dire pire. L'eau suintait des murs. Quant au jardinet dont tu rêves, un bout de terrain cerné de murs si haut qu'on s'y serait cru en prison.

— Alors, il faut nous éloigner un peu de la ville. Par exemple, en montant vers Royat ?

— Royat ? Un monde fou en saison, le désert en hiver. Et le prix des loyers qui ne cesse de s'envoler !

Là, Agnès avait marqué un point en décrivant avec exactitude la station thermale de Royat qu'une foule de curistes envahissait, emportée dans une débauche de plaisir dispendieux pour mieux l'abandonner aux premiers frimas. Pierre, habile, se rattrapa :

— N'ai-je pas dit, ma chère épouse, en montant vers Royat ? Et entre Clermont et Royat, il y a Chamalières que l'on atteint sans avoir l'impression de quitter la rue Blatin. Allons y faire un tour, veux-tu ?

Quelle idée de génie ! Et quelle finesse d'appréciation ! La rue Blatin, en effet, se terminait au carrefour du boulevard Duclaux et l'avenue de Royat assurait sa continuité jusqu'à la riante cité de Chamalières où parcs, squares et jardins publics ne faisaient pas défaut. Un ruisseau la traversait en partie, la Tiretaine, qui descendait du puy de la Charade, sinuait dans Royat pour arriver enfin à Chamalières où elle jouait à cache-cache, tantôt se tapissant sous les ponts ou sous la chaussée, tantôt bordant des jardins qui profitaient de son eau claire.

Ici, les immeubles affichaient moins d'orgueil, se satisfaisant d'un ou deux étages, jamais plus, et côtoyaient en bon voisinage des villas de pierre meulière. Les commerces, longtemps cantonnés dans la vieille ville, avaient élu domicile sur l'avenue et leurs devantures n'avaient rien à envier à celles de la rue Blatin, ce qui ravit Agnès dont les yeux furetaient partout. Au point de dénicher, entre deux pavillons, une façade dévorée par une luxuriante glycine en tout point semblable à celle du Bas-Brésis.

Quelle émotion que cette image souvenir ! Des larmes lui vinrent qu'elle ne chercha pas à dissimuler à son époux. Pierre lui serra le bras avec tendresse, il avait vu la glycine – elle ne pouvait passer inaperçue ! – mais il avait aussi vu un panneau accroché à un volet du premier étage.

— Regarde, Agnès ! souffla-t-il à son oreille. Tu ne crois pas que cette maison nous fait des clins d'œil ?

— Si ! Si ! Mon Dieu, pourvu que l'appartement soit encore libre, qu'il nous convienne et nous plaise, qu'il entre dans notre budget…

Sage Agnès qui avait appris, en deux ans de mariage, l'importance de tenir un budget, chose totalement inconnue de sa mère qui dépensait sans compter, pourvu que Camille approvisionne sa réserve. Mais aussi à faire un tas de choses par soi-même, y prendre plaisir et ainsi se passer de personnel ; à apprécier les mille petits plaisirs qu'offraient un repas pris dans un typique restaurant auvergnat, une soirée au kiosque à musique, une balade sur les pentes du Puy de Dôme, une longue escapade au bord du lac d'Aydat.

La chance était avec eux. Trois semaines plus tard, le panneau *A louer* avait disparu de la façade fleurie de l'avenue de Royat et Agnès envoyait une lettre enthousiaste à ses parents.

Nous ne pouvions rêver cadre plus idyllique pour accueillir notre enfant… et la famille qui nous est chère ! Un grand appartement au premier étage d'un immeuble qui n'en comprend que deux et repose sur des entrepôts. Trois belles chambres desservies par un large couloir, une grande pièce servant de salon et de salle à manger et sa cuisine attenante. Toutes les commodités… oh qu'il me tarde de vous recevoir, mes chers parents et toi aussi, petite sœur ! Et puis vous ne devinerez jamais ? Il y a une superbe glycine pour le plaisir des yeux !

Oh oui, une magnifique glycine plantée entre les deux entrepôts et qui, au fil des saisons et des ans, montait à l'assaut des murs de pierres grises, s'y accrochant, serpentant entre les cinq fenêtres de la façade, apportant dès le mois d'avril sa parure odorante. Agnès se promit de donner tous ses soins à cette plante floribonde, décor de son enfance cévenole.

En retour de ce courrier tout feu tout flamme, Camille Delalande répondit par une alléchante proposition :

Nous avons entrepris, nous forçant au courage, de vider la maison de mes chers parents. La vendre, la louer, nous ne savons encore, mais dans les deux cas, l'urgence est de faire table rase de toute une vie. Si des meubles te font plaisir, ma chère enfant, pour meubler votre nouveau logis, il te suffit de m'en faire une liste. Nous vous les ferons parvenir au plus tôt… Ne t'épuise pas, chère petite, pense à l'enfant que tu portes (c'est ta mère qui me souffle ces sages recommandations)…

Une aubaine que les meubles de ses grands-parents pour aménager une chambre, garnir le salon de fauteuils confortables, remplir placards et buffets des délicates porcelaines de grand-mère Germaine ! Encore que la scrupuleuse Agnès se gardât bien de se les accaparer.

Fais ton choix, ma chère petite Eva, en prévision de ton établissement. C'est un plaisir que de partager avec toi les trésors que grand-mère bichonnait avec mille précautions, écrivit-elle à sa sœur, lui laissant la faveur.

Les bibelots de Germaine étaient bien le cadet des soucis de la chère petite Eva, empêtrée dans ses doutes et ses hésitations, dans ses élans de cœur et ses reculs de prude jouvencelle.

La cour qu'était autorisé à lui faire Maxime Bonnet ne correspondait pas à l'idée qu'elle s'en était faite. N'ayant que peu d'exemples en la matière sinon sa chère sœur dont le coup de foudre réciproque avait scellé une indestructible union, elle aurait su se contenter comme elle d'un long échange épistolaire en lieu et place de la présence et même de l'omniprésence du persévérant Maxime. Il lui arrivait parfois de laisser échapper dans un soupir :

— Ah, c'est vous, Maxime ? Je ne vous attendais pas aujourd'hui, ne deviez-vous pas aider votre père à l'épamprage de vos vignes…

— Et pour cela me priver de vous voir ? L'épamprage attendra, l'amour de ma très chère Eva, lui, ne saurait attendre !

Soupir qu'elle regrettait aussitôt : Maxime lui parlait si bien d'amour !

Ils avaient décidé, d'un commun accord, qu'il serait bienvenu que leurs fiançailles officielles soient célébrées à Noël ; l'enfant d'Agnès aurait presque trois mois, ses parents ne verraient pas d'inconvénient à le faire voyager.

Les deux amoureux n'avaient pas encore informé leurs parents respectifs de la date choisie. Il fallait pourtant avancer, ce que fit timidement Eva alors que Maxime mit, contre toute attente, un bémol à ses hardiesses.

— Quand voulez-vous que nos parents se rencontrent, très cher Maxime ? Votre mère, comme la mienne je suppose, n'aime pas être prise au dépourvu ?

Maxime tardait à lui répondre. Mieux, il paraissait soudain mal à l'aise. Enfin, il se lança, tout à coup direct et enflammé comme il pouvait l'être parfois en lui parlant d'amour.

— Avant toute chose, et vous conviendrez avec moi, ma douce aimée, que de nombreuses questions qui tournent dans ma tête doivent obtenir des réponses. Il en est une en particulier qui est fondamentale.

« Au sujet de mon amour qu'il juge un peu tiède alors qu'il brûle en moi ? » se demanda-t-elle, intriguée. Dans un souffle, elle l'invita à poursuivre.

— Je vous écoute, Maxime, et je vous répondrai en toute franchise.

— Eh bien, j'estime qu'il est important que vous me disiez à combien se montera la dot que votre père vous consentira. Plus encore, de connaître les intentions à mon égard de votre grand-père Michaud. Me laissera-t-il entrevoir des espérances sur son domaine agricole ? Vous êtes d'accord que ces questions sont d'importance ?

Il l'avait dit sans gêne, fort de son bon droit, bien qu'il fronçât plus encore ses sourcils fournis dans l'attente d'une réponse qui tardait à venir.

Eva avait blêmi comme si tout son sang se fût retiré de son visage pour courir dans ses bras, ses mains, tout son corps et y bouillonner.

— Mais... mais... vous êtes un mufle, un goujat ! souffla-t-elle d'une voix blanche.

Puis son visage s'enflamma d'une érubescence intense, sa voix se mit à trembler alors qu'elle soliloquait :

— Un sale type, vous n'êtes qu'un sale type, et c'est tout ce que vous méritez. Adieu, monsieur, je ne veux plus vous voir.

Sa main, elle, ne tremblait pas lorsqu'elle s'abattit sur la joue du malotru qui ne comprit ni le geste ni la réaction d'Eva, tant il était sûr du bien-fondé de sa demande, l'intéressé crédule ! Au point qu'il n'hésita pas à informer ses parents de la violente réaction de sa promise.

— Grand sot ! lui dit son père. C'est le rôle des parents de régler les questions financières. Te voilà bien loti pour rattraper le coup !

La déception de papa Bonnet était à la hauteur de ses propres espérances. Quelle famille !

Vint alors pour Maxime le temps des lettres renvoyées, des visites non agréées, des envois de fleurs refusés, le temps du silence plus profond que celui d'une cathédrale.

Eva, de son côté, ne donna aucune explication de ses refus à la famille, Maxime lui avait infligé un tel camouflet en mettant en balance l'amour et l'argent qu'elle sentit son cœur se fermer à l'amour d'un homme et cela pour toujours.

Un énorme sentiment d'humiliation et de gros sourcils noirs comme des roues de charrette, voilà tout ce qu'il restait à la jeune Eva de son beau roman d'amour.

3

— Mais enfin, Eva, je ne te comprends pas ! soupira une nouvelle fois Madeleine Delalande. Refuser les lettres, les bouquets de fleurs que t'envoie quotidiennement Max…

— Il n'y a rien à comprendre, maman. Sinon que je ne connais pas ce monsieur !

Les lèvres d'Eva pincées sur un rictus mauvais qui cachait une peine infinie n'en diraient pas plus. Elle s'apprêta à quitter la pièce. Il en était ainsi depuis ce jour sombre qui avait brisé les rêves de la jeune fille.

Alors que Madeleine allait la retenir, surenchérir, son époux lui prôna la tempérance.

— Une brouille passagère, ma chérie, qui n'en a pas connu ? Dans un mois ils roucouleront de plus belle !

Pour le coup, Camille ne faisait pas preuve d'une pénétrante appréciation alors que celui qu'on n'attendait pas, Augustin Michaud le rustaud, coiffait son gendre au poteau.

— A moi tu le diras bien, fillette, ce qu'il t'a fait, ce vilain pas beau ? Un peu porté sur la bagatelle, je parie ? Je te choque, Moustique ?

Alors oui, à ce pépé bonasse, elle voulut bien confier que ce « type » – pour elle, il n'avait plus de nom – l'avait considérée comme une marchandise, avait soupesé ce qu'elle valait, supputé ce qu'il pouvait en espérer…

— Il en voulait même à vos vignes, grand-père ! Il se voyait déjà propriétaire du domaine Michaud, le cuistre !

— Tu veux que je t'avoue, Eva ? Je peux te dire qu'il aurait déchanté !

— Comment ça, grand-père ?

— Le vin, tout le monde en fait, souvent de la bibine, mais les gens n'ont plus de palais. La quantité, ça oui, la qualité, bof ! Grâce au mari de ta sœur, je tiens la tête hors du tonneau, mais tout cela n'aura qu'un temps. Moi, le mien est fini et celui de mes vignes aussi que je vais brader un de ces jours et qui rejoindront un de ces grands domaines pinardiers qui phagocytent notre belle plaine. Et toi, eh bien, toi, tu vas te trouver un galant qui ne verra que tes beaux yeux, que ta joliesse, que ton cœur aimant et tu seras la plus heureuse des femmes. Pas vrai, Moustique ?

Pour toute réponse, Eva esquissa un sourire ambigu ; la question, toujours la même, tournait dans sa tête : que valaient beauté et doux sentiments au regard de l'ambition et de l'argent ? Elle prit cependant la résolution de s'installer quelque temps au mas Michaud, fuyant ainsi les insidieuses questions de sa mère. De plus, si son grand-père disait vrai et que le mas vivait ses dernières belles années, elle voulait en profiter, profiter de cette sagesse paysanne sourdant de tous les pores d'Augustin le facétieux qui lui enseignait une forme de sagesse épicurienne.

Alors que dans sa tête revenait sans cesse le refrain mélancolique de la reine Marie-Antoinette :

Plaisir d'amour ne dure qu'un moment.
Chagrin d'amour dure toute la vie !

Son grand-père n'hésitait pas à entonner sous le regard effaré de Pétronille qui le croyait pris de boisson alors qu'il ne songeait qu'à égayer sa petite-fille :

Chevaliers de la Table ronde, goûtons voir si le vin est bon.
Goûtons voir, oui, oui, oui ! Goûtons voir, non, non, non,
Goûtons voir si le vin est bon !

Elle y resta bien au-delà de la saison des vendanges, mais était néanmoins suspendue aux nouvelles qui venaient désormais de Chamalières où les époux Mersant attendaient fébrilement l'arrivée du bébé.

Ils avaient leurs angoisses, comme tous les futurs parents, mais se les taisaient l'un à l'autre, soucieux de ne pas assombrir un ciel qu'ils pensaient d'azur. Elles défilaient, pourtant, les questions sans réponse dans la jolie tête d'Agnès ! Quand saurait-elle que le moment était venu ? Jusqu'à quel seuil de douleur se comporterait-elle dignement ? La force nécessaire lui serait-elle accordée pour mener à bien sa mission de donner la vie ?

Elles n'étaient pas moins dérangeantes, celles qui troublaient le sommeil de Pierre Mersant. Tant de jeunes mères payaient encore de leur vie la naissance de leur enfant ! Perdre son Agnès ? Autant être englouti en enfer ! Il limitait ses déplacements, ne découchait pas, la saison le servait, et puis, il avait été prévoyant et avait mis les bouchées doubles deux mois auparavant.

Un médecin de l'avenue de Royat, le docteur Fayer, avait suivi la grossesse d'Agnès et lui conseilla une sage-femme pour l'assister au moment de l'accouchement.

— Vous ne serez pas là, docteur ? avait-elle demandé, tremblante et décontenancée.

— Madame Jargon me fait appeler et j'accours si cela est nécessaire. N'ayez aucune crainte, jeune madame.

Bel optimisme qu'elle essaya de faire sien, puis de communiquer à Pierre. Belle satisfaction aussi, que celle de cette madame Jargon qui, après avoir mouillé sa chemise, tira enfin le premier cri d'un bébé tout cyanosé ! Mais qui lui ferait reproche, à cet instant, de n'avoir fait appeler le bon docteur Fayer ? Pas Agnès en tout cas, heureuse que cette laborieuse délivrance, après des heures et des heures de travail, donne un si beau résultat : une fillette toute blonde, encore un peu fripée et les yeux toujours clos, qui dormait dans ses bras. Pas plus Pierre Mersant, heureux papa et fier époux qui ne songeait qu'à contempler la minuscule réplique de sa maman.

Ni l'un ni l'autre des époux ne posa à madame Jargon les questions qu'elle redoutait. Pourquoi l'enfant avait-elle tant tardé à crier ? Pourquoi sa peau restait-elle si longtemps bleuâtre ? Pourquoi ces gestes salvateurs certes mais d'une telle brusquerie pour dégager ses voies respiratoires ? Non, pas un ne posa de question et tous deux lui furent reconnaissants de s'être acharnée à insuffler la vie à leur petite Estelle.

— Va vite envoyer un télégramme à mes parents, Pierre ! le pria tout simplement Agnès avant de se laisser aller au bonheur d'être mère.

Alors qu'avec fébrilité Madeleine préparait ses bagages, Eva déclina l'invitation, son état de morosité n'étant pas en phase avec la réjouissance familiale autour du berceau. Camille Delalande coupa court à l'insistance de son épouse.

— Il faut la comprendre, ma chérie, notre Eva a besoin d'un peu de temps pour se réjouir d'avoir une petite nièce. Viendra le jour où elles seront inséparables, vous verrez.

— Dieu vous entende !

Les raisons de s'extasier ne manquèrent pas, à Chamalières, au 46 de l'avenue de Royat. Nouveau quartier, nouvel appartement, nouvelle vie pour le joli couple Mersant... Un bébé tout menu, certes, mais Agnès était la preuve vivante que le poids de naissance ne faisait rien à l'affaire. Une petite bouche guère affamée, souvent grimaçante, un peu geignarde ? Quoi de plus normal à seulement quelques jours. De longues plages de sommeil laborieux à interrompre quand venait l'heure de la tétée ? Sa mère et sa tante avaient été de si grandes dormeuses ! Madeleine avait réponse à tout et se voulait rassurante pour les parents un peu déroutés. Elle n'arriva cependant pas à circonvenir son époux qui, sur le chemin du retour, dans le compartiment qu'ils étaient seuls à occuper, livrait ses pessimistes impressions.

— Quelque chose m'échappe dans l'aspect général de cette enfant, si jolie soit-elle. Et le pire, c'est que je n'arrive pas à le définir.

— Parce qu'il n'y a rien, justement, à définir, voyons ! Vous feriez venir le malheur avant qu'il nous arrive.

— Ses yeux ! Oui, c'est ça, ses yeux ! Vous avez vu son regard, Madeleine ?

— Elle dort beaucoup, je n'en ai pas bien eu l'occasion… mais, si, ses yeux ont la belle couleur de ceux d'Agnès, gris pâle…

— Flous !

— Camille, vous m'agacez à jouer les oiseaux de mauvais augure. Un bébé qui n'a pas quinze jours ! Réjouissez-vous plutôt du bonheur de nos enfants. Ah, j'ai adoré leur maison ! Dommage qu'ils n'en soient pas propriétaires.

— Que feraient-ils de plus de place ? D'autres enfants ? Autrement dit, des soucis à n'en plus finir !

Madeleine se cala contre le dossier capitonné de la banquette et tourna ostensiblement le dos à son époux. Décidément, Camille n'était pas de bonne compagnie. Il lui tardait d'arriver à Alais pour partager sa joie d'être grand-mère avec des mines plus avenantes que le visage soucieux de son époux. Elle commençait même à s'assoupir quand une exclamation de Camille la tira de sa torpeur.

— Tenez, je me souviens maintenant !

— Quoi donc encore ?

— Une porte a claqué, un courant d'air, certainement. Estelle n'a pas sursauté, pas cillé. Aucune réaction, comme si elle n'avait rien entendu alors que c'était impossible.

— A quiconque, mais pas à un bébé qui vient de naître. Laissez-moi dormir le reste du trajet, je ne vous réponds plus.

Camille se le tint pour dit et, happé par son travail dès son retour dans la capitale cévenole, il tenta d'oublier tout ce qui en Estelle avait pu jeter le trouble en lui, tout au moins le minimiser tandis que de son côté Madeleine dressait le portrait de l'enfant idéale.

— En tout point semblable à sa mère ! Ah, quelle belle enfant. Ma fille est comblée, racontait-elle à ses amies venues apporter un cadeau de naissance et, au passage, demander sournoisement :

— Alors, à quand les fiançailles de votre charmante Eva ?

Se gargarisant d'un rire de gorge qui sonnait faux, Madeleine tentait de noyer le poisson :

— Les amourettes ne mènent pas toutes au mariage, ma chère. Nous vivons une belle époque où les jeunes filles ne s'engagent pas à la légère.

Il était dit que le temps des deuils, qui, pour n'épargner personne, laisse parfois souffler, ne donnerait aucun répit à nos chers Cévenols.

Outre les lettres assidues de Maxime Bonnet qui partaient toutes au feu, les courriers réguliers d'Agnès que chacun se disputait et à travers lesquels une lecture perspicace pouvait laisser deviner une certaine fatigue, une lettre arriva un jour dont l'écriture ne disait rien, ce qui fit glisser l'œil jusqu'à l'oblitération du timbre. Hautes-Alpes !

La prieure de l'abbaye de Boscodon informait sa famille qu'Augusta Michaud, sœur Augustine en religion, vivait ses derniers instants et qu'en ces circonstances ses proches étaient admis à l'assister dans son passage pour entrer dans la joie du Seigneur. D'un geste rageur, Auguste Michaud avait froissé la lettre et avait quitté la pièce pour marcher seul dans ses vignes. Eva l'y rejoignit.

— Ne vous forcez pas à venir, grand-père, si cela est trop dur pour vous. J'irai avec maman et grand-mère. Je les soutiendrai.

— J'ai failli à mon devoir de père, il y a des années, et vois-tu, petite, depuis cela me ronge. Alors, je ne me déroberai pas aujourd'hui. J'ai besoin du pardon de ma fille pour partir à mon tour dignement.

Sœur Augustine n'avait jamais été si belle allongée sur sa couche rudimentaire dans sa cellule monacale. La sérénité avait lissé ses traits anguleux, le bonheur de revoir sa famille étirait gracieusement sa bouche étroite et son regard, déjà nimbé de l'au-delà, brillait d'une intensité inconnue.

C'est cette image que gardèrent Madeleine, sa fille et ses parents, image que commentait avec tendresse la jeune Eva, alors que le train les ramenait à Alais après les sobres obsèques de sœur Augustine.

— Qu'elle était belle, tante Augusta ! Et pleine de bonté, à ce qu'il m'a semblé. Comme j'aurais aimé partager un peu de sa vie !

Madeleine frémit. Sa fille n'allait tout de même pas prendre le même chemin qu'Augusta à cause d'un chagrin d'amour ? Elle en vint à songer qu'elle ne s'était jamais intéressée aux raisons profondes de sa sœur. Malgré son visage ingrat et sa santé défaillante, son aînée avait-elle eu un amoureux ? Ou un amour déçu ? Non ! Elle ne voulait pas faire la comparaison avec sa fille, armée pour faire tomber tous les hommes à ses pieds. Il fallait agir, elle ferait fi de ce deuil somme toute lointain par la distance et entraînerait Eva dans la « saison » qui allait débuter. De gré ou de force. Eva n'aurait pas le choix. D'ailleurs, cela ferait du bien à tout le monde.

A Camille tout d'abord qui lisait entre les lignes les lettres d'Agnès et interprétait à sa façon ses phrases innocentes.

Cela vous paraît-il normal qu'à trois mois Estelle ne fasse pas ses nuits ? La fatigue gagne Pierre et nous devons faire chambre à part. Moi, je tente de récupérer chaque fois que cette petite coquine veut bien faire un bout de sieste...

— Enfin, Madeleine, cela ne nous est pas arrivé une seule fois, reconnaissez-le !

— Bien sûr, mon cher, car nous avions Reinette. Et puis, y aurait-il des normes qui diraient qu'à trois mois les enfants font leurs nuits ? Non, bien sûr ! Songeons plutôt à distraire Eva, on dirait qu'elle ne se plaît plus qu'au mas Michaud.

Un sixième sens soufflait-il à Eva de se vouloir plus proche de son grand-père qu'elle ne l'avait jamais été ? Ces choses-là n'ont pas d'explication, qui la poussaient à partager le plus possible son quotidien, à parcourir avec lui son domaine, une façon peut-être de lui tenir la main avant qu'il ne glisse inexorablement vers l'autre monde. Une phrase qu'il avait prononcée quand il avait parlé d'aller voir Augusta la tarabustait : « J'ai besoin de son pardon pour partir dignement. »

Ce lui fut une évidence, grand-père ne s'accrochait plus à la vie. Qui donc pouvait l'aider à le retenir ? Agnès ! Agnès et sa fille, la nouvelle génération !

Le chagrin de grand-père, tu t'en doutes, ne s'exprime pas, mais il le ronge. Je ne veux pas causer du souci à grand-mère Pétronille, ni à maman, mais je suis si démunie. Si tu venais, ma grande sœur ? Tu lui présenterais ta fille et cela lui redonnerait l'envie de vivre, j'en suis sûre. Moi aussi, j'ai hâte de connaître ma petite nièce. Et j'ai beaucoup de choses à te raconter, toi seule sauras me comprendre. Viens, mon Agnès, ta famille t'attend !

La réponse d'Agnès, tardive, l'irrita au plus haut point.

Mais tu rêves, ma petite Eva ! Tu me vois entreprendre le voyage avec Estelle dans les bras ? Son sac de changes, celui des biberons, des boîtes de lait. Et je ne te parle pas d'un landau ! Non, vraiment, il faut être une gamine sans souci comme toi pour me faire pareille proposition et surtout me culpabiliser. Monsieur Mersant, comme moi, a peu prisé ton insistance. Mais je ne t'en veux pas, sœurette, et te souhaite de garder longtemps ton insouciance.

— Insouciante, moi ? Et toi, tu n'es qu'une égoïste ! s'écria Eva à la réponse de sa sœur.

Un seul échange épistolaire avait ébranlé le fragile rabibochage des deux sœurs. La maladroite mise en cause de son beau-frère n'arrangeait pas les choses, aussi Eva se le tint-elle pour dit : personne n'avait sa place dans le triangle merveilleux que formait Agnès, Estelle et Pierre.

***

— Viens voir, Eva, mademoiselle Rosine a fait livrer nos toilettes, tu ne sauras laquelle choisir, elles sont toutes fabuleuses !

Madeleine s'avançait vers sa fille et se figea, interdite. Eva venait de claquer la porte de sa chambre avec une violence inouïe. Que lui arrivait-il encore ?

A force de tambouriner, la porte finit par s'ouvrir sur une Eva au visage ravagé, ruisselant de larmes, qui se jeta dans les bras de sa mère.

— Pépé Augustin va mourir, sanglota-t-elle sans pouvoir s'arrêter.

Sommée de s'expliquer, elle raconta un léger malaise d'Augustin Michaud ramené de sa vigne par son ouvrier agricole et visité par un médecin réclamé à grands cris par Pétronille alors que son époux se défendait de livrer son corps à un quelconque esculape. Puis il y avait consenti pourvu qu'on le laissât seul avec le docteur.

— Ce pauvre homme a dû nous prendre pour une famille de détraqués, grand-mère Pétronille qui se faisait fort d'établir le diagnostic, grand-père qui refusait qu'on le touche et moi qui ne savais à quel saint me vouer.

— Ma pauvre chérie ! Mon père, il va mieux ?

— J'ai raccompagné le médecin qui m'a jugée apte à entendre ce que je redoutais depuis la mort d'Augusta. Outre son cœur qui est très fatigué, grand-père n'a plus envie de vivre. Il va nous quitter. Oh, maman !

Adieu robes, fourrures, chapeaux et falbalas ! Et toutes deux de courir au mas Michaud, laissant un mot pour Camille afin qu'il vienne les rejoindre. Augustin Michaud s'était couché au milieu de la journée, pour la première fois de sa vie ; il ne se leva plus.

Il refusa en bloc la soupe, la tisane, le lait de ses chèvres et le pâté de ses cochons, il refusa le moine pour réchauffer son lit, le prêtre et son bedeau et par-dessus tout qu'on vienne le visiter.

Une nuit d'insomnie, le sachant très affaibli, Eva enfreignit l'interdit et se glissa sous son édredon sans l'effleurer d'un doigt pour ne pas l'irriter. Il rendit l'âme cette nuit-là, l'index enroulé d'une boucle de cheveux noirs échappée de la charlotte de nuit d'Eva.

Lorsqu'elle entendit du bruit dans la maison, elle appela sa mère et lui dit tout simplement :

— Passez-moi les ciseaux, maman, je vous prie. Grand-père n'a pas voulu partir sans l'une de mes boucles.

Ils n'étaient que cinq, serrés autour de Pétronille, pour endiguer le flot de ses larmes intarissables, Madeleine et Camille d'un côté, Eva et Pierre Mersant de l'autre, encore qu'elle restât à distance de ce beau-frère un peu… distant qui lui avait glissé dans la poche une lettre d'Agnès.

— Vous la lirez plus tard, lui avait-il dit sur une recommandation d'Agnès.

Elle avait hoché la tête d'un air entendu. Oui, plus tard, rien ne pressait maintenant. Agnès avait manqué un rendez-vous qui n'appartiendrait qu'à Eva. Encore ne se ferait-elle pas prier, un jour, pour le lui faire partager.

Pour le moment, dans son bel appartement de Chamalières, alors que la glycine dormait en son hiver, que les calèches montant aux thermes de la ville d'eaux de Royat n'animaient pas l'avenue, Agnès se souvenait avec dégoût de chaque terme de sa lettre envoyée précédemment à sa sœur. Elle espérait par cette nouvelle missive confiée à son époux, se faire pardonner.

Ma si chère petite Eva, de quel courage dois-tu faire preuve une nouvelle fois ! De nous deux, c'est toi la plus forte, je t'admire et je t'envie. Je t'admire pour la lucidité dont tu as fait preuve et je t'envie d'avoir su accompagner notre vieux grand-père comme tu l'as fait. J'espère que tu me pardonneras un jour de t'avoir traitée d'insouciante. Je te le confesse, je me laisse enfermer dans une vie qui tourne autour de notre fille et cela me rend égoïste. Oui, égoïste ! Avoue que c'est ce que tu as pensé de moi. Je l'ai bien mérité. La famille, c'est ce que nous avons de plus cher au monde, je veillerai à ne plus jamais l'oublier.

P-S Pour le cas où cela m'arriverait, rappelle-le-moi, ma sœur chérie !

Il me suffisait de jeter un regard autour de moi pour me conforter dans l'idée que, depuis son aménagement, rien n'avait changé dans le bel appartement de l'avenue de Royat. Je pouvais dire sans erreur que ce petit meuble Boulle sur lequel trônait le dessert du jour, une charlotte aux framboises, avait appartenu à Germaine Delalande, de même que cette drôle de glace à laquelle j'avais fait une grimace parce qu'elle me renvoyait une image imprécise.

Rien n'échappait aux petits yeux fatigués de mes vieilles amies.

— Il t'intrigue, notre miroir de sorcière, hein, petite Jonquille ?

J'en étais persuadée au moment même où j'avais enfilé cette robe que j'aurais droit à ce surnom fleuri !

— Il y a de quoi, c'est tout trouble ! répliquai-je. Pourquoi dites-vous qu'il s'agit du miroir d'une sorcière ?

— Ignorantas, ignorantus, ignorantum ! ricana gentiment Agnès. Le miroir de sorcière apaise les dames

dont le visage vieillit, tout simplement en brouillant la netteté des défauts.

— Mais qu'en avez-vous à faire, de ce miroir trompeur, vous qui êtes si jeunes !

— La mignonne ! On t'adore, Jonquille, quand tu nous flattes ainsi.

Je n'avais nullement l'impression de flatter mes amies ; elles avaient à mes yeux la jeunesse éternelle, celle de l'âme et celle du cœur, indissociables.

Une pensée, soudain, me vint. Je scrutai les murs, les meubles que je connaissais par cœur et restai bouche bée.

— Je ne vois pas de photos d'Estelle. Dans vos chambres, peut-être ?

Toutes deux portèrent simultanément la main à leur cou, entrouvrirent leur chemisier et firent apparaître un semblable pendentif qui paraissait en or.

— Viens voir, enfant, notre petite Estelle, m'invitèrent-elles en me tendant la main.

Mon regard allait d'un pendentif à l'autre qu'elles avaient entrouverts et qui contenaient un portrait un peu flou, le même exactement, celui d'un visage figé. Eva avait « croqué » sa nièce dans son sommeil et je m'extasiai devant l'angelot endormi :

— Qu'elle est belle !

— Bien sûr. Toutes les étoiles sont belles.

Mes deux amies souriaient, mais je perçus dans leur sourire une si poignante douleur – dont j'ignorais encore la cause – que je cherchai, à la hâte, à faire diversion.

Mais que leur dire aujourd'hui qui n'aurait fait saigner leur cœur ? Alors, autant céder au plaisir gourmand.

— C'est pour moi, cette charlotte aux framboises ? dis-je en désignant le meuble Boulle.

— Et pour qui d'autre, sacrée coquine ? Encore que nous espérons bien avoir notre part.

— Et un peu de nectar en sus ! promit Eva en trottinant jusqu'à un plateau où reposaient trois verres prévus à cet effet.

J'avais le cœur en joie : dans leurs yeux scintillaient à nouveau des paillettes d'or !

4

Son sens de l'organisation, sa réactivité, son efficacité face à des décisions urgentes, l'ébauche d'une nouvelle vie qui passerait obligatoirement par la prise en charge de sa belle-mère, tout cela permit à Camille Delalande de gérer matériellement l'après monsieur Michaud.

Plus délicat se révéla le côté sentiments. Jour après jour, il voyait son épouse s'enfoncer dans une mélancolie morbide qu'entretenaient les gémissements incessants de Pétronille. En vieille dame égoïste, la veuve d'Auguste Michaud se lamentait sur elle, sur ce qu'elle appelait son paradis perdu et qui n'était autre que le mas vigneron, sa demeure depuis près de soixante années.

— Comment en est-on arrivé là ? rabâchait-elle pour la énième fois, en tamponnant ses yeux humides.

Pour la énième fois aussi, son gendre lui expliquait avec patience :

— Nous n'avions pas d'autre solution, mère, et vous le savez bien. La décision m'a coûté, mais la sagesse m'a guidé. Le domaine des Trois Chênes, avec lequel votre cher époux avait laissé entrevoir une possible transaction, nous a fait une offre qu'il eût été stupide de refuser car elle vous assure une vieillesse sans souci financier. J'ai bien insisté pour qu'il ne s'agisse que des terres, mais le mas, planté en leur milieu, ne pouvait raisonnablement pas être dissocié. Et puis, y auriez-vous vécu toute seule ? N'êtes-vous pas mieux avec nous ?

Quelle bienveillance émanait de ce gendre accueilli comme un fils ! De quel tact avait-il fait preuve quand il s'agit de vider la maison, de n'en garder que les souvenirs importants ! Pétronille aurait envahi sans scrupules La Glycine et Madeleine ne se serait pas senti la force ni le droit d'en priver sa mère. Ce fut donc encore à Camille Delalande qu'incomba le choix douloureux mais réfléchi. Il avait toujours une explication à la clé.

— Que feriez-vous d'un buffet dans votre chambre, mère ?

— C'est juste pour ranger mes petites bouteilles de vin de noix ! avoua-t-elle, avec un geignement d'enfant gâtée.

Le péché mignon de Pétronille ? Tout au plus le secret de Polichinelle. Un gorgeon de vin de noix par-ci, un autre par-là, l'élixir peut-être d'une placide jovialité qui ne demandait qu'à refleurir ? Qui sait ?

— Qui vous empêche de les mettre à la cuisine, mère ? lui concéda son gendre. Personne ne vous reprochera de vous accorder un petit remontant.

« Finalement, se prenait à penser l'ingénieur, le veuvage ne lui sied pas trop mal. Ah, si Madeleine prenait exemple sur sa mère et trouvait encore quelques plaisirs à la vie ! »

Et s'il n'y avait qu'elle ! Eva, c'était tout autre chose et on ne pouvait savoir qui de Maxime ou d'Augustin la rendait toute chose. Sa rupture avec l'un la rongeait-elle à ce point, ou bien le départ de cet aïeul chéri la jetait-il dans cette mélancolie qui, disait-on, menait droit à la phtisie ?

Dieu qu'il était désarmé par ses « femmes » ! Encore repoussait-il autant que faire se pouvait ses doutes quant à Estelle dont Agnès, en toute ingénuité, constatait dans ses lettres :

Notre petite fille est vraiment différente des enfants que l'on rencontre au parc Montjoly. Elle n'en a pas, Dieu merci, la turbulence ! Je la dirais parfaite si enfin elle voulait bien dormir toute une nuit entière.

Différente. Combien de fois Agnès usera-t-elle de ce mot pour qualifier ce que d'autres auraient estampillé du mot terrible qu'était anormale ? Qu'est-ce que la normalité dans le cœur d'une mère ? D'un père aussi, car Pierre Mersant semblait se ranger aux prévisions de son épouse :

— Chaque enfant évolue à son rythme. Notre petite Estelle nous réserve de belles surprises !

Et puis, au cours d'une nuit d'insomnie, l'idée vint à Camille Delalande d'un voyage pour distraire ces dames. Pourquoi pas à Paris, il y avait fait ses études et avait un peu la nostalgie, après les bouleversements auxquels il avait dû faire face, de retrouver le temps d'une escapade touristique l'insouciance de sa jeunesse. Il serait leur guide dans la capitale.

— Sans moi ! se récria Pétronille.

Sa spontanéité s'émoussa lorsque son gendre déroula un programme qui passait par Clermont-Ferrand pour une courte halte, où elle ferait la connaissance de son arrière-petite-fille, de même qu'Eva pourrait enfin tenir dans ses bras sa future filleule. Les époux Mersant ne l'avaient-ils pas pressentie pour être la marraine de leur fille quand le temps serait rendu aux réjouissances ? Or, les douloureux événements s'enchaînant, la date du baptême avait été retardée sine die.

Quotidiennement, Camille enfonçait le clou d'un voyage qui présentait tous les charmes de ce qu'on commençait à désigner par Belle Epoque, ce dont Eva doutait encore. Et douterait toujours !

Son pari fut gagné lorsque Madeleine demanda tout à trac :

— Combien de valises pourrons-nous prendre ?

— Il vous en faut donc beaucoup, ma chérie ? se réjouit Camille.

— On dit qu'à Paris il fait tous les temps, nous devons prévoir de suer comme de trembler. N'oublie pas de prendre ta petite cape ouatinée, Eva !

— Une cape, en été ! N'exagérez-vous pas, maman ?

Camille respirait. Ouf, un peu de répit, les toilettes prenaient le pas sur la morosité.

Le quatuor arriva avenue de Royat en plein drame. Estelle venait de régurgiter toute la bouillie qu'à patientes cuillerées Agnès lui avait fait manger. L'enfant, raidie dans les bras de sa mère, pleurait, bavochait encore des bribes du repas qu'Agnès essuyait au fur et à mesure, d'un air découragé.

Rien à voir avec un tableau idyllique de la mère à l'enfant.

Le regard de Madeleine fit le tour de la pièce, s'arrêta sur un objet qu'elle désigna à sa fille :

— Pourquoi ne mets-tu pas Estelle sur sa chaise haute ? Ce serait plus commode, et pour toi et pour elle. Reinette agissait ainsi avec vous et…

— Estelle ne tient pas encore bien assise, déplora Agnès d'une voix morne, sans cesser de bercer l'enfant afin de la calmer.

Les sourcils froncés de Madeleine posaient mille questions qu'Agnès balaya d'une explication dont elle ne démordait pas :

— Il n'y a pas d'inquiétude à avoir, maman. Seul l'hiver est en cause, il fait si froid en Auvergne que j'ai tenu Estelle emmaillotée plus longtemps que de coutume. Maintenant que ses jambes sont libres, elle va pouvoir tonifier son corps. Regardez, on dirait qu'elle tend les bras !

On pouvait y croire, à la raideur de ses petits poings tendus et à la fixité de son regard dirigé, semblait-il, vers Pétronille. On pouvait penser aussi que l'effet du bibi de la veuve Michaud – sourires en coin et coups discrets de coude – se poursuivait au-delà du train. Madame Pinson lui avait vendu « ce qu'il se fait de mieux à Paris », une toque de veuve, grand deuil oblige, surmontée de trois iris en velours violet qui brimbalaient à chacun de ses mouvements. Etaient-ces ces curieuses marionnettes ou bien la trogne rubiconde de Pétronille qui avait forcé sur le vin de noix pour pallier les aigreurs d'un long voyage en train ? Toujours est-il qu'Estelle manifestait pour l'aïeule un intérêt certain qui ramena plus de sérénité sur les visages anxieux et ce, tant que dura leur court séjour.

— Nous nous arrêterons bien volontiers au retour, confirma Camille à son gendre, enchanté de cette visite qui comblait sa très chère épouse.

— Vous serez bien forcés ! glapit Pétronille.

— Et pourquoi donc, maman ? s'enquit Madeleine.

— Parce que je reste ici, je n'ai que faire de Paris où je serais un boulet pour vos jambes plus lestes que les miennes. De plus, je ne connais personne dans cette ville alors qu'ici une petite fille me tend les bras. Tu veux bien me garder un peu, Agnès ? Et vous aussi, Pierre ?

— Tout le temps qu'il vous plaira ! répondirent les deux interpellés en chœur.

Ils ne croyaient pas si bien dire…

Camille Delalande se voulut le plus parfait des guides dans un Paris qui avait bien changé depuis ses années d'études, ce qui remontait au milieu du siècle dernier.

Un peu déboussolées par l'effervescence de la capitale, Madeleine et sa fille avaient décidé de lui faire confiance en tout et pour tout… avec cependant quelques limites.

— Nous faire monter à l'assaut de cette tour branlante, vous n'y songez pas, mon cher ! se récria Madeleine lorsqu'ils furent au pied de la toute jeune dame de fer dont Camille leur vantait l'ingéniosité de son constructeur Gustave Eiffel.

Et d'insister sur le panorama imprenable qu'ils auraient de Paris et de ses monuments, ne serait-ce qu'en son premier étage.

L'intrépide Eva se serait bien laissé convaincre. Son humeur s'égayait de jour en jour, ce qui confortait son père qu'il avait eu une heureuse idée. Madeleine jouait toujours les chagrines mais, à l'évidence, elle prenait du plaisir à Paris, pourvu qu'on ne lui parlât pas de cette tour immonde.

— Je vous fiche mon billet qu'un de ces quatre, elle s'effondrera et laissera pour morts ceux qui la glorifient. Retournons plutôt à ces Grands Magasins de la Samaritaine dont les vitrines, rue de Rivoli, m'ont fait rêver.

Les désirs de Madeleine étaient des ordres. Ils flânèrent, en s'y dirigeant, le long des quais de Seine, faisant une halte à chaque bouquiniste pour le simple plaisir de la découverte. Tout était si nouveau, si moderne, jusqu'à ce métro que Madeleine ne se résolvait pas à emprunter.

— Nous ne quitterons pas Paris sans que vous y ayez goûté ! promettait Camille Delalande.

— Dans vos rêves, mon cher ! se moquait son épouse, et puis elle ajoutait : Auriez-vous eu l'audace d'y embarquer ma mère si elle nous avait suivis ? C'est une résistante, madame Michaud, et je tiens d'elle !

En leur for intérieur, chacun des trois convenait que Pétronille avait pris une sage résolution, à rester avec Agnès et sa fille. Deux seulement se posaient la question si elle avait agi par confort personnel ou par lucidité. Et de s'interroger encore sur la petite Estelle. Eva, la première, en parla à son père.

— Je n'ai pas de leçons à donner à ma sœur, étant peu au fait des bébés et de leur évolution, mais je dois avouer, papa, qu'à sa place je m'inquiéterais. Ma nièce a un comportement… comment dire… bizarre.

— Ah ! Tes pensées rejoignent les miennes, Eva. J'en arrivais à douter de moi. Cette petite Estelle accuse un retard qui me paraît inquiétant. Ta mère ne veut rien entendre, pourtant j'ai surpris son air soucieux qu'Agnès a balayé d'un trait. Je ne sais comment m'y prendre pour ne pas froisser mon gendre ni ma fille…

— Je parlerai à Agnès ! lui répondit Eva d'un ton résolu, et Camille sut qu'il en serait ainsi.

Il sourit, rassuré.

Après avoir admiré sa décoration Art nouveau, puis dévalisé les rayons de la Samaritaine et rapporté leurs nombreux paquets à leur hôtel, ils s'étaient préparés pour une soirée au théâtre Sarah-Bernhardt où l'actrice éponyme et Marguerite Moreno jouaient une pièce de Victorien Sardou. La diction inimitable de la tragédienne, à son apogée, fit sourire Eva. Elle y retrouvait la déclamation grandiloquente de sœur Marie des Anges quand elle leur lisait une page de l'Histoire sainte.

Cela se passait au temps du roi Hérode le grand. Des mages venus d'Orient arrivèrent à Jérusalem et demandèrent : « Où est le roi des Juifs qui vient de naître ?… »

Elle en pouffa derrière de charmantes jumelles de théâtre que son père venait de lui offrir.

Avec ce point d'orgue allait se terminer le voyage d'agrément de la famille Delalande. Demain, place serait donnée aux souvenirs d'étudiant de Camille avec un pèlerinage sur le lieu de ses études.

L'Ecole nationale des mines, fondée en 1793 par Balthazar-Georges Sage, avait été transférée en 1815 dans l'ancien hôtel de Vendôme, sis sur le boulevard Saint-Michel. Pour s'y rendre, les trois touristes durent satisfaire au souhait de leur mentor : prendre le métro.

— Si vraiment cela vous indispose, nous emprunterons un taxi au retour, promit Camille.

Descendre et remonter des volées de marches, s'engouffrer dans des tunnels sans fin faïencés de carreaux blancs n'était certes pas du goût de Madeleine qui soupirait :

— Ne dirait-on pas que nous sommes des taupes parcourant d'interminables galeries ?

— Chut, ma chérie ! Vous allez vous faire lyncher par les Parisiens si vous les comparez à ces bestioles aveugles, tenta de plaisanter Camille.

Eva riait sous cape à leur chamaillerie. Dieu qu'il était bon de la revoir sourire !

Ils avaient un changement à Belleville, mais, entre deux stations, le trafic fut interrompu par un court-circuit heureusement détecté après quelques minutes d'immobilisation que Madeleine compara à des heures.

— Je ne suis vraiment pas faite pour ce genre de transport ! se plaignit-elle en faisant mine de s'éventer.

A l'arrêt suivant, à la station Couronnes, il y eut réitération du problème, ce que confirma un communiqué diffusé par haut-parleur.

Le court-circuit précédemment décelé ayant déclenché un début d'incendie à la station Ménilmontant, tous les voyageurs, je répète, tous les voyageurs sont priés de quitter les voitures et de regagner le boulevard de Belleville où un service de tramway va être mis à leur disposition afin de poursuivre leur trajet. Surtout que personne ne cède à la panique. Nous répétons : que personne ne cède à la panique !

Ce message, plusieurs fois répété et ce de façon pressante, obtint l'effet inverse de ce qu'il préconisait. Une ruée massive précipita les voyageurs vers l'escalier de sortie, au début dans un silence circonspect, puis, au fur et à mesure que l'évacuation ralentissait, dans les cris de colère et de détresse. Rien de plus anxiogène que ces onomatopées jetées comme des bouteilles à la mer. Pire, ceux qui avaient en premier atteint le haut de l'escalier se virent repoussés sur le quai par une horde d'habitués qui réclamaient à cor et à cri le remboursement de leur ticket de transport.

Bloqués au milieu des moins véhéments, Eva et ses parents se tenaient les mains. Ne pas être séparés par la foule !

Soudain, une enveloppante fumée noire, sortant du tunnel reliant les stations, s'abattit sur eux, entraînant une vague ondulante de protestataires, ce qui eut pour effet de pousser plusieurs voyageurs sur les rails. La terreur alors fut à son comble.

Dans cet épouvantable désordre, Eva, heurtée par une épaule brutale, se vit arrachée aux siens. Elle chuta, se sentit piétinée, hurla de douleur quand on la saisit par son épaisse chevelure pour l'entraîner vers un extérieur salvateur.

Bousculés eux aussi, renversés, roulés, écrasés, Madeleine et Camille Delalande figurèrent au nombre des quatre-vingt-quatre victimes qui périrent asphyxiées tandis que leur fille revenait lentement à la vie dans un hôpital parisien.

« Hanche droite brisée, plaie ouverte avec fracture du fémur droit. Pas de signe d'inhalation d'exhalaisons méphitiques », diagnostiqua le médecin avant de l'envoyer sur la table d'opération.

Et le cœur d'Eva ? Il n'en avait pas fait mention, pourtant c'était lui le plus atteint. Paris lui avait fait oublier son chagrin d'amour pour la plonger maintenant dans une incommensurable peine.

Pierre Mersant, alors en tournée commerciale dans la région rouennaise, fut alerté du malheur qui s'abattait sur eux par une Agnès désemparée. Dans l'impossibilité de confier sa fille à Pétronille, laquelle ne réalisait pas vraiment ce qui leur tombait sur la tête, la jeune madame Mersant s'en remettait totalement à son époux.

Comme toujours, Pierre fut à la hauteur. Dès que les médecins de la Salpêtrière jugèrent qu'elle était en mesure de supporter le voyage en couchette, accompagnée d'une infirmière, Eva fut acheminée à l'Hôtel-Dieu de Clermont-Ferrand tandis que les corps des époux Delalande, en cercueils plombés, étaient rapatriés à Alais et ensevelis en la seule présence de leur gendre… qu'entourait le tout-Alais abasourdi.

Ce fut lui qui, de retour à Chamalières, posa les bases d'une nouvelle vie.

— Ta sœur et ta grand-mère ont plus que jamais besoin de nous, tu dois être forte pour elles, ma chérie. Je t'aiderai, te soutiendrai en tout ce que tu décideras.

— Ma tête est vide, je ne suis pas en mesure de réfléchir à l'avenir, craqua pour la première fois Agnès en reconnaissant : Si seulement Estelle ne me donnait pas tant de peine !

— Tu as raison, il est trop tôt pour parler d'avenir, en plus, nous ne savons quels seront les souhaits de ces chères personnes…

— Faire bloc avec nous, j'en suis certaine… enfin, je veux y croire. Je ne peux envisager de les voir s'en aller loin d'ici. Je vais être forte, Pierre, pour toi, pour Estelle, pour nous tous.

Les battantes qu'étaient les filles Delalande se révélèrent dans cette période transitoire où elles vécurent au jour le jour, chacun coûtant sans peine.

Eva se concentrait sur la gestion des douleurs multiples que lui causait le moindre mouvement ; Agnès partageait son temps entre sa fille et sa sœur qu'elle allait visiter dès qu'Estelle s'était endormie. Avec une confiance dont elle-même ne se serait pas crue capable, elle la laissait aux soins de Pétronille qui trouvait dans ce crédit accordé par Agnès une raison de survivre au grand malheur d'avoir perdu sa fille et son gendre.

Le tramway, depuis Chamalières, la déposait devant les grilles de cet établissement de santé qui avait remplacé l'ancien hospice de la Charité.

Il n'y avait pas place pour le moment aux questions, aux regrets et aux lamentations qui, inévitablement, feraient un jour irruption. Il fallait assumer et Agnès se défendait comme un chef, ainsi que l'en félicitait son époux.

— Je savais avoir épousé la femme idéale, la meilleure mère dont je pouvais rêver pour notre enfant chérie, je te savais fille et petite-fille admirable. Tu es rien moins qu'une déesse, mon amour !

Un mois durant, la déesse fit merveille en son foyer et auprès d'Eva qui la reçut un après-midi avec un sourire mi-figue, mi-raisin.

— Que me caches-tu, Eva ? Tu as l'air bizarre.

— L'angélisme des infirmières me sidère. Elles m'ont dit textuellement que j'étais à même de rentrer chez moi.

— Mais c'est merveilleux, ma chérie !

— Ce serait merveilleux si j'avais un chez-moi.

— Mais tu en as un, Eva ! Pierre et moi avons déjà préparé ta chambre, Estelle dort toujours dans la nôtre.

Rejeté au début par méconnaissance de la belle personne qu'il était, le beau-frère d'Eva endossait, dans le malheur, l'habit des héros.

5

Plus rien ne paraissait de l'éloignement affectif qui avait séparé momentanément les deux sœurs. Leur intimité resurgit comme au temps de leur enfance et leur complicité retrouvée, sans qu'il fût question d'en exclure monsieur Mersant, leur permit d'accepter, sinon de comprendre, la triste fin de leurs chers parents.

En fait, dans cette nouvelle famille à cinq, chacun avait trouvé sa place, dans la discrétion et l'assistance mutuelle.

Une chose cependant turlupinait Eva : la promesse faite à son père au sujet des retards désormais évidents de la petite Estelle. Chaque jour, de son fauteuil où la tenait encore sa jambe douloureuse, elle observait sa nièce, répertoriait, telle une liste malheureusement incomplète, tout ce qu'elle se promettait d'évoquer avec sa sœur. Encore faudrait-il trouver le bon moment. L'aveuglement d'Agnès lui semblait impensable, celui de son beau-frère pareillement. Lequel serait le plus à même d'entendre ce que lui avait suggéré, alors qu'elle lui confiait son tourment, une veilleuse de nuit de l'Hôtel-Dieu ?

Madame Saurel, la cinquantaine paisible, se targuait d'avoir élevé courageusement six enfants malgré le modeste salaire de son époux, un ouvrier de chez Bergougnan, concurrent de Michelin sur la place de Clermont-Ferrand.

— Ah s'il n'y avait pas eu La Goutte de lait, il en aurait été autrement pour mon petit dernier atteint de rachitisme ! lui confia-t-elle une nuit où les malades lui donnaient du répit et où l'insomnie récurrente d'Eva engageait à la conversation.

La jeune blessée avait ouvert tout ronds ses grands yeux noirs, prouvant son ignorance que la veilleuse combla dans l'instant.

— Ah ça, je peux vous l'expliquer d'un bout à l'autre, je lui dois tant ! Un certain docteur Dufour est à l'origine de la création de cet organisme pour la protection sanitaire de la petite enfance. Malnutrition, retards de croissance, mauvaise vue, colonne vertébrale déformée, tout est mis en œuvre pour intervenir au plus tôt chez l'enfant atteint d'une de ces pathologies. Il a donné l'exemple dans sa ville de Fécamp et La Goutte de lait existe dans de nombreuses villes. Elle a fait des émules, les grands employeurs, depuis, s'y sont mis, pour en faire bénéficier les enfants du personnel. Bergougnan, Michelin, Conchon-Quinette. Clermont-Ferrand est bien servi.

— Où se trouve cette Goutte de lait, madame Saurel ? Peut-on y aller de son propre chef ?

Serviable, la veilleuse de nuit griffonna une adresse et un nom sur un bout de papier qu'elle tendit à Eva en disant :

— N'oubliez pas, vous demandez le docteur Bousquet.

— Merci, merci beaucoup, madame Saurel.

Eva conservait l'adresse et le nom du docteur dans son sac, mais aussi dans sa mémoire, de même que celle de la veilleuse de nuit.

« Pour le cas où... » s'était-elle dit, fataliste.

Pour la première fois depuis l'accident qui avait coûté la vie à ses beaux-parents, Pierre Mersant découchait pour trois nuits. Estelle traversait une période calme, Pétronille ronflerait comme un sonneur après avoir ingurgité sa potion magique, sa belle-sœur marchait enfin seule quoique avec l'aide d'une canne et Agnès, sa courageuse Agnès, lui avait assuré :

— Tu peux partir tranquille, mon chéri, tout se passera bien.

Cette nuit-là, ce fut l'horreur, Estelle fut prise d'une crise sur laquelle ni la mère ni la tante ne surent mettre un nom. Seule Pétronille s'y hasarda d'une voix pâteuse et sans convaincre.

— On dirait le haut mal, bredouilla-t-elle.

— Un gros mal, que dites-vous, grand-mère ? C'est grave ?

— Haut ! Haut mal !

Eva, qui, à l'Hôtel-Dieu, avait vu des malades qu'on plaçait sur le flanc lors de vomissements, incita Agnès à faire de même.

— Elle vomit une mousse blanchâtre, mets-la sur le côté, Agnès. Je vais t'aider.

La crise passa enfin et l'enfant dormit paisiblement le reste de la nuit, trois anges gardiens veillant sur son sommeil… encore que l'une d'elles piquât souvent du nez sur sa forte poitrine.

Le lendemain, aux premières lueurs du jour, Eva n'y tint plus.

— Agnès, as-tu jamais consulté un médecin pour Estelle à l'occasion d'un rhume, d'une rage de dents ?

Agnès sourit aux anges :

— Pas un rhume ! Pas une rage de dents ! Elle grandit, grossit régulièrement, Estelle va très bien.

La plus jeune des sœurs, la plus petite par la taille, la moins valide entoura son aînée de son bras, posa un baiser sur sa joue et murmura à son oreille :

— Tu te rassures toi-même, mais tu sais bien qu'il n'en est rien, ma chérie.

Agnès eut une tentative de rébellion :

— La crise de cette nuit ? Une petite indisposition qui ne prête pas à conséquence…

— La crise de cette nuit est à ajouter à la liste, hélas !

— La liste ! Quelle liste ?

La voix d'Agnès montait dans les aigus, Eva sut qu'elle allait la faire souffrir, lui occasionner un mal atroce, mais elle devait aller au bout de sa promesse. Pour Agnès. Pour Pierre. Pour Estelle si cela était possible.

— Estelle ne marche pas, pas même à quatre pattes, elle ne tient pas assise bien longtemps. Son regard ne suit pas la personne ou la chose qu'elle fixe. Elle dort beaucoup, beaucoup trop, surtout dans la journée. Elle ne gazouille pas, ne parle pas…

— Hier, elle a dit maman ! hurla Agnès. Tu l'as entendue comme moi et tu as applaudi !

— Je sais, ma sœur chérie, elle a dit maman… ou quelque chose qui ressemblait à maman, mais à qui le disait-elle ? A toi ? A moi ? A grand-mère ? Peut-être simplement à son livre d'images.

Vaincue, Agnès s'effondra dans les bras de sa sœur tandis que celle-ci la berçait en dressant le plan d'action qu'elle avait longuement mûri.

— Si ton mari est d'accord, mais il le sera, j'en suis sûre, vous amènerez Estelle à La Goutte de lait et vous demanderez le docteur Bousquet qui fera un examen complet de la petite. Tout, nous mettrons tout en œuvre pour qu'elle rattrape son retard.

— Je me suis si longtemps voilé la face, avoua la jeune mère.

— Tu as fait le plus difficile, ma chérie, prendre conscience de son état, le plus dur pour une mère. Et moi, j'ai fait ce que j'avais promis à papa…

— Il… il t'avait parlé d'Estelle ?

— Il s'inquiétait, oui, et ne pouvait en faire état devant maman, si fragile après la mort de grand-père. Nous avons eu cette courte conversation l'avant-veille de sa mort où il redoutait de vous faire souffrir, toi et monsieur Mersant. Je parlerai à ton mari, si tu veux, dès qu'il sera rentré.

Courageuse jusqu'au bout, la petite Eva !

Tout aussi vaillante, la bouleversante Agnès qui répondit :

— Je ne vais pas ajouter la veulerie à l'aveuglement. Et puis, à deux nous serons plus forts pour affronter l'avenir.

Elle se reprit :

— A trois, je voulais dire ! Merci, Eva.

Pierre Mersant, en plus de sa raideur naturelle, affichait un visage fermé lorsqu'il frappa à la porte de la chambre de sa belle-sœur. Eva le fit entrer. Il se saisit brusquement de ses mains qu'il pressa dans les siennes.

— Je vous remercie, mademoiselle Eva, d'avoir trouvé les mots justes pour parler à Agnès. Je n'étais pas dupe que notre fillette ne se développait pas comme la plupart des enfants. Je n'ai pas eu le courage de plonger ma chère Agnès dans les affres du doute et je m'en veux. Grâce à vous, nous allons consulter ce docteur Bousquet que vous avez mentionné. Vous nous êtes très chère, Eva, et je vous le redis, notre maison est la vôtre, pas seulement durant votre convalescence, mais tout le temps qu'il vous plaira de partager notre vie.

Il porta les mains d'Eva qu'il tenait toujours dans les siennes à ses lèvres pour les baiser respectueusement. Puis il sortit de la chambre.

Les mains d'Eva étaient mouillées des larmes de Pierre Mersant.

Leur rendez-vous à La Goutte de lait se poursuivit dans le tout récent service pédiatrique du docteur Bousquet à ce même Hôtel-Dieu où Eva avait passé un mois de souffrance.

Sans un mot, le docteur examina scrupuleusement Estelle mise nue par sa mère ; Agnès de son côté eut la terrible impression que sa fille était assimilée à un morceau de viande examiné avant d'être consommé.

Toujours muet, il fit enfin signe à la mère de rhabiller l'enfant en ajoutant cependant :

— Pas le gilet, cette enfant est trop couverte !

Enfin il entraîna le couple dans son bureau.

— Racontez-moi votre accouchement, madame Mersant, je vous prie.

Agnès ne savait que dire, c'était tellement gênant pour sa pudeur naturelle. Certainement habitué à ce genre d'attitude, il l'aida en demandant :

— Vous avez, madame, à ce que je peux évaluer, un bassin très étroit et votre accouchement a dû être une rude épreuve, pour vous comme pour votre enfant. Le travail fut-il long ? J'entends de la première contraction à l'expulsion.

— Une journée, oui, tout le jour.

— Plus de douze heures ? Mazette ! L'enfant était bas ?

Agnès opina, elle se souvenait de cet accouchement qui n'en finissait pas, de ce bébé qui pesait sur son bassin. La joie de tenir son enfant dans ses bras avait posé sur cette dure journée un voile qu'elle essayait de soulever pour répondre au docteur.

— Dès le début, ce qui me fit espérer une délivrance rapide, avoua Agnès, mise en confiance sans qu'elle sût s'expliquer pourquoi.

— Compression pariétale ! Le professeur Dortholan a une thèse intéressante à ce sujet. L'enfant a-t-il crié tout de suite ?

— Oui… Enfin, je crois… Non, je me souviens maintenant d'avoir demandé à la sage-femme pourquoi elle massait si vigoureusement son petit corps. « Pour quelle donne de la voix ! » m'a-t-elle répondu en poursuivant ses efforts. Et puis, enfin, elle a émis un faible petit son.

— Souffrance fœtale prolongée ! laissa tomber le docteur Bousquet.

Un silence angoissant fit suite à ce laconisme médical, pesant comme une chape de plomb. En fait, le médecin n'énonçait pas un diagnostic aux parents suspendus à ses propos, il réfléchissait tout haut, mettant des mots sur l'idée qu'il se faisait du rapport qu'il allait leur livrer.

— Je résume, dit-il enfin. Absence de réflexes, inertie des membres inférieurs sur lesquels je préconiserais des massages pour les stimuler. A cela s'ajoute un manque d'oxygénation du cerveau qui a causé d'irrémédiables dégâts.

— Elle ne parlera jamais, docteur ?

— Je ne pense pas, monsieur, mais je ne suis pas Dieu le père.

— Peut-on espérer qu'elle marche ?

— L'infirmité physique est aussi sévère que la cérébrale, je ne vous le cache pas. Votre fille grandira, se développera dans le meilleur des cas, mais restera en tout et pour tout au stade de dix mois, un an, tout au plus, et encore...

— Et cette crise, docteur, qui a précipité notre visite ?

Le médecin eut un hochement de tête qui semblait dire qu'il était bien temps de consulter, mais se retint ; l'accablement du couple le rendait pitoyable.

— Je pense à une crise d'épilepsie, mais je vais vous diriger vers un neurologue qui affinera ce diagnostic et recommandera certainement un neuroleptique adapté à son âge.

Sa distance du début de la consultation s'était muée en logorrhée par empathie pour ces deux jeunes gens sur les têtes desquels il venait de faire tomber le ciel. Il s'enferrait dans des lieux communs qui n'engageaient pas sa responsabilité.

— Comme je le dis toujours à mes patients : il ne faut jamais désespérer, la science avance à pas de géant. Toute vie est espoir à qui sait prier avec ferveur...

Eva attendait leur retour sans se bercer d'illusions, tandis que Pétronille se focalisait sur ce haut mal qu'elle avait eu tant de peine à faire admettre à ses petites-filles.

— Moi je dis que c'est ça, j'ai vu une jeune vendangeuse s'écrouler dans la vigne en jetant ses bras et ses jambes, vomissant une écume blanche. Elle se débattait comme un diable dans un bénitier. Sa mère qui vendangeait avec elle sortit des pilules de sa poche, les lui glissa de force sous la langue et maintint sa bouche fermée jusqu'à ce qu'elle déglutisse. Une heure après, la fille coupait du raisin et ne se souvenait de rien.

Eva ne la contredisait pas, elles en avaient décidé ainsi avec Agnès, laisser à Pétronille ses dernières illusions, elle qui disait comprendre chaque mimique de la petite. De même, lorsque les époux rentrèrent ne fut-il question de rien avant que l'aïeule n'ait rejoint sa chambre et qu'Estelle fut mise au lit.

Alors seulement tout fut dit sans minoration de l'état d'Estelle et de l'évolution possible que l'on pouvait attendre.

Agnès conclut, la voix tremblante :

— Pourquoi nous lamenter ? Nous avons une petite fille différente, mais une si jolie petite fille.

La vie s'organisa autour d'Estelle. Les mauvais jours d'Eva étaient oubliés, même si elle en gardait une légère claudication et ne se séparait que rarement de sa canne, témoin d'une aventure hors du commun.

Les deux sœurs étaient plus que jamais complémentaires. Quand l'une était aux fourneaux pour préparer les repas, l'autre s'occupait de la petite, lui faisant répéter des onomatopées que leur amour transformait en mots.

— Estelle a dit papa, tu as manqué ça, mon Pierre.

— Regarde, Eva, cela fait plus de vingt minutes qu'Estelle est assise et ne manifeste pas sa lassitude. Tu vois, les massages que nous pratiquons sur son petit corps commencent à faire effet.

Agnès, qui était restée si longtemps dans le déni des retards de sa fille, s'appliquait maintenant à déceler le moindre de ses progrès, fortuit, imaginaire ou miraculeusement réel, le monter en épingle, le faire partager à toute la famille. Elle en dressait scrupuleusement la liste qu'elle soumettait au docteur Bousquet lors de la visite mensuelle. Il lui avait été très difficile de convaincre le médecin de les recevoir chaque mois pour enregistrer l'évolution d'Estelle dont elle ne voulait pas douter. La confiance que la jeune mère avait placée en lui émut l'homme de l'Art dont l'attitude de retrait cachait une profonde empathie pour la misère humaine.

Agnès n'aurait raté pour rien au monde les rendez-vous de l'espoir. Le docteur Bousquet mesurait Estelle, elle avait pris un centimètre, ou deux. Il la pesait, elle avait grossi en conséquence. Puis il posait les questions que la jeune mère voulait entendre. La tonicité ? L'attention ? Le sommeil ? S'emparait-elle des objets ?

— S'emparer, je ne dirais pas ça, docteur. Mais tenir un hochet que l'on met dans sa main, l'agiter, le jeter, elle en fait un jeu, la coquine !

— Bien, bien, approuvait le médecin en hochant la tête et souriant à Agnès avec bienveillance. A-t-elle fait d'autres crises d'épilepsie ?

— Non ! Non ! Dieu merci !

Au parc Montjoly, à deux pas de leur appartement, où la mère et la jeune tante faisaient rouler, aux beaux jours, la poussette d'Estelle, l'enfant qui paraissait physiquement son âge provoquait la curiosité à peine dissimulée des autres mamans dont les enfants, eux, faisaient des roulades dans l'herbe, des pâtés dans le bac à sable et pour les plus délurés de la trottinette dans les allées gravillonnées.

Parfois, des bribes de leurs conversations parvenaient jusqu'à elles ; Eva leur jetait alors des œillades farouches tandis qu'Agnès, portée par son amour pour sa fille, survolait de sa sérénité la peine involontairement infligée.

— Vois-tu, Eva, elles sont plus à plaindre qu'à blâmer, celles qui ne pensent que normes, que modèle unique de l'enfant idéal. La différence est décevante pour ceux qui attachent de l'importance aux choses qui n'en ont pas.

Il avait été convenu, entre les trois jeunes adultes que Pétronille ne serait pas informée de ce qu'il fallait bien nommer le handicap – encore qu'Agnès y préférât retard – que présentait son arrière-petite-fille. La jeune mère lui livra une version édulcorée de la première visite au docteur Bousquet, de même que des suivantes qui, toutes, se soldaient par un satisfecit du médecin.

— Estelle a pris trois centimètres, tu te rends compte, grand-mère ?

— Elle sera aussi grande que sa maman, alors, commentait l'aïeule qui, maladroitement, faisait remarquer la petitesse d'Eva, une petitesse toute relative mais que renforçait sa légère claudication.

Sans se démonter, avec l'optimisme qu'elle avait décidé d'adopter envers et contre tout, Eva répliquait avec un rire plein de coquetterie :

— Tout ce qui est petit est joli, tralalalalala !

En fait, le dernier quart de la vie de Pétronille Michaud ne différait guère de ce qu'avaient été les trois premiers. Enfant unique née tardivement d'un couple uni et modeste, entourée d'amour, elle n'avait quitté le cocon familial que pour devenir l'épouse d'Augustin qui ne cessa, sa vie durant, d'aplanir toute difficulté devant elle, de lui faire, comme il se l'était promis, une belle vie. Il avait tenu parole, et la peine de Pétronille avait été profonde lorsqu'elle perdit sa moitié.

Sa fille et, surtout, son gendre prirent le relais du défunt pour décider en lieu et place de leur mère trop ignorante des affaires. Le mas et les vignes vendus, il restait à la veuve un capital qui, bien géré, lui assurait une vieillesse sans inquiétude... pour peu qu'elle ne dilapidât pas le magot en son entier.

Peut-être grâce à un éclair de lucidité sur son côté « panier percé », Pétronille en avait confié la gestion à Camille Delalande, ce qu'il fit sans que sa belle-mère eût à s'en plaindre et se dise lésée.

— Pourvu que j'aie toujours quelques billets dans mon porte-monnaie, je n'ai pas de grandes exigences.

— Cela va de soi, mère, il n'est pas question que vous viviez en indigente. Sachez cependant que chez nous vous n'aurez pas un sou à dépenser.

— Quel bon fils, Camille, quel bon fils ! Je vous aime bien.

Mais voilà, Camille n'était plus, alors tout naturellement, Pétronille s'était tournée vers le mari d'Agnès, motivée certainement par la même lucidité, et lui avait dit en geignant :

— Je sais que vous avez beaucoup de travail, mon cher garçon ; j'apprécie également votre grande générosité de nous avoir ouvert votre foyer, pourtant j'ai encore un gros service à vous demander, celui de vous occuper de gérer mon argent comme le faisait feu mon cher gendre. Et puis, je veux payer ma quote-part, un peu comme si je vous versais un loyer mensuel.

— Je peux vous dire que sur ce point il n'en est pas question, madame Michaud, vous vexeriez Agnès qui est heureuse de votre présence. Et moi aussi. Pour autant, j'accepte volontiers de vous soulager de la préoccupation de votre argent. Vous n'aurez pas plus scrupuleux chargé d'affaires, je vous le promets.

— Et moi, je vais coucher votre petite Estelle sur mon testament, c'est elle qui héritera des biens de la famille Michaud.

« Différente ! » Estelle était une enfant différente. C'est du moins en ces termes que mes vieilles amies me parlaient d'elle lorsque je les interrogeais sur une photo qu'elles étaient allées sortir d'un tiroir de la chambre d'Agnès ou d'Eva. Un buste d'adolescente un peu chétive sur lequel reposait une tête d'ange blond abondamment bouclé, bien calée par des coussins moelleux.

A mon attentive observation, différente ne pouvait signifier que belle, déduction conforme à un raisonnement d'enfant sensible à la joliesse des traits comme à la délicatesse de la dentelle qui habillait le cou et les bras de la jeune demoiselle Mersant.

Comme pour répondre à une question non formulée mais qui brûlait mes lèvres, Agnès me renseigna.

— Estelle a treize ans sur cette photo. Nous avons fait venir un photographe à domicile pour envoyer le portrait de sa fille à monsieur Mersant.

Agnès poursuivit à mi-voix, semblant ne s'adresser qu'à elle :

— Pierre ne l'a jamais reçu. Il nous fut retourné bien des jours et des jours après que…

Le reste de sa phrase se perdit dans sa gorge enrouée.

Jamais elles n'employaient l'imparfait quand il s'agissait d'Estelle au point qu'à ce stade de leur récit, je n'aurais pas été étonnée, au hasard d'une de mes visites, de trouver l'enfant différente installée dans cette chaise longue en osier que l'on devinait sur le cliché.

Différente ! Ce qualificatif ouvrait largement la porte à toutes les interprétations ; une seule me suffisait, celles qu'en faisaient tour à tour Agnès et Eva, celle d'une enfant proche de la perfection tant il était prononcé avec amour, presque avec respect.

— Estelle était une fillette si différente !

Combien c'était doux à entendre, comme si leurs voix caressaient les ailes d'un ange.

Différente de qui, de quoi, aurait interrogé un esprit plus curieux, plus mature. Moi, je me contentais de penser, et certainement à juste titre, que jamais parents n'avaient autant aimé, autant entouré, autant adulé que ceux de la petite demoiselle Mersant.

Et de penser naïvement en enviant l'enfant posé sur un piédestal d'amour et de tendresse :

« Quelle chance a eue cette fillette d'être si différente ! »

Je saurais, plus tard, qu'Estelle ne put jamais marcher, que les mots qu'elle prononça n'allèrent pas plus loin que des syllabes enchaînées, mais je compris qu'à sa façon elle donna beaucoup plus de joie que de peine à son entourage.

J'avais écrasé une larme au récit de la mort de pépé Michaud, celui qu'au tout début j'avais trouvé bougon, sûr de lui et surtout qu'il en prenait à son aise pour rebaptiser Eva et Agnès en Moustique et Puceron, et puis, au fil du temps, je crois bien qu'il m'avait apprivoisée.

— Mais tu pleures, ma jolie Frisette ! Oh, ce n'est certes pas ce que nous voulons ! s'écria Agnès, désolée, et prenant sa sœur à témoin. N'est-ce pas, Eva ? Allez, ma sœur, rendons un peu le sourire à notre invitée.

— Oui, mais comment ? Oh, tu es trop sensible, Frisette.

— Et vous bien malheureuses ! sanglotai-je sans retenue en songeant à l'accident de métro, au décès du si charmant couple Delalande.

Un adulte aurait dit d'elles qu'elles étaient des blessées de la vie et je crois bien, aujourd'hui, qu'elles rétorqueraient :

« Dites plutôt des miraculées de l'existence ! »

Mais voilà qu'Agnès revenait de sa chambre porteuse du Graal !

— Alors, là, tu vas adorer, ma poulette ! confirmait Eva.

Elles étalaient sur la table, devant moi, un album à la couverture dorée, aux pages usées d'avoir été feuilletées, mais jamais écornées, jamais déchirées.

— Le livre préféré d'Estelle ! Tu aurais vu ses longues et fines mains, les plus belles du monde, délicatement attachées aux poignets, tourner les pages de ce livre. Tu vois, aucune n'est arrachée ni froissée. Des mains de magicienne, d'elfe, de farfadet.

Les miennes, que je devinais pataudes, sans grâce en comparaison de celles de la fée Estelle, restaient sur mes genoux. Je ne me sentais pas le droit de profaner l'album de Mélusine.

— Mais c'est qu'elle fait sa timide, aujourd'hui, notre sacrée friponne ! Regarde, c'est Venise qui défile devant toi.

Avec elles, je voguai sur le Grand Canal, baissai la tête en passant sous le pont du Rialto et posai enfin les pieds sur la place Saint-Marc. Comme elles avaient dû le faire avec Estelle, chaque image était expliquée, commentée, enrobée d'histoire, entourée de mystère ou complètement affabulée.

A chaque page, j'étais subjuguée et ne me décidai à fermer le livre qu'à regret si bien qu'Agnès au grand cœur me proposa :

— Emporte-le, petite, s'il te plaît tant. Nous n'en avons plus besoin, Estelle non plus.

Cet élan de générosité m'alla droit au cœur, mais aussi fit résonner en moi une autre musique : celle du sacrifice que ce don représentait.

Je répondis avec une sagesse qui m'étonne encore aujourd'hui :

— Hors de chez vous, il perdrait toute sa magie ! Mais c'est promis, nous le feuilletterons encore la prochaine fois !

6

— Tout ce qui était possible hier ne l'est plus aujourd'hui.

On ne pouvait douter que la résolution d'Agnès soit empreinte d'une grande mélancolie, Pierre eut la sagesse de s'en contenter. Le choix proposé à son épouse allait dans le sens qu'il souhaitait, mais il aurait accédé à un autre si elle en avait émis le souhait.

Eva consultée à son tour pour une décision qui concernait toute la famille – Pétronille le fut seulement pour la forme – se rangea au côté de son aînée.

— Estelle est et doit rester au centre de nos préoccupations. Je suis entièrement d'accord avec Agnès, ici la petite est suivie par de bons médecins, elle fait des progrès qui pourraient cesser à cause d'un trop grand changement dans sa vie et…

— Il y a la vôtre, Eva. Il ne faut pas vous oublier dans les soucis que cause notre fille.

— Pierre a raison, petite sœur. Tu as ta vie à vivre…

— Vous m'avez généreusement offert de partager la vôtre, je n'en veux point d'autre, à moins que…

— Que tu trouves un époux ? C'est tout le mal que je te souhaite, ma chérie.

— Le mariage n'est pas pour moi, Agnès. Je voulais dire, à moins que vous souhaitiez retrouver une vie de couple, ce qui serait légitime.

— Croyez-vous vraiment que notre couple ait à souffrir de votre présence, chère belle-sœur ? Vous vous tromperiez grandement.

— Alors, c'est dit, nous n'avons qu'à mettre en vente La Glycine et faire une offre pour La Glycine bis. Qu'en pensez-vous ?

Depuis maintenant sept ans que les époux Delalande avaient péri, seul Pierre Mersant s'était obligé à passer régulièrement à Alais pour s'assurer du bon état de leur maison que les filles du couple avaient voulu laisser en l'état. Un souhait tout à fait normal en ce qui concernait Eva ; bien qu'il n'y ait aucune fausse note dans leur cohabitation, elle n'était pas à l'abri d'une évolution qui lui serait défavorable. Le temps des désillusions avait imprimé en elle la notion précaire du bonheur.

Les deux sœurs s'étaient partagé équitablement les liquidités de leurs parents, en avaient placé une partie dans des investissements de confiance, puis étaient convenues d'une somme que chacune d'elles verserait mensuellement au foyer Mersant. Bien que Pierre gagnât fort honorablement sa vie, ses rentrées financières irrégulières demandaient une gestion serrée. Agnès cependant avait une lingère qui venait toutes les semaines prendre le linge pour le rapporter propre et sec ; elle put, grâce à ce nouvel apport, payer une femme de ménage qui venait laver les sols et les vitres, faire les grands ménages de printemps et d'automne, ces grands déménagements qui avaient amusé leur enfance et qu'elles pérennisaient plus par plaisir que par nécessité.

Les plus grosses dépenses du couple étaient des coups d'épée dans l'eau car elles concernaient Estelle, la petite fille différente.

L'enfant et sa mère hantaient les cabinets de médecins – le docteur Bousquet avait eu son heure de gloire mais, depuis que les progrès stagnaient, il avait perdu la confiance d'Agnès –, spécialistes ou généralistes, neurologues. Des consultations et des déplacements qui engloutissaient une bonne partie des revenus du couple.

Et voilà qu'au début de cette année 1910, ses propriétaires mettaient en vente la maison du 46 avenue de Royat. Le risque était grand que le nouvel acquéreur signifie au couple Mersant son congé.

— Ou bien qu'il en profite pour réviser le loyer à la hausse, ça me paraît évident, déplora Pierre.

C'est alors qu'il exposa à son épouse les deux solutions qui s'offraient à eux, quitter Chamalières et aller s'installer à Alais dans la villa du Bas-Brésis ; ses déplacements seraient plus longs peut-être, mais ils auraient un toit sans loyer à payer, ou bien vendre cette maison et se porter acquéreur de celle de Chamalières. Et c'est là que la réponse teintée de regret s'échappa des lèvres d'Agnès.

Pierre Mersant à qui fut confiée la vente de La Glycine n'eut aucun mal. Dans ce quartier de petit paradis d'Alais, ils étaient nombreux à lorgner la bonne affaire et ce, dès le décès de ses propriétaires ; en sept ans, beaucoup s'étaient découragés et avaient trouvé ailleurs leur bonheur, mais il se trouva quand même des persévérants au point que la villa partit au prix demandé, sans négociation. La grande surface du terrain, étagé et facile à lotir, ne fut certes pas pour rien dans ceux qui supputaient la bonne affaire. Le notaire alaisien fit parvenir aux deux sœurs, séparément, la somme rondelette qui leur revenait.

Eva donna sans hésiter la sienne à sa sœur et Pierre Mersant lui fut reconnaissant de cette générosité si spontanée. Il prit le parti de faire un trait d'humour, ce qui n'était pas fréquent chez lui :

— Le mieux, mesdames, est que vous fassiez une SCI sur cette maison et que vous me preniez pour locataire. Est-ce trop vous demander ?

Quel chambardement qui plaça entre parenthèses, sans pour autant la négliger, tout l'arsenal déployé autour d'Estelle !

Il fallut vider la villa alaisienne. Ne pouvant s'absenter ensemble, les deux sœurs établirent une sorte de relais pour trier vêtements et meubles mis au train pour Chamalières. Toute une vie, celle de leurs parents, défilait devant leurs yeux, passait entre leurs mains, autant d'évocations qui ravivaient leur peine. Ils auraient eu encore de si belles années à vivre sans ce stupide accident !

Au fil de leur retour d'Alais, les sacs encombrés de bricoles, babioles et autres colifichets, Agnès et Eva emplissaient leur appartement au point qu'il devenait urgent de le désencombrer. Les remises, déjà, affichaient complet !

— Pourquoi ne pas reléguer tout cela à l'étage au-dessus ? proposa Pierre.

— C'est vrai, nous n'avons jamais mis les pieds au grenier, reconnurent les deux sœurs.

— Moi si, il fallait bien pour s'assurer du bon état de la toiture, et je peux vous dire, mesdames, que ce que vous appelez grenier ferait le bonheur de plusieurs personnes.

Pierre Mersant avait piqué leur curiosité, si bien qu'elles partirent à l'assaut de l'escalier qui, dans le prolongement du leur, permettait d'accéder à un long couloir aveugle desservant quatre pièces mansardées.

— Il faut les rendre habitables ! décréta Eva dans la jolie tête de laquelle germait déjà un projet.

Plus réfléchie que sa sœur, Agnès soupesa aussitôt les difficultés que cela représentait.

— Il n'y a pas de cheminée, pas de point d'eau.

— Pour l'eau, je ne vois pas la difficulté, elle arrive au premier étage, avec un bon plombier elle parviendra bien au second, de même qu'un cabinet d'aisances qu'on pourrait reléguer au fond de ce couloir.

— Et le chauffage ?

— On ne louerait qu'aux beaux jours.

Agnès n'était pas loin de se demander quelle toquade faisait ainsi raisonner sa sœur. Un peu de logique voulait qu'un locataire s'installât à l'année et non au gré des saisons.

Mais Eva développait son projet, forte d'annonces qu'elle avait souvent vues placardées dans les commerces de Royat et même dans ceux de Chamalières.

Recherchons chambres à louer d'avril à octobre inclus pour donneuses d'eaux. S'adresser à l'établissement thermal de Royat.

Ah les charmantes Samaritaines en chemisiers bleu et rose dépassant de leur long tablier blanc ! En avaient-elles croisé, dans le parc thermal de Royat où il arrivait que le trio, prenant son courage à deux mains, aille y promener Estelle calée dans sa poussette ! Toujours souriantes, disponibles et bienveillantes, les donneuses d'eaux parcouraient les allées ombragées du parc avec, accrochée à leur ceinture, la petite coque d'osier qui renfermait leur verre doseur, accompagnant les curistes à la source qui leur était préconisée.

S'imposa alors, aux deux sœurs simultanément, le gracieux sourire que l'une d'elles leur adressait et le regard particulier qu'elle posait sur Estelle. Dénué de cette curiosité compréhensible mais si douloureusement dérangeante, il se voulait à la fois lucide et sans jugement. Eva, plus hardie, avait un jour engagé avec elle la conversation.

— Vous ne ménagez pas vos allées et venues, mademoiselle. Il faut dire que les curistes sont nombreux cette année, s'engagea-t-elle sans risque.

Le visage sympathique de la donneuse d'eaux prit une mimique amusée en répondant :

— Les curistes, mais surtout les curieux ! Il suffit qu'une personnalité vienne prendre les eaux pour drainer derrière elle une meute de sympathisants… ou de détracteurs.

— Qui donc nous fait l'honneur ? Une célèbre cantatrice ? Un peintre de renom ? demanda à son tour Agnès, piquée de curiosité.

— Le député Maurice Barrès. Il se dit qu'il a pour surnom « le romancier voyageur ».

— Il me semble avoir vu un de ses ouvrages en débarrassant la bibliothèque de papa. Attendez que je me souvienne.

Tempête dans le crâne d'Eva dont le visage s'éclaira soudain :

— Oui, c'est ça : *Les Déracinés* ! Dieu que cela m'a paru rébarbatif ! Nous devons l'avoir, quelque part, dans une caisse au grenier.

Le bavardage d'Eva ne semblait pas passionner la jeune donneuse d'eaux qui, sans se montrer le moins du monde impolie, s'intéressait à Estelle, ouvrait sa coque et lui montrait son verre gradué et enfin osait demander :

— Voulez-vous que j'aille chercher un peu d'eau à la source Saint-Victor pour désaltérer cette petite demoiselle ?

Puis, comme pour s'excuser de cette audace, elle confia aux deux femmes :

— J'en rapportais régulièrement à mon petit frère dont les articulations étaient douloureuses et parfois s'ankylosaient ; cela lui procurait une certaine souplesse...

— Votre frère souffrait d'une maladie ? demanda Agnès, un peu sèchement.

Sans se départir de son sourire, la jeune fille répondit :

— Pas vraiment. Il était... comment vous dire... différent, tout simplement.

Ah l'adorable personne ! Ah la belle musique qui faisait résonner en elles l'adjectif adopté pour Estelle !

Un mot, le seul qu'elles pouvaient entendre pour désigner la pathologie d'Estelle, suffit pour que la mère et la tante deviennent les amies de Nancy Gabillaud, la charmante donneuse d'eaux.

Des Alaisiens de passage à Chamalières et qui auraient connu les demoiselles Delalande, élevées en petites princesses du charbon des Cévennes, n'auraient pas misé un kopeck qu'il s'agissait de ces deux Cendrillon en souquenille et fanchon qui chassaient le rat et l'araignée, dépoussiéraient les murs, maniaient le pinceau, griffaient les sols, lavaient les vitres, chacune à leur tour, aidées de leur femme de ménage réquisitionnée pour des heures supplémentaires. Ah ça non !

Pierre Mersant avait applaudi à leur trouvaille et se mit en quête d'un plombier pour apporter à chacune des pièces un point d'eau pour faire sa toilette et, au fond du couloir comme l'avait prévu Agnès, un cabinet à la turque qui serait commun aux quatre locataires, puis d'un peintre pour blanchir les plafonds et les murs, donner un coup de peinture aux fenêtres et aux portes.

Le devis du plombier fit tousser au premier étage du 46 avenue de Royat ; celui du peintre faillit les étouffer !

La négociation de l'achat de cette nouvelle Glycine avait été un gros défi. Faire entrer le prix d'un immeuble, car on ne pouvait plus parler de villa en désignant le bien du 46 avenue de Royat, dans la vente d'une maison, ce n'était pas un pari gagné d'avance. Or, il avait été relevé honnêtement par Pierre qui voulait éviter à ses chères acheteuses la lourdeur d'un crédit. Il y était parvenu en faisant remarquer les défauts évidents du bien dont elles se portaient acquéreuses : l'absence de jardin en façade, la double mitoyenneté, la courette au nord, dépourvue de soleil et entourée de hauts murs. A quoi, les vendeurs aguerris répondirent : toiture impeccable, possibilité d'aménagement d'un second étage, sans oublier les deux grandes remises du rez-de-chaussée, séparées par la porte d'entrée, qui, lui fit-on entrevoir subtilement, pouvaient abriter deux commerces. Apre négociation ! Mais elle avait tourné en faveur de l'acheteur qui payait rubis sur l'ongle.

L'étude approfondie des devis confirma leur première grimace. Pragmatique, Pierre Mersant trancha dans le vif :

— Mesdames, à vos pinceaux, car je préconise que nous nous passions des services d'un peintre.

Devant leur mine déconfite, il s'empressa d'ajouter :

— Je vais moi-même, dès dimanche, m'atteler à blanchir les plafonds qui vous donneraient trop de difficulté.

— Toi, Pierre ? n'avait pu retenir Agnès, incrédule.

C'était de notoriété publique, du moins au sein de la famille, Pierre Mersant n'était pas un manuel. Pire, on eût dit qu'il avait deux mains gauches. Alors, l'imaginer perché sur une échelle, le pinceau tendu au bout de son bras maladroit prêtait à sourire sans méchanceté. Agnès se reprit pour insister :

— Vraiment, Pierre, tu penses venir à bout des plafonds, y compris celui du couloir ?

— Et si je vous retournais la question, mesdemoiselles Delalande ? C'est bien connu que vous faites de la peinture votre passe-temps favori ? Oh, pardonnez-moi, Eva, je ne mets pas en cause vos délicieuses aquarelles !

— Nous relevons le défi ! lancèrent en chœur les deux sœurs.

— Alors un pour trois et trois pour un ! Nous disons donc adieu au devis du peintre et je vous propose que nous fassions revoir à la baisse celui du plombier.

— Avec quels arguments ?

— Les plus raisonnables, celui de simplifier les travaux. Un seul point d'eau dans le couloir. Ces demoiselles, puisque vous pensez y loger des donneuses d'eaux, auront dans leur chambre une cuvette et un broc qu'elles iront remplir au point commun.

Les divers travaux les occupèrent tout un hiver, Pierre ne jouissant que des dimanches pour venir à bout d'une activité qu'il accomplit avec humour faute d'y prendre du plaisir.

— Figurez-vous, mesdames, dit-il un jour le visage barbouillé mais gardant son sérieux, oui, figurez-vous que ce pinceau m'a pris en grippe. Il me porte une haine féroce alors que je jure ne lui avoir fait aucun tort.

Qu'il était bon de rire, surtout après qu'Estelle avait passé une journée sombre comme cela arrivait parfois. Dans ces moments-là, qui suivaient généralement une nuit agitée, la fillette refusait toute nourriture, repoussait les objets qui la veille l'avaient fait sourire et gémissait sans fin. Agnès et Eva avaient beau se relayer auprès d'elle, armées de patience et d'ingéniosité pour la distraire, grand-mère Pétronille se coiffer de son bibi à tulipes mauves qui d'ordinaire captait son attention, rien n'y faisait, toute tentative était vaine et laissait les trois femmes désolées et désemparées. Pierre, alors, avec son air imperturbable, allégeait l'atmosphère, redonnait le sourire à « ses » femmes et par mimétisme à sa fille, qui semblait trouver un peu d'apaisement.

Tout un hiver aussi, fallut-il aux deux jeunes femmes, pour venir à bout des murs qu'elles blanchirent à la chaux, des fenêtres dont elles ravivèrent la peinture qui s'écaillait, après que fut passé le plombier pour une installation a minima.

Il leur restait un mois avant que s'ouvre la saison et déjà leurs quatre chambres signalées aux Thermes de Royat étaient réservées. Il fallait mettre les bouchées doubles pour en faire des pièces agréables, mais en cela, on pouvait leur faire confiance.

Les meubles, à profusion, stockés dans les remises, se virent en partie installés ; chaque chambre avait son lit et sa table de chevet, deux chaises et une table, l'une possédait une armoire, l'autre une penderie, les deux dernières une commode à trois tiroirs.

Sur le parquet grossier avait pris place tout ce que La Glycine alaisienne avait possédé de tapis, carpettes et descentes de lit. Les imperfections des murs se dissimulaient derrière les peintures de Madeleine Delalande signées Malande et aux fenêtres pendaient rideaux et tentures. Le luxe habillait la médiocrité, mais elles n'en avaient pas conscience, ressentant dans cette nouvelle destination des objets qui leur avaient été familiers comme un prolongement de la vie de leurs chers parents disparus.

Rien, par leur raffinement, n'avait été laissé au hasard. Les lampes à pétrole, à bec Matador, à verre étranglé, à pampilles et à coupelle trônaient sur chaque table et voisinaient avec les nécessaires de toilette, cuvette et pichet qui n'avaient jamais servi, sinon de décoration. Certains objets, alliant ornementation et utilité, avaient été disposés dans le long couloir, comme deux consoles-dessertes en marqueterie, plaquées au mur pour laisser le passage et sur lesquelles reposaient deux lampes plus communes.

— Nous n'avons rien oublié ?

Plantée sur le seuil de la première chambre, Agnès la balayait d'un regard satisfait et attendait la réponse de Pierre qui était interdit de séjour depuis qu'elles avaient attaqué la décoration.

Pierre restait sans voix. Certes, son jugement manquait d'objectivité, néanmoins il ne pouvait qu'applaudir à la métamorphose de ces pièces quelconques autrefois réduites à l'état de grenier.

— Peut-être une chose, dit-il avec prudence.

— Les draps et couvertures ? Je sais, nous avons pensé les donner à chaque locataire au moment de leur installation ? C'est mieux, n'est-ce pas ?

— Ce n'est pas ce à quoi je pensais, ma chérie. Ne crains-tu pas que ces donneuses d'eaux soient éblouies par le luxe qui se dégage de ces pièces ?

Sans porter du mépris à leur activité saisonnière ni me livrer sur elles à un jugement négatif, je les suppose de condition modeste et peu habituées à ces objets précieux que ta sœur et toi mettez à leur disposition et…

— Eh bien, tant mieux si elles peuvent un peu en profiter, même s'il ne s'agit que d'un court intermède dans leur vie humble ! Eva est de mon avis, le beau n'est pas l'ennemi du bien.

— C'est tout à son honneur, et je vais de ce pas l'en féliciter. Mais auparavant souffrez que je vous dise en privé toute mon admiration, chère madame Mersant.

Ce disant, Pierre enveloppa Agnès de ses bras vigoureux et l'emporta dans les nues par un long baiser passionné.

Qu'il était bon de voguer, dans un espace-temps indéfini et un espace lieu indéfinissable, dans une sorte d'oubli passager indéfinissablement délicieux !

Des remises partiellement désencombrées, Pierre en utilisa une pour réaliser un projet qui lui trottait en tête depuis longtemps : en faire un chai ! N'était-il pas le mieux placé pour se fournir en bons crus qu'il fit rentrer, en bouteilles, bonbonnes et fûts. Il embaucha un jeune homme pour faire le caviste. Après sa journée chez un maçon de Royat où il faisait l'arpète, vers dix-huit heures, le jeune Georges Merle enfilait un tablier bleu à bavette et ouvrait à deux battants la remise où se précipitaient les amateurs de bons vins. Malgré sa jeunesse, Georges était un gars de confiance que Pierre sut payer, chaque mois, en conséquence.

Son humeur rendue encore plus joyeuse par son salaire le faisait siffloter et Agnès ne manquait pas d'en faire la remarque pour motiver sa fille.

— Tu entends, Estelle, c'est un Merle qui chante ! plaisantait-elle.

Les donneuses d'eaux qui se succédèrent durant les quatre années qui suivirent au 46 de l'avenue de Royat – il s'en trouva bien une douzaine – ont gardé un souvenir ému et ébloui de leurs logeuses, de belles dames qui mettaient à leur disposition un délicieux décor sans autre arrière-pensée que le plaisir qu'elles leur procuraient. Pas une qui ressentît la moindre ostentation d'un art de vivre qui faisait partie intégrante de leur personnalité.

Madame Mersant et mademoiselle Eva ne firent pas fortune avec les loyers perçus, ils étaient modestes, mais ils leur constituèrent une cagnotte qui, en des temps plus troublés qu'elles eurent à traverser, fut la bienvenue.

7

Ce jour-là, les cloches de l'église Notre-Dame de Chamalières, pur chef-d'œuvre de l'art roman mêlant l'arkose blonde à l'austère et sombre pierre volcanique, furent prises d'un affreux tintement.

Leur répondaient en écho depuis Clermont-Ferrand celles de la basilique Notre-Dame-du-Port, sa grande sœur quoique sa cadette, celles de l'église Saint-Léger de Royat et, de façon plus assourdie, celles de tous les clochers des villages environnants.

Les moins de cinquante ans s'interrogèrent du regard. S'agissait-il d'un incendie de grande envergure comme il s'en déclarait souvent durant la période de sécheresse estivale ? Et de se précipiter à leur fenêtre ou dans les rues en quête de fumée ou de flammes dans leur proche voisinage.

Les plus âgés, eux, ne se laissèrent pas berner par le tintement lugubre qui réveillait en eux de noirs souvenirs. Le tocsin ! Comme pour confirmer ce que les cloches laissaient à penser, dans les rues, les crieurs de journaux donnèrent aussitôt de la voix.

— L'Allemagne vient de déclarer la guerre à la France !

— Ordre de mobilisation générale ! Tout homme valide se doit de défendre son pays !

— Tous à Berlin ! A Berlin ! A Berlin !

On en était donc arrivé à ce que l'on redoutait depuis plusieurs mois : la guerre à nouveau étendait ses ailes noires sur un pays qui croyait en avoir terminé avec ces affrontements aussi stériles que meurtriers ; on n'était pas loin de croire qu'à siècle nouveau, idéologie nouvelle. Hélas, il n'en était rien !

La guerre ! L'image floue et néanmoins sordide qu'en gardaient Agnès et Eva remontait aux veillées familiales chez les grands-parents alaisiens. Ni Augustin Michaud, ni Henri Delalande n'avaient participé à la guerre de 1870, mais les deux hommes s'étaient trouvé des cousins qui l'avaient faite et, avant elle, la campagne de Crimée. Ce qu'ils en racontaient et que les fillettes d'alors n'arrivaient pas à imaginer parlait cependant à leur sensibilité. Il y était question de massacre, de famine, de soldats agonisant dans l'indifférence, autant d'images qui avaient imprimé en elle la représentation hideuse de la guerre.

On était au mois d'août 1914, les spectres de leur enfance resurgissaient, ils n'avaient pas terminé leur œuvre destructrice et les cloches des églises auraient désormais, et pendant de trop longues années, l'occasion de faire retentir une autre de leurs sinistres sonneries : le glas.

Estelle était une petite demoiselle allant sur ses treize ans. Aussi grande que sa marraine, ainsi que l'avait révélé une de ses nombreuses visites chez des spécialistes, son corps gracile toujours vêtu des plus flatteuses robes dont ses deux « mamans » se plaisaient de la parer. De jolies chaussures, toujours neuves mais qui demandaient à être changées au rythme de l'évolution de ses pieds, donnaient l'illusion que l'elfe blond un jour quitterait son fauteuil et danserait pour son public acquis la valse de la guérison.

La sensibilité de la fillette lui fit pousser, au son des cloches folles, des sons inarticulés au début, puis bien nets, ce qui sidéra Agnès attentive à tout ce qui émanait de sa fille. Estelle criait d'un ton suraigu :

— Papa ! Papa ! Papa ! Papa !

— Oh ma petite chérie qui appelle son papa ! Eva ! Grand-mère ! Avez-vous entendu ?

Accourues pour féliciter Estelle, Eva et Pétronille ne furent pas de trop pour aider Agnès à retenir sa fille dont le buste se jetait en arrière, puis en avant, les yeux révulsés, les membres raides et une écume blanchâtre à la commissure de ses lèvres serrées par la crispation de sa mâchoire.

— Une crise d'épilepsie ! Oh mon Dieu, moi qui pensais qu'elle n'en aurait plus ! La dernière remonte à si loin.

Eva jeta un regard compatissant à sa chère sœur. Dieu que l'amour d'une mère pouvait amoindrir la mémoire ! Cela ne faisait pas un mois qu'Estelle leur avait fait passer une nuit épouvantable.

— Tu n'aurais pas oublié de lui administrer son neuroleptique, Agnès ?

— Je... je ne pense pas.

Elle n'avait pas oublié, en effet, mais le médecin consulté dans les jours qui suivront fera augmenter la dose qui ne correspondait plus à l'adolescente qu'Estelle était devenue.

Lorsque monsieur Mersant revint de trois jours à Paris où il visitait plusieurs grands restaurants au nombre de ses clients, il ne paraissait plus rien de la crise d'Estelle, pas plus qu'elle ne fit cas de son père qu'elle avait appelé, semblait-il, dans un état d'apeurement inexpliqué. Les nouvelles qu'il rapportait ne prêtaient pas à sourire.

— La France et l'Angleterre, liées par le jeu de leur alliance, ont déclaré la guerre à l'Autriche. Jusqu'où cela va-t-il nous mener ?

Il n'eut pas à se poser la question bien longtemps. La mobilisation générale sonnée, Pierre faisait partie des sept cent mille réservistes de la Territoriale que composaient les classes 93 à 99. Il était sommé de se présenter à la caserne de La Part-Dieu à Lyon à la date et à l'heure indiquées sur sa feuille de route.

Malgré les réticences de son époux, Agnès tint à l'accompagner au train. Il fit ses au revoir respectueux à Pétronille qui ressassait, geignarde, dans un coin :

— On nous avait pourtant dit qu'il n'y aurait plus de guerre, plus jamais ! Ah, quelle misère que la guerre !

Dans un aparté qui se passait presque de mots tant l'intensité du regard et l'étreinte de leurs mains parlaient pour eux, Pierre Mersant prit congé d'Eva :

— Je vous confie mes biens les plus précieux, chère Eva. Je sais tout ce dont je vous suis redevable, mais je vous en demande encore un peu, veillez sur mon épouse, sur ma fille. Je vous sais bien plus forte que ma très aimée Agnès.

— Revenez-nous, Pierre, pour Agnès, pour Estelle !

— Pensez aussi à vous, Eva, il n'est jamais trop tard, ajouta-t-il dans un murmure.

Enfin, il serra tendrement sa fille sur son cœur, mais n'étreignit qu'une poupée de chiffon ; les petits bras qu'il espérait sentir se nouer autour de son cou restèrent mollement posés sur sa robe fleurie. Cependant, de ses yeux bleu-gris si beaux et si terriblement inexpressifs, roulèrent quelques larmes.

Durant le trajet en tram jusqu'à la gare, et bien que la veille il eût consacré sa journée à mettre Agnès au courant de ses affaires, paiements à recevoir, placements, tout ce qui concernait les finances du foyer et pour quoi ils avaient été reçus ensemble par un conseiller de la banque, Pierre se plut à renouveler ses recommandations. Mieux valait, après tout, rester dans le matérialisme, les sentiments prendraient le pas bien à temps.

— Tu n'as pas à t'occuper du jeune Merle, ma chérie. Il a pour consigne d'ouvrir le chai jusqu'à l'écoulement du stock. Il remettra l'argent encaissé à monsieur Blanc de la banque, celui que nous avons vu hier, qui lui donnera son salaire, puis il fermera la remise jusqu'à nouvel ordre et viendra te rendre les clés.

— Et nous n'entendrons plus le beau Merle chanter ! grimaça Agnès pour ne pas pleurer.

De même répondit-il d'un air faussement offensé :

— Madame Mersant, vous vous oubliez ! Jeter les yeux sur ce jeune garçon, à votre âge !

Sa plaisanterie tomba à plat. Son âge ? Quel était-il ? Cela faisait longtemps qu'elle n'avait fait le compte. Trente-deux ans. Mon Dieu, qu'elle se sentait vieille ! Vieille de tous ces deuils, des embûches que la vie qu'elle croyait semée de roses avait posées devant ses pas. Et maintenant Pierre partait ! Quand reviendrait-il ? La question fusa, sans qu'elle l'ait préméditée :

— Tu reviendras, Pierre !

En fait, ce n'était pas une question, mais un souhait, une exigence.

— N'aie crainte, ma chérie, je serai bientôt de retour avec la victoire au bout du fusil.

La victoire. Qu'en avait-elle à faire ? Le patriotisme d'Agnès ne s'était pas encore éveillé.

La gare, en fête, fit diversion aux révoltes informulées d'Agnès. Car ici aussi on anticipait la victoire. Une foule excitée avait envahi les quais ; partout fusaient les cris, les appels, tandis que les locomotives, décorées comme des arbres de Noël, crachaient des fumées d'impatience. Tout, ensuite, se précipita lorsque les portes des voitures s'ouvrirent pour laisser monter les soldats ; ce fut la bousculade pour se hisser vers la fenêtre et toucher du bout des doigts l'être aimé qui s'en allait pour une destination inconnue.

— Je t'aime, Agnès. Prends soin de toi et de notre petite Estelle.

— Sois prudent, mon Pierre, et donne-nous de tes nouvelles au plus tôt. Savoir où tu es me rendra plus proche de toi.

Une dernière étreinte, des portes qui claquent, un train qui s'ébranle dans un bruit d'enfer alors qu'une forêt de mouchoirs s'agite depuis les quais, répondant à ceux des fenêtres qui filent au loin et puis disparaissent.

Agnès court jusqu'à perdre le souffle pour retarder la séparation, mais imperturbable le « taureau de fer » prend de la vitesse et sa vue se brouille. Pour la première fois, Agnès maudit les trains. La gare est maintenant livrée aux sanglots que les épouses, les mères, les filles, les fiancées avaient courageusement retenus. Puis, lentement, elle se vide, chacune rentre chez soi.

La lecture qui avait toujours fait partie de la vie d'Agnès et d'Eva n'avait jamais concerné la presse. Dès lors, les journaux de tous bords firent leur entrée quotidienne à La Glycine.

— Ecoute ça, Agnès. « *La victoire dépendra de la supériorité des forces morales de nos troupes* », *assure le général Grandmaison.* Je peux te dire qu'ils l'avaient, le moral, tous ces soldats qui criaient A Berlin !

— Poursuis ta lecture, je te prie, demanda Agnès, un peu dubitative.

— *Le général entendrait par là compenser la suprématie en hommes et armement de l'adversaire par des soldats français résolus et combatifs, chargeant inlassablement à la baïonnette...*

— Quelle horreur, à la baïonnette !

— Et le journaliste poursuit son commentaire, se demandant si *les forces morales sur lesquelles portent les espoirs de la France n'ont pas des limites, les limites humaines.*

Les limites humaines, celles des troupes bien sûr, mais que dire de celles des familles restées longtemps sans nouvelles de leur soldat ?

Une lettre de Pierre arriva enfin, disant son intégration au régiment du commandant Charles Lanrezac et le départ imminent pour la Belgique. Sans autre précision. Il en était ainsi de tous les échanges épistolaires des soldats qui devaient rester dans le flou quant à leurs positions et au carnage qu'ils vivaient au quotidien.

La guerre, désormais, était engagée sur plusieurs fronts pour contenir l'envahisseur allemand. Le régiment de Pierre Mersant avait, comme il l'écrivit à son épouse, gagné la Belgique et c'est à Charleroi que le commandant Lanrezac lança ses troupes dans la bataille. Trois jours de combats acharnés durant lesquels les soldats de Lanrezac résistèrent à la poussée ennemie qui, par assauts ponctuels, tentait de les déborder, de les déstabiliser.

Cantonnée à quelque distance en arrière du front belge, l'armée du maréchal Joffre restait sur le qui-vive. Par le biais d'estafettes régulièrement dépêchées sur le front, l'état-major de Joffre considérait de bon augure la résistance des soldats de Lanrezac et les aiguillonnait à coups de promesses de renfort imminent.

— Si Lanrezac et ses hommes font preuve d'endurance et de courage, la suite est bien engagée, prédisait Joffre à son état-major auquel il expliquait les raisons de son attentisme.

Et de dévoiler alors le plan XVII, à savoir une guerre d'attaque et de mouvements sur plusieurs fronts. Une prise de position qui courait déjà dans les rangs des soldats, lesquels se donnèrent le moral en inventant un chant d'assaut irrévérencieux, mais lucide :

— Attaquons donc ! Attaquons... quons... quons... quons comme la lune !

Recevoir des ordres, ne pas les discuter, les appliquer à la lettre : en excellent militaire, le commandant Lanrezac savait où était son devoir ; cela ne l'empêchait pas de réfléchir à leur ambiguïté et au désastre dans lequel il entraînait ses hommes. Et de la réflexion à la décision, il n'y avait qu'un pas qu'il se décida à franchir.

Malgré les ordres persistants de continuer l'affrontement dont Joffre l'abreuvait, Lanrezac ordonna un repli et sauva son régiment de l'anéantissement. Au soir de cette journée, alors qu'il avait cru sa dernière heure venue, qu'autour de lui les camarades tombaient comme des mouches, Pierre Mersant n'eut rien de plus pressé que griffonner quelques mots à Agnès à qui il disait son dégoût du combat.

Ma si douce épouse, j'ai le mal de toi, tu me manques, notre fille me manque. Si je ferme les yeux, c'est vous deux que je vois, vous êtes dans mon cœur, nuit et jour, au repos, au combat. Si tu savais, ma chérie, combien la guerre est une chose affreuse, barbare, combien la vie d'un homme est de peu d'importance. Cela me donne la nausée. Je t'embrasse, ton Pierre pour la vie.

Il n'eut de cesse, dès qu'il eut couché sur le papier toute sa désespérance, de l'expédier au plus tôt. Ce qu'il fit dans l'instant. Ce n'est qu'en revenant de la poste aux armées qu'il réalisa combien sa lettre allait bouleverser Agnès. Ne pouvant récupérer sa missive, il prit le parti d'en écrire une autre dans la foulée.

Me pardonneras-tu, Agnès chérie, cette lettre stupide que je t'ai envoyée ? Je n'ai pas d'excuse, sinon une grande lassitude après plusieurs jours d'intense combat, pour t'avoir inquiétée à tort. Oublie tout ce que je te disais, notre commandant est un homme de devoir doublé d'un homme de cœur, il sait ménager ses troupes et les tenir à l'écart d'une boucherie qu'il est aisé de deviner ailleurs. La seule chose vraie dans ma précédente lettre est que tu me manques, que je pense à toi, à nous, à notre fille, à notre jolie famille. Je te quitte, ma femme chérie, car nous recevons à l'instant les ordres pour un nouveau déplacement. Ton Pierre qui t'aime.

Abandonnant le fameux plan XVII, sa guerre de résistance et de déplacements, le maréchal Joffre avait opté pour une offensive musclée. Ayant pour cela besoin de renfort sur son aile gauche, il avait donné l'ordre au commandant Lanrezac de conduire ses troupes à marche forcée dans le département de l'Aisne, plus précisément sur la bourgade de Guise, cela afin de contenir l'armée de von Kluck qui se dirigeait vers l'est de Paris.

Lorsqu'ils y parvinrent et eurent établi au mieux leurs positions, les troupes de Lanrezac remportèrent malgré leur fatigue une magistrale victoire contre celles de von Bülow. La presse française, inféodée à l'état-major dans la diffusion des nouvelles de guerre, ne se priva pas de titrer à la une et en gras :

« *Cinq mille huit cents soldats allemands ont péri dans l'enfer de Guise !* »

Pas un mot sur les pertes françaises. Elles étaient pourtant nombreuses et parmi elles figurait le réserviste de la Territoriale Pierre Mersant.

Les mauvaises nouvelles, c'est bien connu, arrivent plus rapidement que les bonnes. Le télégramme du Secrétariat de l'Armée française, dans toute sa froideur teintée de nationalisme, annonçait que *« le soldat Mersant Pierre, combattant émérite, avait été tué à l'ennemi. Sa dépouille, décorée de la Croix de guerre, serait rendue à sa veuve dans les meilleurs délais »*.

Un coup de poignard avait transpercé le cœur de la pauvre Agnès et plongé La Glycine dans le plus noir des désespoirs.

Ce fut au tour d'Eva d'apporter sollicitude et réconfort à sa sœur dévastée, et ce malgré sa propre souffrance. Depuis maintenant onze ans qu'elle partageait la vie du couple Mersant, elle avait eu le temps d'apprécier la gentillesse délicate et attentionnée de Pierre à son égard comme à celui de grand-mère Pétronille, l'attachement vrai et profond des deux époux et surtout l'amour qu'ils portaient à leur enfant « différente » et qui les transcendait.

Blottie dans les bras de sa sœur, Agnès se laissait aller à son chagrin que rien ne pouvait apaiser. Eva consolait sa détresse, l'écoutait sans fin égrener les moments heureux de leur vie.

C'est en s'enfermant dans le souvenir de son bonheur passé qu'Agnès trouvait la force de vivre, ou plutôt, de survivre.

Tout doucement, avec amour, avec tact, parfois en la faisant sourire, Eva ramenait sa sœur à une réalité infiniment douloureuse certes, mais qu'elle devait admettre pour continuer à avancer.

— Souviens-toi, Agnès, ton époux t'a confié Estelle, tu vas vivre pour ta fille et je t'y aiderai chaque jour de ma vie.

8

Elles furent nombreuses, ces femmes qui, à l'image d'Agnès, apprirent à vivre sans leur compagnon, ces jeunes filles qui se condamnèrent au célibat à la mort de leur fiancé et que l'on appela les veuves blanches, ces fillettes que l'on vêtait de noir car le deuil n'était pas que dans le cœur, il devait aussi s'exposer.

Mais la douleur des autres n'a jamais été un baume à sa propre souffrance. C'est ainsi, le bonheur ne peut se partager, le malheur non plus, quand bien même on se sent soutenue comme l'était Agnès par une Eva qui repoussait sa propre tristesse et se voulait la mouche du coche pour motiver sa sœur.

— Ton époux t'a confié Estelle avant de partir, je le sais. Et à moi, il m'a demandé de veiller sur vous deux, alors oui, tu dois te ressaisir, Agnès. Tu le dois à Pierre.

La dernière phrase bien appuyée, si elle lui fit l'effet d'une gifle, participa à la résurrection de la jeune veuve. Que n'aurait-elle fait pour Estelle ? Le plus difficile lui fut, au début, de sourire malgré ses larmes, la petite était si sensible aux états d'âme de son entourage ! D'ailleurs, Eva se servait de cette indéfinissable émotivité pour aider sa sœur à retrouver son allant.

— Ta fille est une véritable éponge sensorielle. Tout ce qu'elle ressent d'une atmosphère gaie ou morose est d'autant plus violent chez elle qu'elle ne peut l'exprimer.

Pour preuve de ce qu'Eva avançait, la jeune Estelle enchaînait les crises d'épilepsie depuis la mort de son père. De jour comme de nuit, sa mère et sa tante devaient se relayer à son chevet afin qu'elle ne se blesse ni ne s'étouffe par la violence des spasmes et les apnées prolongées.

Le sursaut attendu, espéré, ne se fit pas attendre et la silhouette drapée de noir de la veuve Mersant se montra à nouveau aux consultations médicales, poussant inlassablement dans une poussette spécialement conçue pour sa taille Estelle, la grande poupée habillée d'un manteau en velours bleu pâle, de chaussures en vernis noir et d'un mignon petit béret tricoté par grand-mère Pétronille.

C'était d'ailleurs la seule chose qu'elle parvenait à faire sans laisser filer ses mailles, pour peu qu'on lui monte les premiers rangs. Elle avait bien vieilli, Pétronille Michaud, et s'apparentait à la mère-grand du Petit Chaperon rouge à laquelle elle prêtait ses mimiques exagérées quand on lisait le conte à la petite Estelle.

— Grand-mère, que vous avez de grandes mains ! Celles de Pétronille s'agitaient alors devant l'enfant muette.

— Grand-mère, que vous avez de gros yeux ! Et Pétronille roulait les siens derrière ses bésicles.

— Grand-mère, que vous avez de grandes dents ! Le clou du spectacle quand Pétronille ouvrait sa bouche d'où s'échappaient des effluves de vin de noix et montrait ses chicots qui menaçaient de choir comme la bobinette.

Parole ! Les lèvres roses d'Estelle esquissaient un sourire !

— Elle a ri, Eva ! Tu as vu, elle a ri !

— Bien sûr qu'elle a ri ! crachotait Pétronille. Je n'ai pas ma pareille pour amuser les enfants.

Tricoter et amuser les enfants. On ne pouvait lui demander plus. La cuisine, qui n'avait jamais été son fort, n'engendrait qu'une suite de catastrophes – casseroles renversées, ragoûts carbonisés, recettes farfelues – que les deux sœurs réparèrent jusqu'à ce qu'elles l'évincent des fourneaux. Le ménage qu'elle avait toujours laissé à des mains plus volontaires était le cadet de ses soucis, c'est tout juste si elle ne pestait pas après la femme qui astiquait l'appartement du sol au plafond.

— Quelle perte de temps ! ronchonnait-elle lorsqu'on la chassait de sa chambre pour cirer le parquet.

A force de persévérance, de traitements essayés, puis abandonnés au profit d'un nouveau médicament que préconisa un neurologue qui l'expérimentait depuis 1912, le phénobarbital, les crises d'Estelle s'espacèrent de plus en plus pour disparaître totalement, et cela sans entraîner somnolence ni torpeur anormales chez l'adolescente.

La vie, dès lors, s'organisa autour d'Estelle dont Agnès et Eva ne redoutaient plus les accès mortifères, mais espéraient toujours l'ouvrir à la parole et au raisonnement. En revanche, les deux mamans avaient fini par se résoudre à ne jamais la voir marcher. Alors les livres firent leur entrée, plus nombreux que jamais, à La Glycine. Encyclopédies imagées, catalogues et ouvrages d'art, et surtout le précieux livre qui racontait Venise en gravures colorisées. Etait-ce sa couverture dorée qui avait la préférence de la demoiselle ? Ou les feuilles glacées sur lesquelles glissaient les doigts ? Ou plus certainement la voix caressante d'Agnès qui racontait à chaque page les jours heureux de son merveilleux voyage de noces.

Avec eux qu'elle feuilletait à gestes précieux néanmoins maladroits, Estelle voyageait dans le temps et l'espace ; à chaque page tournée, elle levait sa jolie tête de poupée, posait son regard vide sur la personne qui était à côté d'elle – sa mère ou sa tante – et articulait avec application :

— Mam an... mam an...

Les balbutiements d'Estelle n'allèrent pas plus loin.

A Estelle les livres qu'elle feuilletait, à Pétronille les ouvrages de tricot qu'elle menait à terme, à Eva, revenue à son passe-temps de jeunesse, l'aquarelle, et à Agnès le culte du souvenir. Elle gardait, plus précieuses que l'or, les deux dernières lettres de Pierre Mersant dans l'une de ses poches et ne s'endormait jamais avant d'avoir lu les mots qu'elle connaissait par cœur. Elle posait enfin les lettres sur la table de chevet, fermait les yeux et s'adressait à son mari :

— Tu vois, mon Pierre, nous ne nous quittons jamais. De jour comme de nuit, tu es tout près de moi.

Lorsque Estelle eut quinze ans, l'évidence éclata aux yeux d'Agnès et d'Eva et les désespéra : il leur était impossible, même en unissant leurs forces, d'amener l'adolescente au parc dès les beaux jours venus. Trop grande. Trop lourde.

De même, et cela leur sauta aux yeux, l'extérieur manquait à Estelle qui montrait plus d'impatience à feuilleter les pages. En approchant son fauteuil devant l'une des fenêtres et l'y installant, elles eurent la confirmation que le confinement pesait à l'adolescente. Et de se creuser la tête pour y remédier.

Un matin, Agnès se leva, toute joyeuse.

— Pierre m'a soufflé la solution, claironna-t-elle.

— Dis vite !

— Une terrasse sur l'arrière de la maison. Il suffirait de pratiquer une ouverture dans le mur du palier et nous n'aurions qu'à rouler le fauteuil d'Estelle, tout serait de plain-pied.

Aussitôt évoquée, aussitôt mise en route après acceptation des services d'urbanisme, la terrasse fut réalisée et utilisée aux premiers beaux jours du printemps 1917. Rien de clinquant dans sa réalisation, deux pilotis plantés en limite de la propriété, deux autres contre la façade nord de La Glycine, une chape lissée et, sur trois côtés, une murette de protection n'excédant pas quatre-vingts centimètres. Mais il ne fallut pas moins avoir recours au dévoué monsieur Blanc, conseiller des dames Mersant – c'est ainsi qu'elles étaient nommées pour aller au plus simple –, qui préconisa de débloquer un placement pour couvrir les frais.

Le mieux-être immédiat d'Estelle couvrait largement la facture du maçon. Le noyer d'un voisin qui débordait au-dessus de la terrasse apportait un coin d'ombre bienvenu et surtout une distraction pour la petite dès qu'une brise légère faisait frémir ses feuilles. Elle tendait la main pour s'en saisir mais l'appréciation de la distance lui échappait ; cependant, elle ne s'irritait pas de ne jamais y parvenir.

Une autre distraction lui venait de la maison mitoyenne qui, elle, possédait un balcon filant avec balustrade en fer forgé. Agnès ou Eva avaient eu l'occasion d'échanger un bonjour-bonsoir et connaissaient le nom de la personne qui occupait ce logement. Une madame Lefebvre à laquelle les deux sœurs donnaient la soixantaine. C'est tout ce qu'elles savaient d'elle. Il leur fut aisé d'apprendre que cette dame avait deux petites-filles qu'elle gardait pendant les vacances. Deux fillettes qui riaient du matin au soir, le plus souvent sur le balcon où elles installaient à loisir, malgré son étroitesse, poupons, dînettes et ballon.

Que de fois atterrit-il sur la terrasse à la béatitude d'Estelle !

Les années défilèrent, rythmées par le glas des églises. Chaque jour apportait son lot de deuils et de malheurs et puis un jour, ces mêmes cloches qui avaient appelé à la bataille, qui avaient accompagné les enterrements, se voulurent joyeuses. La guerre enfin était terminée.

Mais pouvait-on se réjouir quand tant de vies avaient été fauchées, quand les trains triomphants, emportant de fringants soldats pour chercher la victoire, ramenaient en catimini tant de poitrines gazées, de visages hideux. « Ailes brisées », « gueules cassées ». Celle qui restera dans tous les esprits la Grande Guerre mettrait du temps à se faire oublier.

Une catastrophe humaine s'éloignait, un fléau qui se voulait plus meurtrier encore montrait son nez.

On lui donna le nom de grippe espagnole parce que les premiers cas se rencontrèrent chez des vendangeurs espagnols venus pour la récolte de l'année 1918, comme ils le faisaient depuis cinq ans, remplacer les hommes partis au front. Sur une population affaiblie, démoralisée, l'épidémie allait faire des ravages.

L'hiver venu, la terrasse de La Glycine et le balcon de la voisine restant vides, madame Lefebvre venait régulièrement prendre des nouvelles d'Estelle, et plus récemment de madame Michaud devenue sénile. La vieille Pétronille approchait de la fin pareille à une bougie dont la flamme vacille.

— Vous avez un sacré rhume, madame Lefebvre, fit remarquer Agnès. Avez-vous un sirop pour la toux ? Je vais voir si…

— Ne vous donnez pas cette peine, chère madame. Une infusion de sauge, ce soir, et demain, il n'y paraîtra rien.

Le lendemain, Eva revint de chez la boulangère avec une information qui fit frémir Agnès.

— Le médecin est venu chez madame Lefebvre tant elle s'étouffait et avait de la fièvre. Il paraît que c'est la grippe espagnole. J'irai prendre tantôt de ses nouvelles.

— Oh non, Eva ! Si c'était contagieux ! s'alarma Agnès.

— C'est vrai, tu as raison.

Deux jours plus tard, Pétronille délirait dans son lit, aux prises avec une forte fièvre. Le soir même, ce fut au tour de la petite Estelle. Le médecin appelé au chevet des deux malades posa le même diagnostic dans la chambrette rose et dans celle tapissée d'un semis de fleurs jaunes que le temps avait patiné.

— Une mauvaise grippe devant laquelle nous sommes désarmés. Dans un premier temps, il faut faire tomber la fièvre… si l'on y parvient. Je prescris le même antipyrétique pour vos deux malades.

— La même dose pour une enfant et une adulte ? s'affola Agnès.

— Par son grand âge, l'organisme de votre grand-mère se rapproche de celui de la petite demoiselle. Faites-les boire abondamment, je reviendrai demain dans la journée.

Chacune dans une chambre, Agnès et Eva veillèrent leurs malades. Toute la nuit, à travers la cloison, la toux de l'une répondit à celle de l'autre. S'il fut aisé de faire absorber le fébrifuge à Pétronille, Agnès s'épuisa en vain pour l'administrer à sa fille. La fièvre dépassant les quarante degrés, suivirent les convulsions qui jetèrent la mère dans un total affolement. Accourue à ses cris, Eva avoua à son tour son impuissance. La nuit fut longue, qui tint les deux jeunes femmes dans une angoisse croissante. L'idée leur vint de bassiner les tempes d'Estelle de serviette trempée dans l'eau froide et la fièvre sembla régresser ; alors, elles prirent l'initiative de rafraîchir tout son corps de la même manière, et elles furent récompensées quand Estelle s'apaisa et enfin s'endormit.

Le médecin, à qui Eva apporta des nouvelles le lendemain à la première heure, promit de faire l'impossible pour passer au plus tôt. Il était réclamé de toutes parts et partout il délivrait le même constat d'impuissance face à cette grippe dite espagnole d'une virulence extrême. Il vint en effet, si tard que les deux femmes ne l'espéraient plus, et constata, après une méticuleuse auscultation, que les bronches d'Estelle étaient très encombrées.

— Elle tousse beaucoup ?

— Je ne crois pas qu'elle en ait la force, mais sa respiration est sifflante.

— C'est bien ce que j'ai entendu. Il faudrait lui poser des ventouses. En avez-vous ?

— Oh mon Dieu, ça la ferait souffrir, sa peau est si fragile, elle ne saura pas dire si ça la brûle, elle ne comprendra pas qu'on lui veuille du mal…

La panique d'Agnès et le visage décomposé d'Eva lui firent renoncer momentanément à ce traitement que les deux femmes comparaient à de la barbarie.

— Pour cette nuit, continuez à maîtriser la fièvre et demain, nous verrons. Peut-être pourriez-vous essayer de vous procurer un ballon d'oxygène… Voyons l'état de madame Michaud.

C'est à peine s'il trouva le pouls de l'aïeule, il était si faible !

Seule Eva l'avait précédé dans la chambre ; le docteur ne lui cacha pas que la vieille dame était en bout de course.

— La forte fièvre a épuisé ses dernières forces. En plus de son cœur qui bat faiblement, je soupçonne que son corps n'est pas loin de l'abandonner. Il faut vous montrer courageuse, mademoiselle.

Longue fut cette nuit durant laquelle Pétronille Michaud jeta son dernier soupir. Un long et tressautant soupir pareil à un de ces vibratos qui donnent la chair de poule et puis plus rien. Eva n'eut même pas à lui fermer les yeux, restés clos depuis son alitement. Sur la pointe des pieds, claudiquant plus encore en pantoufles que dans ses chaussures spéciales qui compensaient les faiblesses de sa hanche, elle poussa la porte de la chambre d'Estelle. Sa nièce dormait, sa respiration bruyante mais ralentie en attestait. Sa sœur, terrassée par la fatigue et l'angoisse, trouvait enfin un peu de repos, assise au chevet de sa fille et lui tenant la main, sa tête reposant sur le matelas. Sans bruit, elle referma la porte ; à quoi bon réveiller Agnès ?

Si longue qu'elle fût, la nuit céda la place au jour, à la triste réalité, aux décisions à prendre pour les obsèques de Pétronille. Il fallait faire vite, Estelle avait besoin de ses deux mamans. Une religieuse de la communauté des sœurs hospitalières, à la demande du médecin, vint à son chevet le temps de la cérémonie. Pour sa dernière prestation, madame Michaud ne fit pas recette, la neige dont les flocons légers avaient voleté toute la matinée se mit à tomber dru, retenant même les plus intrépides

des connaissances des dames Mersant. Ne pas ajouter le risque d'une fracture pour chute à celui, déjà grand, de la grippe espagnole.

Les deux sœurs ne firent pas cas de ces nombreuses défections, la peine, souvent, se passe de compagnie, et puis, ne tendaient-elles pas toutes deux vers l'essentiel de leur raison de vivre : retenir la vie d'Estelle la bien-aimée ?

A leur retour, la petite, à nouveau, grelottait de fièvre. Poupée de chiffon ratatinée dans son lit, elle gémissait aux soins que lui portait la religieuse, résistait à son insistance à l'hydrater, s'enfonçait dans un inexorable affaiblissement.

Agnès et Eva se relayaient jour et nuit auprès de l'adolescente qui n'avait que les gémissements pour dire sa souffrance, plaintes diffuses et psalmodiées qui s'accompagnaient de spasmes et de raidissements de tous ses membres grêles.

— Votre fille ne peut se défendre contre la maladie. La fièvre ne baisse plus, je ne sais que faire, avoua le docteur en baissant les bras d'impuissance face à cette épidémie galopante. Un enfant robuste et tonique aurait des forces pour lutter, pas elle et j'en suis désolé.

Les deux femmes lui faisaient pitié et, dans ces cas-là, il maudissait les limites de son art, il détestait son rôle de figurant dans cette grande tragédie, et aurait voulu être à cent lieues de cette chambre où son impuissance lui sautait aux yeux. Il fallait cependant les disposer à affronter le pire. Il se résolut à leur porter le coup de grâce.

— Je ne vous cache pas, mesdames, que tout espoir de guérison est exclu, étant donné l'état de cette enfant…

— Vous ne voulez pas dire, docteur…

Les yeux d'Eva affrontaient le regard du médecin qui ne se déroba pas et murmura :

— Si, hélas !

— Non ! se révolta Agnès.

Et d'un geste impérieux qui lui ressemblait si peu, elle désigna la porte au médecin qu'Eva s'empressa de reconduire en excusant sa sœur.

— Pardonnez-lui, docteur. Ma sœur est en train de perdre sa dernière raison de vivre.

De retour dans la chambre, il fut impossible à Eva d'éloigner Agnès, ne serait-ce qu'une minute, de la petite Estelle. Elles s'assirent donc de chaque côté du lit pour une longue nuit.

C'était l'heure où mourait la veille pour laisser place au lendemain, ce laps de temps indéfini qui n'est déjà plus et qui n'est pas encore, cette fin d'un jour qui en amène un autre. Semblable à une mésange blessée qui frémit convulsivement des ailes, Estelle se débattait faiblement, sa bouche entrouverte cherchait un filet d'air. Et puis, ses jolies petites mains blanches devenues diaphanes qu'elle faisait danser machinalement devant elle, retombèrent inertes, sur le drap, et le malheur s'abattit une nouvelle fois sur Agnès et Eva.

Scrutant le joli visage qui déjà se teintait de gris, la mère toucha le front de sa fille d'où s'en allait déjà la fièvre qui ne l'avait pas quittée. Les deux sœurs savaient mais elles attendaient encore et désespérément que l'étroite poitrine se soulève encore et encore. En vain, le cœur de l'enfant « différente » avait cessé de battre. Agnès n'eut pas un cri, pas un mot, pas même un sanglot. Elle s'empara de sa fille et la serra contre elle afin d'être entraînée elle aussi vers l'autre vie qui prenait un à un les membres de sa famille.

Eva enlaça à son tour la mère et la fille soudées et murmura à l'oreille de sa sœur :

— Estelle sera toujours dans notre cœur.

— Un peu d'elle demeurera aussi avec nous ! lui répondit Agnès, qu'une soudaine décision rendait fébrile.

Elle alla prendre une paire de ciseaux à broder et coupa religieusement une bouclette de sa fille qu'elle plia dans un mouchoir sorti de l'armoire puis voulut bien répondre à la question muette de sa sœur.

— J'achèterai un camée à charnière dans lequel je glisserai les cheveux d'Estelle.

— Je peindrai une minuscule reproduction du portrait que j'avais fait d'elle.

— Tu en feras deux alors, et moi j'achèterai deux camées, décida Agnès en coupant une autre boucle à sa fille.

Les deux sœurs au cœur brisé s'étreignirent désespérément.

Sous un monceau de lis et de roses blancs, la petite fille « différente » rejoignit les enfants trop tôt disparus, dans un pays qui les rend tous pareils.

Que cherchaient-elles fébrilement avec des mines de joyeuses conspiratrices ? Et par quel charme qu'on leur aurait jeté gardaient-elles imprimé sur leur visage, tel un masque de béatitude, le sourire que les esprits ronchons auraient pu leur envier ?

— As-tu trouvé la boîte des photos-plaques, Agnès ? Moi, ça y est, j'ai mis la main sur l'appareil !

— Mais où sont-elles fourrées, bon sang, ces satanées plaques ?

Le dérivatif des plaques de verre que j'eus à découvrir venait à point nommé pour évacuer le récit des années noires de leur vie ! Et avec l'accent des Cévennes, en plus, qu'elles n'avaient jamais perdu. Cela semblait si surprenant, depuis un demi-siècle qu'elles vivaient en Auvergne, de n'avoir pas cédé à l'inévitable influence. Je leur en fis la remarque.

— Vous savez ce que j'aime chez vous ?

— Mes brioches, pardi ! rigola Agnès.

— Plutôt mon chocolat ! riposta Eva.

— Perdu ! Vous avez perdu ! C'est votre accent, vous parlez comme moi.

— Il manquerait plus que ça, qu'on nous ait pris notre accent. Jamais, Jonquille, tu m'entends ? Jamais !

Et vlan pour mon petit corsaire jaune poussin et mon chemisier blanc qui me valaient ce nouveau surnom.

— Ah, j'ai enfin trouvé ces satanées plaques. Tu vas voir, Jonquille !

Devant moi, l'une posait une sorte de boîtier à lunettes, l'autre étalait avec précaution des plaques de verre. Et de m'expliquer qu'il s'agissait de photos qu'il suffisait d'introduire dans la boîte, d'assurer la languette afin qu'elles ne tombent pas et de plaquer ses yeux sur le côté lunette du boîtier.

— Une paire de jumelles ? demandai-je impudemment.

— Nigaude ! Son ancêtre s'appelait le daguerréotype, mais celui-ci, je t'avoue, j'ai oublié son nom.

— Regarde donc plutôt que de poser toujours des questions. Vois-tu quelque chose ?

Je regardai attentivement des hommes sans âge, à demi enfoncés dans la boue, le fusil à la main et le paquetage dans le dos, et répondis :

— Je vois… oui, je vois des soldats certainement, ils sont armés et marchent dans la boue.

— Nos valeureux pioupious de la Grande Guerre, Jonquille ! Là, ils quittent la tranchée des baïonnettes pour aller prendre quelques heures de repos à l'arrière. Les sacs de sable qui bordent la tranchée sont là pour

les protéger des balles ennemies. Change la plaque de verre, Eva.

Eva prenait une nouvelle plaque et, méthodiquement, l'insérait dans le boîtier, rabattait la languette et me le tendait.

— Ce que tu vois là, jolie Jonquille, ce sont les fameux taxis que le général Gallieni fit réquisitionner pour la bataille de la Marne.

Les photos-plaques, ces fragiles plaquettes de verre sur lesquelles s'imprimaient des photos en marron, précieux trésor de mes chères amies, se succédaient : les ambulances de la Croix-Rouge transportant les blessés, des chevaux couchés sur le flanc dans la neige, un alignement de croix blanches à perte de vue…

C'était leur guerre, elles s'étaient donné le droit de se l'approprier, une façon à elles de rendre hommage à Pierre Mersant, et à travers lui à tous ceux qui avaient donné leur vie pour la France. Le temps aidant, elles en parlaient avec sérénité, alors qu'elles avaient troublé mon cœur par leur récit et leurs photos-plaques. Pauvre monsieur Mersant !

Ah, les primesautières qui voletaient d'un sujet à l'autre.

— Tu veux que l'on regarde l'album de Venise ? Il te plaît, hein, le livre préféré de notre chère Estelle ?

Eva le posait aussitôt devant moi, alors qu'Agnès, un peu en retrait, flottait dans les souvenirs et s'approchait soudain de moi.

— *Je t'ai fait voir le portrait d'Estelle, n'est-ce pas ? Mais, ses cheveux, te les ai-je montrés ? Tu veux les caresser ?*

Un frémissement parcourut l'enfant que j'étais ; je savais maintenant qu'Estelle n'était plus, comment pourrais-je alors voir et toucher ses mèches blondes ? Elle dégagea le camée de son cou, tripota le fermoir de la double ouverture et je vis la boucle dorée, intacte après tant d'années, mais surtout j'entendis la voix basse d'Agnès me murmurer ces vers :

Que de fois je regarde hélas ! ta porte close !
Que de fois je me dis : elle va s'entrouvrir...
Je vais, comme jadis, voir ma fillette rose
Vers moi, par bonds légers, en dansant, accourir !

— *Oh que c'est beau ! m'exclamai-je.*

— *J'ai composé ces vers, un cadeau pour Estelle.*

Incrédule, je regardai Eva ; elle approuva de la tête sans se départir d'un énigmatique sourire.

Ces vers gravés dans ma mémoire resurgirent bien plus tard au hasard d'un plongeon dans un recueil de poésie. Chacun de nous a bien droit à sa période romantico-mélancolique. J'appris qu'ils étaient de la poétesse Carmen Sylva, un pseudonyme d'auteur emprunté par la reine Elisabeth de Roumanie, qui elle-même avait perdu sa fille.

Parce qu'ils étaient beaux, parce qu'ils parlaient à son cœur de mère, parce qu'ils reflétaient l'exact ressenti de son espoir déçu, parce qu'elle était ainsi, Agnès les avait faits siens. Je suis certaine qu'elle ne mentait pas lorsqu'elle me disait les avoir écrits.

De même, parce qu'elle vouait un amour inconditionnel à sa sœur, parce qu'elle avait le cœur généreux, Eva faisait semblant d'y croire… puis revenait au livre couleur or.

— Vraiment, Jonquille, tu ne veux pas le prendre ce livre, qu'adorait notre Estelle ?

Ce qui permit à Agnès d'ajouter :

— Il faut aimer les livres, enfant, et tu pourras rêver ta vie, si tu ne peux la vivre.

Je ne pouvais plus refuser. J'emportai, et je garde toujours, le livre de Venise à la couverture dorée.

Une réserve que je ne m'expliquais pas retint plus d'une fois sur le bout de ma langue des questions qui s'y précipitaient. Quel instinct me fit percevoir qu'elles auraient fait souffrir mes vieilles amies ? Allez donc savoir !

Et pourtant, me soufflait un démon insidieux, quoi de plus logique de questionner Agnès sur sa progéniture. Estelle avait-elle eu un petit frère ou une petite sœur ?

Sa réponse, j'en mettrais aujourd'hui ma main au feu, aurait ressemblé à cette belle phrase qui serait restée, pour l'enfant que j'étais, assez énigmatique :

— Les petites filles comme Estelle possèdent un don de magicienne, elles illuminent le foyer de leurs parents et occupent entièrement leur cœur.

De même m'incitait-il, ce trublion Satan auquel je résistais, à titiller Eva et à lui demander si elle avait revu et pardonné Maxime. Au mieux, si d'autres prétendants avaient brigué sa main. J'entendais sa réponse, précieuse jusqu'au bout de sa voix haut perchée, mutine, alors que ses yeux brillaient – de larmes de regrets ? Qui sait ? :

— Vois-tu, fillette, les flèches qui brisent un cœur dans son élan amoureux le rendent inapte à tout autre emballement. En revanche, et c'est là tout le merveilleux de la vie, elles l'ouvrent à d'autres sentiments qui ont rempli mon existence. Ma reconnaissance envers ma sœur et mon beau-frère qui m'ont ouvert leur foyer en est un des nombreux exemples.

Dieu sait, et avec lui toutes les personnes qui ont connu les dames Mersant, comme on les appelait à Chamalières, qu'elle rendit au centuple leur générosité.

Troisième partie

BONHEURS OFFERTS

1

Les années folles, car il fallait bien un grain de folie pour survivre aux années de malheurs, n'eurent aucun attrait pour les dames Mersant, ces blessées de la vie.

Les souvenirs, embellis chaque jour, au gré de leur humeur et des gens qui les visitaient, même s'ils n'étaient que des ersatz de bonheur, suffisaient à emplir leur vie. N'y figurait plus l'accident de Camille et Madeleine Delalande ; elles ne gardaient de leurs parents que l'image du couple uni qui leur avait offert une si belle jeunesse.

La fournaise de Guise dans laquelle avait péri Pierre Mersant se perdait derrière la façade d'un bel homme, à l'allure sérieuse, un peu guindée, mais qui dissimulait la plus généreuse âme que la terre ait portée, le plus aimant des époux, le plus attentionné des pères, le plus courtois des beaux-frères.

Totalement enfouis, les retards flagrants d'Estelle, si longs et si douloureux à admettre ; oubliés, ses gestes malhabiles qui devenaient les plus gracieux du monde, son quasi-mutisme qui la transformait en enfant sage et silencieuse. Qu'il était beau de ne retenir que les souliers vernis, les robes roses et les volants et les si jolies mains qui voletaient comme des oiseaux de paradis.

Agnès et Eva savaient que les vêtements de deuil auraient leur temps, qu'il faudrait s'en défaire, mais pouvait-on dévêtir un cœur, en extirper le noir de la tristesse, la souffrance éternelle ? Leur cœur ? Elles en faisaient leur affaire, une affaire privée, cela va de soi. Et puis, il y aurait le visage qu'elles offriraient aux autres qui n'avaient pas à supporter leur infinie désespérance.

Vint le temps alors où s'envolèrent les voiles noirs, où l'élégance innée des demoiselles Delalande eut à nouveau droit au chapitre. Oh, pas de ces robes courtes dont l'emplacement de la taille faisait le yoyo ! Ni de coups de ciseaux dans leurs longs cheveux qu'elles coiffaient en chignon !

La mode pour elles, et cela convenait à leur état d'esprit, s'était arrêtée dans les années 1902-1903 qui faisaient la part belle aux jupes s'arrêtant à mi-mollet, aux chemisiers très près du corps et dont les cols droits épousaient le cou et l'affinaient. La taille se voulait alors bien marquée par de larges ceintures qui coupaient la silhouette en deux, un avantage pour qui avait la taille fine comme c'était le cas des deux sœurs. Elles ne se départirent, à quelques variantes près, de ce style désuet qu'elles avaient fait leur qu'aux jours où il leur fut plus aisé, en raison des rhumatismes et de leur grand âge, d'enfiler d'informes robes de flanelle ou de coton. Par chance, à ce moment-là, toute notion d'élégance les avait quittées.

Alors, futiles, mes pauvres chères amies ?

— N'est-ce pas une politesse que nous devons à ceux que nous côtoyons ? se seraient-elles défendues si on leur avait fait remarquer l'importance qu'elles accordaient à se présenter sous leur meilleur jour.

Que dire alors de ce qu'on appellerait aujourd'hui l'oisiveté dans laquelle elles se complaisaient depuis le départ d'Estelle ? Mais pouvait-on décemment demander à ces femmes qui approchaient la cinquantaine de faire leur entrée dans le monde du travail, elles qui avaient toujours vécu sous la protection de leurs parents, puis du mari de l'une ?

— Travailler à nos âges ? Et puis pourquoi ? Nous avons si peu de besoins que nos petites rentes nous suffisent ! se seraient-elles insurgées à une question aussi incongrue.

La question ne leur fut jamais posée, mais elle s'imposa un beau jour de l'année 1931. Deux ans après le Jeudi noir de Wall Street, la vieille Europe en ressentait les méfaits ; la France à son tour prenait de plein fouet la crise monétaire.

Insouciantes, ces chères dames qui ne vivaient que des intérêts de leurs placements ? Durant la guerre, les chambres louées aux donneuses d'eaux avaient été fermées, les thermes de Royat et d'ailleurs ne faisant plus recette. Elles auraient pu les rouvrir en 1920, l'engouement des cures thermales ayant repris, mais n'y songèrent pas, enfermées dans la grisaille de leur vie qui n'avait plus de sens. Et puis, l'après-guerre avait changé la donne, on aspirait au confort que leurs chambres n'offraient pas, et surtout à rapprocher les donneuses d'eaux de leur travail. Chamalières était boudé au profit de Royat. Alors, les quatre pièces dans lesquelles elles avaient accumulé leurs souvenirs des Cévennes pour les faire partager à leurs locataires furent à nouveau livrées aux toiles d'araignée sans qu'elles en soient chiffonnées. Il suffit qu'un matin d'automne, après qu'une nuit d'orage avait giflé La Glycine, des gouttes d'eau détrempent le plafond du salon jusqu'à en faire tomber le plâtre pour que l'affolement les prenne.

— Viens voir ça, Eva !

— Une gouttière ! Mais alors, ça vient du grenier... enfin de la deuxième chambre. Allons voir !

La porte résista. Dix-sept ans qu'elle n'avait pas été ouverte ! Agnès regarda la commode dont le plateau en marqueterie commençait à gondoler tandis qu'Eva levait les yeux au plafond.

— La commode à laquelle mémé Germaine tenait tant ! déplora l'une.

— Misère, une poutre a cédé ! Regarde ce trou dans la toiture !

Le devis du maçon les fit un peu sourciller, mais au quotidien tout avait tellement augmenté, il ne leur sembla pas utile de faire jouer la concurrence. Agnès laissa tout de même échapper dans un soupir :

— Ah, si monsieur Mersant était là… !

Le maçon demandait un acompte avant de commencer les travaux. Qu'à cela ne tienne ! Allons voir monsieur Blanc, à la banque.

Monsieur Blanc avait pris sa retraite, un homme, la belle trentaine, le remplaçait. Il s'appelait Rénouard, Fernand de son prénom, et leur déplut souverainement quand il s'exclama en entendant la somme réclamée :

— Mais… mais où voulez-vous que je les prenne ?

— Sur nos comptes, pardi !

— Eh bien, nous allons les éplucher ensemble si vous voulez bien. Ce qui n'a pas été fait depuis… ?

— Quinze ans. Non ! Quatorze quand… Estelle… est partie. Monsieur Blanc s'est toujours occupé de tout, nous n'avons eu qu'à signer.

Le peu amène Fernand Rénouard leur dressa un portrait sordide de leurs finances, de la crise qui n'arrangeait rien, leur présenta l'avenir sous le signe de la misère à court terme, et leur dit en conclusion :

— Vous avez une maison qui tient encore debout ? Vendez-la !

C'est tout juste si la courtoise Eva ne se leva pas pour le frapper avec sa canne, alors qu'Agnès, accablée, ne cessait de répéter :

— Quitter La Glycine, mais ce n'est pas possible, monsieur, pas possible, non, pas possible…

Rénouard se donnait une contenance, on lui avait dit que c'était important dans son métier, d'en imposer, en quelque sorte, aux clients. En fait, un colosse aux pieds d'argile, ou plutôt au cœur tendre, voilà ce qu'il était.

— Me permettez-vous de venir voir votre maison, mesdames ? Demain si c'est possible, ce soir je vais revoir vos comptes et puis nous verrons ensemble les solutions à envisager. Surtout, que votre maçon n'engage pas des travaux, c'est un filou. Imposez-lui cependant de mettre une bâche sur la gouttière.

Elles acquiescèrent du bout des lèvres et rendez-vous fut pris pour le lendemain.

L'homme qui se présenta à leur porte s'était délesté de toute sa superbe de banquier et, si les dames Mersant s'obligeaient à rester encore distantes, elles furent plus à leur aise pour lui faire visiter La Glycine, de fond en comble. Cela leur prit du temps, Rénouard était minutieux dans ses observations. Un bon point à son actif que lui décernèrent en pensée les deux sœurs.

De retour au salon où tous trois s'assirent autour de la table, chacun encore restait dans ses petits souliers, celui qui ne voulait rien cacher de la vérité et celles qui n'étaient pas prêtes à l'entendre. Rénouard se racla la gorge et commença par un récapitulatif des placements financiers qu'on leur avait garantis.

— Des placements de bon père de famille, argumenta Agnès qui se souvenait des encouragements paternes de monsieur Blanc.

— Hélas, la plus belle fille ne donne que ce qu'elle a, autrement dit, la banque ne peut vous verser des dividendes qu'elle ne reçoit pas. Vos contrats d'assurance à La Séquanaise auxquels, par chance, vous n'avez pas touché, ont encore le vent en poupe. Sur vos comptes courants, en revanche, je constate qu'à une certaine époque vous fûtes cigales, mesdames !

Il accompagna sa remarque d'un petit sourire gentiment narquois.

Un peu plus détendue, Agnès lui rétorqua :

— Ni fourmis ni cigales, monsieur, nous ne sommes pas des insectes !

— Quoique notre grand-père Michaud nous ait baptisées Moustique et Puceron ! ajouta Eva.

Et toutes deux pouffèrent. La glace était rompue.

— Michaud... Michaud... j'allais en vacances en Cévennes chez mes grands-parents maternels qui disaient avoir connu les propriétaires d'un mas du même nom.

— Dans la plaine alésienne[1] ?

— C'est ça !

— Un mas entouré de vignes, je parie ?

— Incroyable ! Je me disais aussi que votre accent m'était familier.

1. Depuis 1926, Alès avait retrouvé son ancienne graphie perdue trois siècles plus tôt lors de l'édit de grâce.

En un quart d'heure ils étaient devenus les meilleurs amis du monde et connaissaient tout, chacun, de leur vie. Que la mère de Fernand Rénouard, alésienne de naissance, avait été nommée institutrice à Riom et qu'elle avait épousé le directeur de l'école des garçons. Que l'amour avait fait d'Agnès l'Auvergnate madame Mersant, et que le malheur s'était chargé d'Eva ; que La Glycine représentait à la fois les jours heureux et les jours sombres...

— Pour autant, elle est trop grande pour vous ! conclut Fernand Rénouard pour revenir au sujet dont ils s'étaient éloignés.

— Mais elle contient tous nos souvenirs, ce sont eux qui nous aident à vivre. Alors, mettez-vous bien ça dans la tête, mon petit, nous ne la quitterons pas.

Tiens ! Il était devenu son petit ! On allait pouvoir discuter.

— J'entends bien, madame Mersant. Oubliez mon impulsivité qui vous suggérait étourdiment de la vendre.

— Alors, nous revoilà à la case départ ! déplora Eva.

— C'est bien résumé, mademoiselle, mais j'ajouterai à la case départ pour une nouvelle vie.

Alors là, il les intéressait ! Elles redevinrent les petites filles sages, écoutant sans interrompre, comme la leçon que leur distillait sœur Marie des Anges à l'école du Pansèra, le nouveau tableau que leur dressait Fernand Rénouard, le demi-Cévenol.

— Vos entrepôts du rez-de-chaussée, pour s'ouvrir directement sur la rue, peuvent devenir deux commerces bien distincts pour lesquels vous n'aurez rien à faire, vous louerez un pas-de-porte que les locataires aménageront à leur gré : vitrine ou porte pleine, parquet ou carrelage seront à leur charge ; il suffira d'y faire installer l'électricité et un point d'eau.

Les sœurs se regardèrent. Il y avait encore tant de meubles qui encombraient l'une des réserves et dans l'autre des fûts achetés par monsieur Mersant. « Que ferons-nous de tout cela ? » s'interrogèrent-elles du regard.

Rénouard intercepta leur échange.

— Nous ferons venir un commissaire-priseur de la salle des ventes de Clermont-Ferrand et il ne viendra pas pour rien car il y a aussi les chambres mansardées qu'il va falloir vider entièrement.

— Pour le peu que ça nous gêne, là-haut, ils peuvent y rester !

— Surtout que c'est tout ce qui nous reste de nos aïeules alésiennes.

— Je vous arrête, mesdames. Les souvenirs, c'est pour votre appartement, un point c'est tout ! Encore mériterait-il lui aussi d'être quelque peu désencombré.

— Ah non, ici, on ne touche à rien.

— Dommage, vous avez de belles choses et vous ne connaissez pas l'engouement des Clermontois pour les ventes aux enchères. En tout état de cause, ça vous fera de l'argent frais pour renflouer un peu votre compte.

— Pour payer notre toiture aussi ?

— Ah ça, il ne faut pas rêver.

— Eh bien, nous n'avons pas beaucoup avancé, à part deux hypothétiques commerces qui paieraient un loyer et nous apporteraient des nuisances.

— Quelles impatientes vous faites ! Je pensais transformer vos chambres, un temps louées, me dites-vous, aux donneuses d'eaux, en appartements pour étudiants. Elles sont assez grandes. Pour cela, il faut l'eau dans chacune et un moyen de chauffage. J'ai pensé au chauffage central qui ferait d'une pierre deux coups : il chaufferait votre appartement et les quatre chambres du second étage.

— Et notre belle cheminée ?

— Vous pouvez la garder si cela vous chante.

— Non, monsieur, cela nous chauffe !

Eva reprit sa sœur ; avec ses digressions, on n'arriverait jamais au but.

— Arrête de plaisanter, Agnès, et vous, monsieur Rénouard, cessez de nous dépeindre notre maison sous un jour nouveau alors que nous n'avons pas, si j'ai bien compris, les premiers sous pour réparer le toit.

— Moi, je peux vous le fournir.

— Vous vous poseriez donc en mécène ?

— Plus modestement en banquier qui vous propose de profiter opportunément de cette crise qui fait baisser les taux d'intérêt pour un emprunt que je vous consentirai si vous êtes d'accord. La maison sera grevée un temps d'une hypothèque qui sera levée dès l'emprunt remboursé. Six loyers, deux des commerces, quatre des petits logements, en dix ans, tout est remboursé.

— Pftt ! Où serons-nous dans dix ans ?

— Vous serez là pour me remercier !

— Tu crois que nous n'avons pas fait une grosse bêtise en acceptant la proposition de ce monsieur Rénouard, Eva ?

— S'il n'avait pas eu du sang cévenol qui coule dans ses veines, je ne dis pas, mais j'avais bien envie de lui faire confiance.

2

Le père Bargeton, bien connu de tous les Chamaliérois, s'installa au printemps dans l'un des anciens entrepôts. Etant le premier à répondre à l'annonce, il put choisir et opta pour celui de gauche. Aucune stratégie ne motiva ce choix, les deux emplacements étant identiques ; pas plus qu'une idéologie politique si fortement ancrée qu'il mettrait à toutes les sauces… encore qu'une décennie plus tôt, Bargeton ait été favorable au Cartel des gauches. Alors qui sait ?

Pour le coup, d'obscur local de cordonnerie, et le mot n'est pas faux puisqu'il exerçait ses talents dans une sorte de cave, le voilà installé dans une échoppe bien éclairée et qui avait pignon sur rue. Et quelle rue ! L'avenue de Royat ! De quoi réviser ses penchants politiques, mais Bargeton n'était pas une girouette !

Si l'intérieur de la boutique était agencé succinctement, le point fort du père Bargeton, pour lequel il n'avait pas mégoté, c'était la devanture. « Au bouif moderne », annonçait une enseigne fixée sur la façade et pour laquelle l'étourdi cordonnier avait demandé à ses gentes propriétaires :

— Il serait bon d'élaguer cette glycine et même de l'arracher.

— Ne vous avisez pas d'en couper une seule branche ! explosa Agnès Mersant.

— Votre bail irait au feu dans l'instant ! compléta sèchement mademoiselle Eva.

— Holà, y a pas de quoi monter sur ses grands chevaux, mesdames ! Moi, ce que j'en disais, c'était pour mon enseigne.

Après avoir constaté de visu qu'une branche poussait anarchiquement, Agnès consulta sa sœur et elles convinrent de se montrer conciliantes.

— Seulement cette branche, monsieur Bargeton, c'est bien entendu ?

Le « bouif moderne » bougonna un merci et se mit en vitrine. Une revanche sur un quart de siècle de travail quasi souterrain que cette devanture vitrée derrière laquelle il avait voulu installer son tabouret bas, devant lui à la même hauteur son établi, sorte de tablette à multiples tiroirs et tirettes perforées qui recevaient ses alènes, tranchets, marteaux de toutes tailles, gouges, emporte-pièce, sans oublier les indispensables bisaiguës dont il se servait pour polir les semelles.

A portée de main également, son « baquet de science » dans lequel il mettait à tremper le cuir et des boulettes de poix afin de le rendre plus souple. Couchés au sol, divers embauchoirs attendaient qu'il les utilise.

L'ancien compagnon du devoir, comme il se plaisait à le raconter, qui avait fait dans ses jeunes années son tour de France – Lyon, Avignon, Marseille, Nîmes, Montpellier, Toulouse et Nantes – et qui revendiquait haut et fort ses deux mains comme seuls outils pour fabriquer une paire de bottes, avait tout de même sacrifié au modernisme avec l'achat d'une machine à fixer les semelles, un encombrant engin qui occupait un angle du local. Et, pour bien marquer la différence entre les chaussures apportées pour réparations et celles qui attendaient d'en sortir toutes rafistolées, il amoncelait les premières en tas hétéroclite tandis que les autres trônaient sur trois rangées d'étagères fixées au mur le plus visible de l'extérieur.

Dès lors, la vie d'Agnès et d'Eva fut rythmée par les martèlements modulés de celui qu'on dénommait avec humour et admiration le « bijoutier du genou », au prétexte que cette partie de son corps lui était plus utile qu'un établi ou qu'une table de travail – elle lui servait même d'enclume. Elles intégrèrent sans grande difficulté ces sons qui ressemblaient à des battements de cœur. Agnès fut la première, d'ailleurs, à faire cette remarque :

— Ne dirait-on pas que La Glycine bat d'un cœur nouveau ?

S'ajoutait au bruit des différentes activités du cordonnier celui des clients qui poussaient la porte de l'échoppe en haut de laquelle le père Bargeton avait accroché une série de pampilles en cuivre qui s'entrechoquaient et dont les deux sœurs faisaient parfois un jeu.

Un cliquetis court et vif ?

— Une ménagère pressée de finir ses courses et d'aller chercher ses enfants à l'école, je parie, pronostiquait Eva.

Un autre interrompu ?

— On a juste entrouvert la porte du cordonnier. Quelqu'un qui vient aux nouvelles pour savoir si son ressemelage est prêt, décrétait Agnès.

Et de s'assurer, d'un coup d'œil furtif à la fenêtre, de la véracité de leur interprétation des cliquetis.

Ce qu'elles découvrirent un peu plus tard, au printemps bien installé et déjà chaud qui permettait d'ouvrir les fenêtres et au père Bargeton de laisser sa porte ouverte, c'est sa voix de basse profonde entonnant la chanson des compagnons cordonniers.

Depuis Paris jusqu'à Valence
J'ai fait cent lieues sans travailler
Tout en entrant dedans la ville
J'ai entendu les compagnons chanter.

Ce qui ne manquait pas de les faire sourire en commentant :

— Voilà notre Fédor Chaliapine au mieux de sa forme !

— Quand le commerce va, tout va. Nous aurions tort de nous en plaindre.

Il fallut plus de temps au tatillon monsieur Biche, qui avait pris possession du pas-de-porte restant, pour ouvrir sa porte à une clientèle un peu particulière. Le taxidermiste travaillait dans l'ombre et aurait apprécié qu'une arrière-boutique existât pour exercer son art. Il sut se contenter de ce qu'offraient les deux propriétaires et se fabriqua une sorte de paravent à hauteur d'épaule derrière lequel il installa son imposante table de travail, son stock de crin végétal, de paille, de frisons de bois et ses rouleaux de fil de fer pour constituer les armatures.

Sur la table, outre ses outils, un grand bocal contenant des yeux de verre de toutes tailles, formes et couleurs voisinait avec ce qu'il appelait des prothèses, parties externes du corps que l'on ne pouvait conserver comme la langue, et surtout ce qu'il considérait comme sa bible, *L'Art de la taxidermie* de Didier et Boudarel.

Le reste de sa boutique, dont il avait blanchi les murs à la chaux afin de mettre en valeur ses animaux empaillés disposés sur des étagères ou au sol pour les plus gros, révélait l'homme précieux qui refusait d'être traité en artisan.

— Travail d'artiste, voulez-vous dire ! reprenait-il d'un air pincé l'outrecuidant qui l'avait ravalé au rang de son voisin le cordonnier.

Sa boutique, outre une banque, deux sièges pour ses clients et la partie dissimulée par le paravent, regorgeait de la faune de la région qui parfois voisinait avec des bêtes plus exotiques. Les chats dont les propriétaires n'avaient pu se séparer par-delà la mort étaient profusion qui côtoyaient pacifiquement toutes sortes d'oiseaux, du merle à l'aigle en passant par la bécasse, un renard emprisonnant une poule entre ses mâchoires puissantes, un lynx, un colibri dont les ailes semblaient vibrionner, un ouistiti suspendu à une branche.

Les enfants allant à l'école ou en revenant faisaient de longues haltes, le nez contre la vitrine de monsieur Biche, à faire l'inventaire de son zoo figé. Les grands prenaient parfois plaisir à faire trembler les petits en leur disant qu'en fait les animaux étaient tous vivants et attendaient la nuit pour fuir la boutique.

Agnès et Eva avaient été hésitantes pour signer le bail de monsieur Biche ; d'une part son travail, pardon ! son art, leur apparaissait un peu morbide, d'autre part elles redoutaient les nuisances olfactives qu'engendrait le dépeçage. Autant elles avaient apprivoisé les odeurs de cuir et de poix montant de la cordonnerie, autant celles d'un abattoir les rebutaient-elles.

Monsieur Biche les rassura, tout en déplorant les a priori que véhiculait la taxidermie.

— Quand ils arrivent chez moi, les animaux à empailler ont été vidés de leurs entrailles, leur peau a été traitée contre le pourrissement, autant de basses œuvres qui ne sont pas de mon ressort, mesdames. Je ne suis pas du côté de la mort, mais de celui de la vie. Un oiseau, travaillé par mes soins, vous attendez qu'il s'envole, vous verrez.

Elles virent en effet… et ne souffrirent point les remugles redoutés. Vraiment, monsieur Biche était un artiste, et elles tiraient une certaine fierté d'abriter ses œuvres.

Un artiste et un artisan. Allons, elles n'étaient pas trop mal servies, comme le leur faisait remarquer Fernand Rénouard qui accompagnait les deux femmes dans leurs travaux et qui était en passe de devenir un ami. Un ami qui aurait pu être leur fils ou leur neveu, elles se plaisaient à penser qu'il en était ainsi.

— Vous ne la trouvez pas plus pimpante, votre Glycine, avec ses deux attirantes vitrines, sa toiture remise en état et ses persiennes qui ont reçu un sacré ponçage avant d'être repeintes ? Et je ne parle pas du chauffage central que vous saurez apprécier l'hiver prochain !

— Les premiers remboursements du crédit sont pimpants, eux aussi ! C'est bien simple, pas plus tôt nos deux commerçants se sont-ils acquittés de leur loyer qu'il est englouti ! bougonnait Agnès pour la forme.

— Un jour viendra, et il n'est pas très loin, où vous me direz merci ! prophétisait-il, sans se vexer le moins du monde de leur ingratitude simulée. La preuve, Eva proposait :

— Montez donc, monsieur Rénouard, ma sœur a fait une fougasse comme vous et nous en avons savouré dans notre enfance alésienne et moi j'ai trouvé une bouteille de vin de noix vieille comme le monde. Elle ne sera que meilleure.

Impossible de refuser à leur gentillesse spontanée !

En septembre 1932, après des mois d'une fébrile activité des différents corps de métier, La Glycine pouvait s'enorgueillir de quatre petits logements d'étudiants remis au goût du jour. Pas vraiment au goût des deux sœurs !

Quelle tête avaient faite les deux chères femmes en voyant partir à la salle des ventes les lampes Art nouveau, les commodes et armoires en noyer massif, les miroirs, les tapis, les tables et les consoles en marqueterie !

Elles avaient interdit qu'on touche aux tableaux signés Malande, ne pouvant sans une trop grande souffrance s'en débarrasser. Et à partir de là, elles avaient laissé faire les maçons, peintres, plombiers et électriciens ; elles avaient volontairement ignoré la livraison du mobilier dont les appartements devaient être pourvus. Lorsque les travaux furent terminés et que Fernand Rénouard, tout fier du résultat obtenu, les invita à venir juger de l'effet produit, elles jouèrent les dédaigneuses alors qu'elles se consumaient de curiosité.

— Alors, qu'en pensez-vous, chères dames ?

Quelle idée de les attaquer de front !

— Vous voulez vraiment savoir ce qu'on en pense ? répondit Agnès du tac au tac.

— Allez-vous vous vexer si je vous dis que ça manque vraiment de classe ? susurra malignement Eva.

— La classe ! Ce n'est pas ce que cherchent les étudiants. Du pratique, du fonctionnel, du propre et du confortable. Et là, ils auront tout cela.

— Je ne dis pas, ça fait un coup de propre, concéda Eva.

— Un coup de jeune aussi, en rajouta sa sœur.

Et puis, comme des fillettes qui découvrent leurs jouets de Noël, elles s'extasièrent sur ce qui leur semblait des logements de poupées : lit une place, petite penderie, table et chaise, un placard avec des ustensiles de cuisine, un réchaud à gaz et sa bouteille et, derrière une porte dans le mur qui séparait deux chambres, un lavabo et son miroir et une cuvette de W-C avec sa chasse d'eau.

— C'est quand même autre chose que ce que c'était, reconnut Eva après sa minutieuse inspection.

— Oui, mais comme tu le disais, ça manque un peu de classe, poursuivit Agnès en lançant un clin d'œil de connivence à sa sœur.

Le banquier Rénouard l'intercepta. Il les savait taquines, ce qui était surprenant pour ces dames d'un âge respectable, mais il prisait ce tempérament facétieux et entra dans leur jeu :

— Inutile de visiter les trois autres, mesdames, elles sont toutes semblables. Je suis désolé mais j'espère néanmoins que vous trouverez des étudiants sans goût qui s'en satisferont. Je pense, cependant, si votre jugement est bon, qu'il faudrait baisser le loyer que nous avions prévu. C'est un peu cher, à mon avis, pour des appartements sans classe.

— Ah le naïf ! Ah le crédule ! C'est qu'il mord vite à l'hameçon, ce monsieur je-sais-tout ! On ne va rien changer au prix parce que ce sont vraiment des beaux appartements. Petits mais beaux. Un peu de vin de noix, cher monsieur Rénouard ?

Eva serait-elle en train de tomber dans le travers de Pétronille ? Après tout, la vieille dame ne faisait de mal à personne.

Toujours sur la suggestion de leur nouvel ami à l'origine du renouveau de La Glycine, elles avaient placardé une annonce au tableau d'affichage des universités clermontoises ainsi qu'à l'école de médecine de l'Hôtel-Dieu, ce qui leur éviterait les frais d'une agence immobilière.

— Penses-tu que nos annonces seront seulement lues ? s'était demandé Agnès, un peu défaitiste.

— Si monsieur Rénouard nous l'a dit, faisons-lui confiance. Jusqu'à maintenant, il ne nous a pas déçues.

Contrat rempli ! Les quatre studios, le mot devenait à la mode, avaient trouvé preneurs dans la semaine qui suivit. Les parents d'un étudiant en sciences économiques, de rudes paysans descendus de Saint-Nectaire, furent les premiers à signer le bail et payer le mois à l'avance.

— Dites, mesdames, demanda la maman en quittant les propriétaires, vous pourriez surveiller un peu notre Marcel ? C'est la première fois qu'il quitte la maison, il ne faudrait pas qu'il soit entraîné à mener la joyeuse vie et négliger ses études.

La maman de Marcel, déjà rougeaude de nature, était devenue cramoisie devant son audace ; les dames qui allaient loger son garçon lui paraissaient de vraies bourgeoises. Son gros balourd d'époux, brave type au demeurant, nullement dérangé par la prestance des propriétaires, y alla de son grain de sel.

— N'embête pas ces dames, voyons, Jeanine. Le gamin, il en a dans la tête, pas comme son père. Quant à faire la java, faudrait qu'il ait de la thune, le lascar. Déjà que je lui paie ses études !

Alors que les époux passaient la porte, Agnès retint la mère inquiète et lui souffla à l'oreille :

— Votre Marcel, on va le surveiller comme le lait sur le feu !

— Il nous reste trois jeunes gens à trouver, fit remarquer Eva après le départ du couple de Saint-Nectaire.

— Pourquoi trois jeunes gens ? demanda étourdiment Agnès.

— Parce que nous n'allons pas mélanger les garçons et les filles, voyons ! Que diraient les voisins, le quartier ? Que nous ouvrons un lupanar ? Il y va de notre réputation.

Un discours d'un autre âge ? Certainement. Tout comme leur mode qui leur allait si bien, leur prude attitude, loin de les dévaloriser, en faisait des dames respectables, ce à quoi, en fait, elles aspiraient.

Marcel Farjaud, c'était son nom, fit des émules dans sa fac, deux autres jeunes gens, qu'il avait renseignés sur le logis loué, visitèrent à leur tour et signèrent le bail tandis qu'un quatrième, étudiant à l'école de médecine, venait les rejoindre.

Marcel, Jacques, Raymond et Antoine, qu'elles mirent peu de temps à désigner par leur prénom, venaient d'horizons différents, aspiraient à des métiers tout aussi disparates et se comportaient courtoisement avec leurs logeuses qui les prirent en sympathie. Une belle année de cohabitation pouvait commencer… encore eût-il fallu que ces étourdies retirent leurs annonces.

L'année scolaire avait commencé depuis deux semaines lorsqu'une jeune fille, tout essoufflée, vint frapper à leur porte.

— Je viens de tomber sur votre annonce et j'ai manqué le cours, vous êtes notre dernière chance !

La même pensée effleura simultanément Agnès et sa sœur : quel dommage de n'avoir pas rencontré cette jeune fille plus tôt ! C'est vrai qu'elle avait tout pour leur plaire, un visage ouvert, des yeux pétillants, une allure sage dans sa jupe plissée descendant sous les genoux, le col immaculé d'un chemisier dépassant d'un pull-over ras de cou et un mignon petit béret qu'elle portait avec élégance penché sur l'oreille.

Leur sourire se mua illico en une moue désolée avant de mettre en cause leurs locataires avec aplomb.

— Les garçons auraient-ils oublié de retirer l'annonce ?

— Nous les avions pourtant priés de le faire…

Pour qui les connaissait bien, leur mauvaise foi s'imprimait sur leur visage et dans leurs yeux, mais la jeune fille s'y laissa prendre.

— Ne… ne me dites pas que vous n'avez plus rien ? C'était notre dernière chance !

Et soudain, son visage s'assombrit, elle plia les genoux et s'assit sur le sol, le corps secoué de gros sanglots. C'était plus que n'en pouvaient supporter les compatissantes sœurs Delalande, capables de jouer la comédie, mais inaptes à la détecter chez les autres.

— Rentrez, mais rentrez donc, mon petit.

— Et surtout, ne vous mettez pas dans un tel état !

Josette dans la place, l'affaire se présentait bien. D'autant que la dame à la canne l'invitait à s'asseoir et que l'autre, la grande au cou de cygne, l'incitait à se confier.

— Notre dernière chance, avez-vous dit. Vous n'êtes donc pas seule à chercher un logis.

— Colette, c'est ma sœur jumelle, et moi nous faisons nos études à la fac de lettres en deuxième année ; la chambre que nous partagions l'année dernière, un taudis vraiment, a été fermée pour insalubrité et l'immeuble voué à la démolition. Nous avons écumé, chacune de notre côté, tout ce que Clermont pouvait offrir de logements entrant dans notre bourse d'études. En vain.

Nouveaux soupirs désespérés de la jeunette avant qu'elle n'embrasse du regard l'appartement des dames Mersant.

— C'est drôlement grand chez vous, et si joliment décoré !

Puis elle ajouta innocemment :

— De belles chambres aussi, je suppose ?

— Trois ! Et une grande salle de bains.

Eva avait naïvement mordu à l'hameçon.

— Trois chambres et vous n'êtes que deux ? Vous nous sauveriez la vie en nous louant la troisième. Sinon, adieu les études.

Le scintillement d'un loyer supplémentaire ? La luminosité de la jeune Josette à laquelle sa jumelle devait ressembler comme deux gouttes d'eau ? Le besoin de faire entrer l'avenir dans leur appartement qui fleurait le passé ?

— Je crois que nous allons pouvoir faire quelque chose pour vous.

— Laissez-nous quelques jours pour préparer la chambre. Par chance, elle possède un grand lit.

3

Une ère nouvelle s'ouvrait pour les dames de La Glycine. Au bout d'un mois d'une cohabitation discrète avec les jumelles dont elles ne parvenaient pas à dire sans se tromper laquelle était Colette, laquelle était Josette, Agnès et Eva se surprirent à attendre fébrilement leur retour. Surtout celui du soir dont elles se sentaient responsables.

Faute d'avoir été assez rapides pour obtenir un des studios du second étage, les étudiantes en lettres classiques avaient dû se résoudre à trouver une pension de famille pour prendre leur repas du soir. Tout arrangeantes qu'elles soient, les dames Mersant n'entendaient pas que l'on cuisinât dans la chambre, ni même qu'on y mangeât sur le pouce un repas traiteur.

— C'est tout juste bon pour tacher la literie, vous nous comprenez, j'espère, chères demoiselles ?

Pour se faire pardonner leur intransigeance, elles ne manquaient pas de proposer, dès que ces demoiselles rentraient des cours :

— Nous avons préparé un bon chocolat. En prendrez-vous une tasse, Josette ? Et vous aussi, Colette ?

Mine de rien, elles instauraient un rituel qui n'allait pas tarder à s'étendre aux jeunes gens dont elles ne se privaient pas de noter les heures de départ et d'arrivée, de Marcel en particulier. Aussi, pas un ne serait passé devant leur porte à l'heure où Eva préparait le chocolat sans qu'Agnès l'ouvre subrepticement et feigne l'étonnée :

— Ah, c'est vous, mon petit Antoine ! Entrez donc prendre un chocolat.

Et ainsi en allait-il avec chacun qui avait la chance – ou le malheur – de passer à l'heure fatidique. De fait, pas un, jamais, n'eut à se plaindre de la sollicitude des deux sœurs, ni du bienfaisant chocolat d'Eva, ni de la brioche d'Agnès qu'elle coupait en parts généreuses.

— Ces jeunes se nourrissent si mal dans la journée ! déplorait Agnès.

— Je ne crois pas qu'ils fassent bombance le soir non plus ! en rajoutait Eva.

Un automne frileux et une neige précoce les amenèrent à réviser leur copie au sujet des jumelles.

Un soir, alors qu'il était l'heure où elles se rendaient à la pension de famille, une table sans prétention sise dans la rue Dolly, les filles ne sortirent pas de leur chambre et bien sûr, leurs logeuses s'en inquiétèrent.

— Va taper, toi ! se défaussa Agnès en désignant leur porte.

— Tu as raison, il ne faudrait pas qu'elles soient malades.

Toutes deux blêmirent. Quinze ans que la maladie, les souffrances du corps avaient déserté leur logis. Elles-mêmes étaient des rocs, un rhume par-ci, quelques rhumatismes par-là, les médecins de Chamalières ne faisaient pas recette avec les dames de La Glycine. Non, il ne fallait pas que ça recommence !

D'un doigt impérieux, Eva toqua trois coups. La porte s'ouvrit sur Josette, un livre dans les mains.

— Vous n'avez pas oublié l'heure ? Vos assiettes doivent vous attendre rue Dolly.

— Oh non, nous avons oublié de vous le dire ! Nous ne ressortirons pas ce soir. Les trottoirs sont glissants, il fait un froid de canard. D'ailleurs, nous nous proposions de vous rapporter vos courses, demain. Vous n'aurez qu'à nous faire une liste.

Déjà Agnès rappliquait derrière sa sœur et proposait avec sa naturelle simplicité :

— Demain, on verra ; ce soir, vous êtes nos invitées.

— A la fortune du pot ! s'excusa Eva.

La fortune du pot dépassait en saveur ce qui était servi rue Dolly. De plus, elle avait les flaveurs de la convivialité et les jumelles sortirent de table repues, enchantées et pleines d'un espoir qu'Agnès eut à cœur de combler.

— Que dirais-tu, Eva, si nous proposions à ces jeunes personnes de prendre pension chez nous pour le repas du soir ?

— Je dirais, ma chère Agnès, que ton idée est géniale, mais encore faut-il que ces chères petites en expriment le souhait.

— Ah mais nous ne demandons que ça, mesdames ! Enfin… ça dépendra du prix, bien sûr.

— Il ne vous en coûtera pas plus qu'à la pension de famille de la rue Dolly, en tout cas. Vous avez un appétit d'oiseau.

En toute honnêteté, les deux locataires annoncèrent le prix payé pour une assiette de soupe, une tranche de pâté campagnard ou de jambon et une compote.

— De la pompe aux pommes, jamais ? Alors, vous me direz des nouvelles de la mienne !

Mine de rien, les dames de La Glycine s'installaient dans une nouvelle vie où un esprit de jeunesse prenait ses aises pour leur plus grand plaisir.

Ce fut une période de bonheur. Bonheurs offerts et bonheurs reçus, les dames veillant sur leurs locataires et ceux-ci leur rendant mille et un services.

— Vos partiels se sont-ils bien passés, mon petit Marcel ?

— Très bien, madame Mersant. J'espère valider ma première année.

— C'est votre maman qui sera contente ! Et votre papa, tout gonflé de fierté, je parie ?

— Mon père regrettera toujours que je ne reste pas à la ferme pour un jour lui succéder, mais oui, il sera fier de moi. Merci, mesdames !

Antoine, le futur carabin, s'était fait le spécialiste des seaux de charbon lorsqu'il avait vu, pour la première fois, l'élégante madame Mersant s'envelopper d'une souquenille et remonter de la cave de quoi alimenter le fourneau-bouilleur.

— En tant que futur médecin je vous interdis désormais cette corvée, chère madame, par égard pour vos vertèbres lombaires.

— C'est bien aimable à vous, mon petit Antoine, mais qui donc le fera ? Ma sœur avec sa canne ?

— Moi, madame. Je m'instaure garde des seaux de La Glycine.

— Tss tss tss, je prise votre humour, jeune homme, mais vous avez bien d'autres choses à faire, voyons. Vos études que je sais longues…

— Mais qui ne m'empêchent pas de faire un peu de sport. J'ai votre parole, vous ne toucherez plus à ces seaux ? Sinon, je vous confisque la clé de la cave.

— Si on m'avait dit que je ne serais plus maître chez moi…

Elle avait beau froncer ses sourcils, faire sa grondeuse, son cœur tressautait de reconnaissance. Elle remonta à l'appartement et rougit de plaisir en racontant à sa sœur :

— Est-il galant homme, notre futur médecin ? Je suis interdite de corvée de charbon, c'est lui qui s'en chargera.

— Ils sont prévenants, ces jeunes gens ! Te rends-tu compte, Agnès, que nous n'aurions pas connu cet heureux temps sans les bons conseils de monsieur Rénouard !

Les filles n'étaient pas en reste qui, en plus des petites courses qu'elles assuraient sans rechigner, avaient l'œil à tout.

— Mademoiselle Eva, il tombe des gouttes, je vais décrocher votre linge et je vous aiderai à plier les draps.

— Vous êtes une bonne petite, Josette !

— Moi, c'est Colette !

— Zut alors ! Je ne m'y ferai jamais. Mettez donc un ruban de couleur différente dans vos cheveux, petites diablesses ! Au fait, c'est vous que j'ai entendue tousser cette nuit ?

— Qui sait ? répondait un coquin sourire.

— Je ne plaisante pas, Colette. Et j'ai une infusion qui fait merveille en ce cas-là.

Un temps heureux pour les deux femmes qui avaient tant d'amour à dispenser ! Tout en veillant discrètement à la santé de leurs jeunes locataires – et sur les éventuelles sorties nocturnes peu compatibles avec les études –, elles se faisaient subtiles confidentes de leurs soucis d'adolescents. Leur tact et leur finesse, loin d'en faire des cerbères curieux, rassuraient jeunes gens et jeunes filles qui prenaient plaisir à se retrouver autour du fameux chocolat de mademoiselle Eva.

— Tu as remarqué, Eva ? Je suis sûre que ce grand Jacques en pince pour notre petite Colette... ou pour Josette, elles m'embrouillent, ces jumelles.

— Pourvu qu'elles ne se laissent pas embobiner par des yeux doux et des belles paroles !

Le souvenir malfaisant de Maxime Bonnet rôdait encore autour de mademoiselle Delalande. Agnès l'avait compris, qui changeait aussitôt de sujet.

— Si demain je leur préparais du pain perdu ? J'ai des œufs, du lait, du sucre, de l'eau de fleur d'oranger...

Fait-on fortune à ce compte-là ? Probablement pas, d'autant que ce n'était pas le but des chères sœurs. Donner du bonheur, ça oui, et en recevoir en retour, n'était-ce pas leur nouvelle richesse ?

Les deux femmes appréciaient l'animation insoupçonnée qui s'était emparée de La Glycine ; à cause ou grâce à leurs locataires, elles retrouvaient les attentions qui avaient rempli leur vie autour de la petite Estelle et dispensaient à chacun d'eux ce qu'elles avaient de meilleur.

Deux hommes auraient pu prendre ombrage de l'osmose qui régnait entre locataires et propriétaires alors qu'eux-mêmes en étaient exclus. Avaient-ils conscience d'être tenus à distance, de ne pas bénéficier du bon chocolat dont les effluves caressaient parfois leurs narines ?

Jamais, en tout cas, monsieur Biche ni le père Bargeton ne se livrèrent à la moindre remarque désagréable, à la plus petite allusion aux goûters généreux qui ne faisaient que leur passer sous le nez. Leur finesse d'esprit, malgré les dehors d'ours mal léché de l'un et la froideur distante de l'autre, leur fit-elle appréhender sous un autre jour la distance que s'imposaient leurs propriétaires ? Le qu'en-dira-t-on, les jugements externes faisaient partie de ces dames d'un autre siècle.

Aux Josette et Colette, aux Marcel, Jacques et Raymond qui étaient restés à La Glycine tout le temps que durèrent leurs études – Antoine était l'exception qui, lorsqu'il fut interne à l'Hôtel-Dieu, dut donner à regret son congé –, à tous donc succédèrent des Jean, des Richard, des Gilbert, des Charles et des Etienne, toujours dans le même esprit de convivialité.

Les Jacqueline, les Muguette, les Roselyne et autres Francine qui occupèrent l'ancienne chambre de Pétronille Mersant ne furent plus jamais des jumelles.

— C'est bien trop compliqué pour nous dont la vue baisse, donnaient les sœurs comme excuse à leur exigence.

Le temps passe vite quand les soucis s'estompent derrière les petites joies quotidiennes que leur donnait cette belle jeunesse qui préparait son avenir.

Futurs économistes, scientifiques ou littéraires discutaient parfois avec passion des événements politiques. L'arrivée à la tête de la présidence du Conseil de Léon Blum en fit tousser certains, remplit d'espoir les autres ; le Front populaire et les congés payés les mirent d'accord. Qui refuserait une telle avancée sociale ? Alors qu'elles se voulaient uniquement spectatrices de leurs grands débats, sanctions ou satisfactions accordées aux dirigeants du pays, Agnès et Eva ne purent se retenir d'ajouter leur grain de sel.

— Des congés payés, ça c'est une bonne chose !

Le pire, cependant, que de plus clairvoyants redoutaient depuis quelque temps mais qui leur tomba sur la tête intervint le 3 septembre 1939 lorsque la France déclara la guerre à l'Allemagne.

— Depuis le temps que ça nous pendait au nez ! conclut un de leurs locataires.

— Comment ça ? Expliquez-nous, jeune homme.

— La guerre ! C'est la guerre !

Leur revint alors comme une bouffée sinistre, le son des cloches d'un certain samedi d'août 1914. Ce jour-là, le tocsin avait jeté les gens dans les rues, vingt-cinq ans plus tard, l'histoire se répétait.

Mais comment a-t-on pu en arriver là ? C'était la question que l'on était en droit de se poser. Un ensemble de pressions psychologiques émanant de la volonté hitlérienne de prendre une revanche sur le traité de Versailles, la volonté conquérante des nazis, l'Anschluss sur l'Autriche qui conduisit à son annexion au troisième Reich, autant d'actes et de provocations auxquels le gouvernement du président

Albert Lebrun se résolut à riposter par une déclaration de guerre, en dépit des farouches opposants au conflit qu'étaient les survivants de la Grande Guerre.

Celle que l'on avait baptisée, en y croyant ferme, la « der des ders », se voyait suivie d'un nouveau conflit qui réveillait les vieux démons tapis au fond de la mémoire. Car la mobilisation des hommes valides suivit la déclaration de guerre et les dames Mersant eurent un véritable pincement au cœur lorsque Fernand Rénouard vint leur dire au revoir.

— C'est à notre tour maintenant de faire entendre la voix des armes, nous les enfants de la Grande Guerre.

— Vous prendrez bien garde à vous, mon petit Rénouard, le pria Agnès en retenant longuement sa main dans les siennes.

— Il faut que vous soyez de retour quand nous solderons notre crédit. Nous ouvrirons une bouteille de champagne, promit une Eva aux yeux humides.

— Et vous, très chères dames, ne changez rien, restez toujours les mêmes. Je vous promets de revenir bientôt, après que nous aurons muselé l'arrogance de ce Führer qui fait trembler l'Europe.

La mobilisation avait vidé les usines, les ateliers, les campagnes et le secteur tertiaire, pour remplir les casernes nullement préparées à équiper tous ces soldats.

— Aux uns les fusils, aux autres les balles ! railleront les plus désabusés devant leur dénuement.

Exit alors le président Lebrun ! On exhume les vieux héros de la Grande Guerre. De quoi raviver l'esprit patriotique du pays ! L'un d'entre eux, le maréchal Philippe Pétain, un jeune homme de quatre-vingt-quatre ans, se voit propulsé, presque à son corps défendant, dans les instances dirigeantes du pays.

Le vainqueur de Verdun, un titre qui lui sera contesté, se résout en juin 1940 à signer l'armistice à Rethondes, un lieu symbolique imposé par Hitler.

— Notre petit Rénouard ne devrait pas tarder à retrouver son foyer. Tête basse, je le crains, il était déterminé à en découdre.

Le bel optimisme d'Agnès s'émoussait de jour en jour. Le coup de grâce fut donné aux deux sœurs qui étaient allées à la source se renseigner sur le soldat.

— Fernand Rénouard ? Mais vous ne savez pas, mesdames ? s'étonna une employée au guichet de la banque.

— Il est… Non, il n'est pas… Pauvre garçon !

— Mort ? Non, non, il a été fait prisonnier à Dunkerque et maintenant il est quelque part en Allemagne. Son épouse vous en dirait plus. Voulez-vous son adresse ?

En envoyant un premier colis de victuailles à « leur petit Rénouard », les dames de La Glycine ne se doutaient pas qu'elles s'engageaient pour cinq longues années au terme desquelles le banquier serait rendu à ses proches qui auront de la peine à le reconnaître dans ce corps affaibli et cacochyme.

Un armistice met toujours le perdant au pilori. Cela avait été le cas en 1918 où l'Allemagne vaincue mettait genou à terre. Ce fut au tour de la France qui se vit coupée en son milieu par une ligne de démarcation qui délimitait la zone occupée au nord de Moulins de la zone libre où s'installa le gouvernement dit de Vichy, avec son triumvirat qui n'avait pas fini de faire parler de lui : Pétain, Laval, Darlan.

Les ministères et administrations, dans l'obligation de se mettre au vert, s'installaient à Royat, à Châtel-Guyon, à Clermont-Ferrand !

Ce qui me frappe aujourd'hui, dans la vie de ces deux femmes, c'est leur don inné de magnifier tout ce qui avait fait et faisait leur existence.

Elles avaient connu une enfance et une jeunesse de petites filles choyées, préparées au bonheur, devant lesquelles se dessinait un avenir plein de promesses, et tout leur avait été repris.

Loin d'en être aigries, elles avaient su embellir, sublimer malheurs et déceptions qui avaient jalonné les années écoulées : la naissance d'Estelle, la fillette « différente », l'accident inattendu qui avait coûté la vie à leurs chers parents, la mort si injuste de Pierre Mersant, devenu leur héros de guerre, le départ tragique et prématuré de la petite poupée de chiffon pour le pays des anges heureux. Les aléas matériels qui avaient surgi peu après n'étaient rien comparés à ce passé douloureux !

Protectrices, maternelles, confidentes, elles se voulaient tout cela pour leurs « petits jeunes » qui se succédaient au fil des ans dans les studios de La Glycine.

Leur en ont-ils confié des secrets, des espoirs ou des déceptions, tous ces « Pierrot » et toutes ces « Colombine », surnoms inévitables dont elles les affublaient !

— Vois-tu, fillette, me confièrent-elles un après-midi où je les trouvais particulièrement enjouées, ces jolies Colombine étaient de vraies charmeuses. Les sirènes d'Ulysse, pfft, des amatrices à côté d'elles !

— Qu'est-ce qui vous fait dire ça, madame Agnès ?

— Tu les aurais vues faire leur mijaurée devant une portion de pompe aux pommes. Je les entends encore minauder en faisant mille grâces : « Madame Mersant, vous me servez trop copieusement, je ne vais plus pouvoir agrafer ma jupe ! » Tu me croiras, mignonne, si je te dis que cette sylphide avait une taille de guêpe ?

— Et à moi donc, me confia Eva en prenant sa sœur à témoin, tu te souviens, Agnès, de leurs cris d'orfraie pointant mon chocolat : « Trop sucré, beaucoup trop, mademoiselle Eva ! Si ça se trouve, nous finirons diabétiques par vos soins ! »

Je confiai un jour à mes chères amies les appréhensions qui me venaient en arrivant devant La Glycine.

— Mademoiselle Eva, j'ai toujours un peu peur en passant devant la boutique de l'empailleur. Il m'a l'air d'un bien méchant homme.

— Méchant, monsieur Biche ? Mais c'est la bonté même ! Pardi, ne t'avise pas, malheureuse, de le traiter

d'empailleur ; c'est un artiste qui redonne une vie aux animaux et du bonheur à ceux qui ont perdu un chat, un chien ou même un perroquet, et qui souhaitent garder un souvenir éternel de leur animal familier.

Je restai plutôt sceptique quant à cette « vie » retrouvée car les billes de verre qui leur servaient d'yeux ne reflétaient pas la moindre étincelle. Seule l'attitude de l'animal en mouvement pouvait, à mon goût, faire illusion.

Ma préférence allait indiscutablement à monsieur Bargeton, vieil homme débonnaire mais peu bavard, certainement à cause de ses lèvres serrées sur une grande quantité de clous.

— Lui arrive-t-il d'en avaler, madame Agnès ?

— Il s'en garde bien, nigaudette, il ne veut pas se trouer les boyaux.

En dehors des clous qui faisaient barrage à la conversation, j'aimais regarder le travail qu'il effectuait avec méthode. Le cuir qui trempait dans un seau d'eau pour ramollir et épouser la forme des chaussures dégageait une odeur puissante, adoucie par celle de la poix dont le cordonnier enduisait son fil afin de le rendre aisé à l'enfilage.

— Vous avez vu la grosse aiguille qu'utilise monsieur Bargeton ?

— Il s'agit d'une alène, Bleuette. Avec elle, il peut traverser plusieurs épaisseurs de cuir et ainsi faire le passage à de gros cordonnets qui assurent de solides coutures. Un artiste, lui aussi.

— Et ses outils, tu les as vus ? Tous à leur place sur un tourniquet en fonte ?

— J'avoue que je n'ai pas bien vu.

— Eh bien, nous irons ensemble lui poser mille questions et puis nous pousserons la porte de monsieur Biche, tu changeras d'opinion sur lui, j'en suis sûre.

Ce que nous fîmes le lendemain.

— Je suis le chirurgien de la chaussure, petite demoiselle. Tu es ici dans ma salle d'opération et là, ce sont mes outils, celui-ci me sert à...

J'eus droit à un cours de cordonnerie. Pardon ! de chirurgie de la chaussure, avant d'être happée par monsieur Biche envers lequel je révisai mon hâtif jugement. Sa voix était onctueuse, ses explications à la portée de mon entendement et les poils comme les plumes de son arche de Noé qu'il m'invita à lisser semblaient frémir sous mon doigt timide.

Alice avait son pays des merveilles et son lapin blanc ; j'avais, certains jours de vacances, un pays de rêves et de souvenirs où régnaient deux fées malicieuses.

4

La vie ne s'était pas arrêtée pour autant, mais elle était chamboulée ! Semblable à un ciel perturbé de nuages qui ne se dissipent jamais, l'ambiance générale du pays enveloppait de gris les actes les plus anodins de l'existence.

Dans la rue, les gens évitaient de se saluer. Un bonjour suivi automatiquement de « belle journée en perspective ! » aurait paru déplacé. Le soleil pouvait briller sur la France, il n'arrivait plus à illuminer le cœur des Français.

Aller au marché sur la place de l'église de Chamalières, naguère une sortie-plaisir pour les dames de La Glycine, les voyait revenir pleines de frustrations.

— Deux heures ! Te rends-tu compte, Eva ? Deux heures d'attente devant l'étal de notre boucher, et tout ça pour s'entendre dire qu'il n'avait plus rien à vendre !

— Ce n'était pas mieux chez le boulanger, encore que des ménagères ont fait le spectacle à se disputer une miche de pain gris qui ne disait rien qui vaille.

— J'ai même entendu dire qu'il serait question de cartes d'alimentation qu'on nous attribuerait par tranches d'âge.

D'une rumeur à une réalité, il ne fallut pas longtemps. Dès le mois de novembre 1940, les fameuses cartes furent distribuées. Il s'agissait en fait de tickets qui correspondaient chacun à une quantité de pain, de viande, de pâtes ou de sucre en fonction de l'âge du bénéficiaire.

— Pauvres jeunes gens ! déploraient-elles en constatant ce qui était octroyé aux J3. C'est bon pour les anémier.

— Que pouvons-nous faire ?

— Des goûters plus copieux, pardi !

Une résolution qu'elles eurent à cœur de tenir, troquant leurs tickets de viande contre un paquet de farine, leur ration de fromage contre des œufs, le café en échange de sucre… jusqu'à ce que ces deux denrées deviennent interdites dès les premiers mois de l'année 1941. En plus, voilà que le charbon, lui aussi, était rationné. Les lendemains s'obscurcissaient.

Frugales mais gourmandes, les dames de La Glycine maudissaient leur empêchement à régaler leurs locataires. Lorsque Agnès fulminait contre la saccharine qui remplaçait le sucre sans en donner la pure suavité, Eva ronchonnait de son côté de devoir « baptiser » le lait.

— Tu te rends compte ? Ajouter de l'eau, c'est un crime de lèse-chocolat, mais comment faire autrement pour que chacun en ait un bol ?

— Tu crois que ça me plaît de pétrir cette pâte qui, j'en suis sûre, ne va même pas lever ? Non, vraiment, c'est à vous dégoûter de faire de la pâtisserie.

Elles avaient beau pester en préparant, se désoler en servant, rien ne leur était plus agréable que de dispenser leurs largesses aux étudiants qui faisaient souffler un vent de jeunesse dans leur vieillot appartement.

D'ailleurs, un léger fond de petites filles égoïstes demeurait en elles quand elles se prenaient à redouter les vacances scolaires qui les privaient de leur animation quotidienne. Elles cochaient alors sur le calendrier des PTT les jours qu'il leur faudrait attendre pour voir revenir la reprise des cours, les allées et venues estudiantines, les goûters rituels et les conversations animées. Heures bénies durant lesquelles elles couvaient du regard leur nichée reconstituée sous leurs ailes de mamans poules.

Or, en dépit de leur impatience de la voir arriver, la rentrée universitaire 1941-1942 leur donna des sueurs froides.

La nouvelle s'était pourtant répandue, dans le courant de l'été, du possible rapatriement de l'université de Strasbourg, zone occupée, à Clermont-Ferrand, zone dite encore libre. Les dames de La Glycine prirent la réelle dimension de ce déménagement quand défilèrent à leur porte des étudiants délocalisés cherchant désespérément à se loger. Etudiants, mais aussi professeurs, certains avec leur famille comme le maître de conférences Marc Bloch, exclu, en tant que juif, de la fonction publique par le gouvernement de Vichy puis rétabli à Strasbourg pour services exceptionnels rendus au pays, et son éminent collègue Jean Cavaillès. L'un comme l'autre ne resteront que peu de temps à Clermont-Ferrand mais leur engagement dans la résistance fera des émules dans les rangs de l'université clermontoise.

De plus jeunes que leurs éminents aînés, agrégés ou thésards, disant se satisfaire d'un studio au prétexte que leur exil serait de courte durée – vœu pieux s'il en était ! – avaient écumé tout ce que la cité auvergnate offrait à la location, c'est-à-dire plus grand-chose, débordaient leur recherche sur les localités périphériques pourvu qu'elles soient desservies par le tram.

— Nous sommes au regret, vraiment, mais tous nos studios sont réservés d'une année sur l'autre, rabâchaient-elles à longueur de journée et toujours très civiles, affables, maniérées aurait-on pu les juger à tort.

Mais sitôt la porte refermée, venaient les doutes.

— Tu es bien certaine, Eva, que tous reviennent en octobre ? Tu sais, un bail peut très bien être dénoncé par le locataire sans préavis s'il nous fournit sa mutation pour une autre faculté.

— Qu'est-ce qui te donne de telles pensées, ma pauvre fille ? Ne sont-ils pas bien chez nous ?

— Là n'est pas la question ! Il a pu s'en passer, des choses dans leur vie, dans leur famille, dans leurs projets d'avenir, depuis le mois de juin qu'ils ont fait leur bagage.

— Chat noir ! Cesse de ressasser de pareilles inepties. Moi, j'ai confiance ; s'ils ont dit qu'ils revenaient, c'est qu'ils reviendront.

Il n'empêche, le ver était dans le fruit et les doutes d'Agnès avaient gagné Eva. Elles furent rassérénées lorsque quelques jours avant la rentrée ils arrivèrent en ordre dispersé pour prendre possession de leur appartement ; elles masquèrent derrière une candide certitude leur confiance un peu ébranlée.

— Quel besoin aviez-vous de rentrer si tôt ? Vous vous languissiez de nous ?

— Heureusement que nous tenons à vous, jeunes gens. Nous aurions pu louer vingt fois les studios et les chambres tant la demande est grande cette année en raison du déploiement des étudiants de Strasbourg.

— C'est vrai, nous avons entendu que les places seront chères dans l'amphi de sciences éco, il va falloir s'y présenter en avance.

— Sans pour autant bouder nos goûters, j'espère ?

— Nous avons fait provision, tout l'été, de confitures. Tous les fruits qui nous tombaient sous la main sont passés dans notre bassine. C'est bien simple, la maison embaumait !

S'il y eut une activité que l'occupation allemande n'avait pas mise en veilleuse, bien au contraire, c'était bien celle de monsieur Biche, l'habile taxidermiste dont la réputation de perfectionniste dépassait largement les limites de Chamalières.

Le particulier s'était fait plus rare et surtout avait d'autres priorités, mais l'entretien des richesses du Muséum des sciences naturelles de Clermont-Ferrand en faisait un homme très occupé. Il ne savait pas d'où lui était tombée cette manne, le Muséum ayant son propre personnel de conservation des espèces, mais ne se posa pas de question.

De grands cartons contenant des animaux au pelage un peu terne et pour certains attaqué par les mites, une dentition sans éclat, une attitude qui s'était avachie et pour le coup qui manquait de naturel, envahissaient son atelier où régnait d'habitude un ordre méticuleux, au contraire de celui de son alter ego, monsieur Bargeton. Ces mêmes cartons repartaient avec leurs pensionnaires qui donnaient l'illusion d'avoir recouvré la vie.

L'effervescence inhabituelle de la boutique du taxidermiste aurait pu s'éterniser tant le brave homme qu'était Biche, passionné par son art et, même si cela semble incongru, par son amour des bêtes, se laissait emporter dans cette folie de travail sans se douter qu'il était mystifié. Mais par qui ?

Une rencontre fortuite avec un employé du Muséum lui fit prendre conscience de sa naïveté.

— Tiens, Joussaud, ravi de vous voir. Toujours fidèle au poste ?

— Bien obligé, monsieur Biche, je n'ai pas l'âge de la retraite.

— Dites-moi, elles avaient un sacré besoin d'un bon coup de peigne, vos richesses. Elles plaisent, au moins ?

— Faut croire, répondit évasivement Joussaud, un peu sur la défensive.

Puis, ne pouvant retenir ce qu'il avait sur le cœur, il invita monsieur Biche à venir au Muséum.

— Pourquoi ne pas venir voir sur place l'effet qu'elles font ?

— J'aimerais bien, mais le temps me manque. J'ai encore tant de pièces à remettre en état.

Biche faisait-il l'ignorant ou bien était-il la victime ? Joussaud n'arrivait pas à trancher, il insista :

— Prenez le temps, vous ne serez pas déçu !

L'insistance de l'employé fit son chemin dans la tête du taxidermiste et un beau matin il se décida. Après tout, il était fier de son travail, et lire dans les yeux des visiteurs la magie de la taxidermie serait la plus belle de ses récompenses… en plus de sa rétribution, payée rubis sur l'ongle.

Ah ça, il ne regretta pas sa décision ! Le Muséum dépouillé d'une bonne partie de son fonds faisait grise mine. Joussaud, le visage un peu plus réjoui qu'à leur précédente rencontre, vint à lui, la main tendue.

— Ah vous êtes venu ! Que dites-vous de ce désastre ?

— Je… je ne comprends pas, avoua Biche.

— Je peux vous parler franchement ?

Un oui de la tête du taxidermiste, et Joussaud le pria de le suivre.

— Venez, marchons dans les allées et n'ayons l'air de rien, à l'heure d'aujourd'hui, il faut se méfier de son ombre.

— Mais… que voulez-vous dire…

— Parlez plus bas, Biche, ou mieux, ne m'interrompez pas, s'il vous plaît. Voilà, tout ce qui arrive chez vous sort d'ici, bien sûr, mais n'y revient pas. Les cartons sont mis dans des caisses en bois, cloutées, et partent pour diverses destinations allemandes : Berlin, Francfort, Cologne, Munich…

— Ce n'est pas possible ! ne put retenir monsieur Biche.

— Un ami cheminot qui m'a mis la puce à l'oreille vous le confirmera si vous doutez de moi.

— Mais… mais… comment faire alors ? réagit Biche.

— Ah, vous convenez qu'il faut faire quelque chose ! Vous êtes avec nous alors ?

— Avec vous… Qui ça vous ?

Joussaud flaira une présence derrière eux et changea de ton.

— Comme je vous l'expliquais, monsieur, nombre de nos pièces sont en restauration. Cela explique ce que vous appelez l'indigence de notre Muséum. Indigence passagère, monsieur, je peux vous l'assurer.

— Bien, bien, répondit Biche, désabusé.

Le danger s'était éloigné, mais Joussaud restait sur ses gardes.

— Je peux venir ce soir à Chamalières après la fermeture ?

Le taxidermiste ne fut pas productif de toute la journée, ruminant sa déconvenue, puis sa colère. « Je vais passer pour un mauvais Français, ah, misère de moi ! »

Fidèle au rendez-vous, Joussaud arriva à la nuit, mais ce qu'il proposa dans un premier temps à monsieur Biche désarçonna l'artiste qu'il était.

— Saboter le travail ? Cela ne correspond absolument pas à l'éthique de mon métier, à la valeur de mon art.

— Croyez-vous, Biche, que saboter les rails des chemins de fer correspond à l'éthique des cheminots ? De toute façon, vos œuvres sont perdues pour la France. Au mieux, elles feront les beaux jours des musées allemands, au pire, elles seront détruites dans le déraillement des trains qui les transportent.

— Vous avez raison, il y a sûrement quelque chose à faire, je vais y réfléchir. Où pourrai-je vous retrouver, Joussaud ? Au Muséum ?

— C'est moi qui viendrai à vous. Je pense avoir autre chose à vous proposer.

Une nuit d'insomnie permit à monsieur Biche de retrouver son honneur de bon Français, perdu à son insu. Sans perdre son aspect de bel ouvrage, son travail serait miné de l'intérieur. Un produit qui s'attaque sournoisement au pelage, au plumage et même aux écailles. Son aspect lustré n'étant qu'apparence.

« A malin, malin et demi ! » se dit-il en ouvrant sa boutique.

De leur fenêtre où un bout de rideau parfois se soulevait, les dames de La Glycine ne perdaient rien des cartons qui venaient et repartaient de la boutique du taxidermiste.

— Quel trafic ! Tu as vu ça, Agnès ? Notre locataire doit empailler tous les chats de la terre !

— Les temps ne sont pas durs pour tout le monde, semble-t-il. Il serait peut-être opportun de réviser son loyer à la hausse, à ce bon monsieur Biche.

— C'est pas bête, ça, il faudra y songer.

La cordonnerie de monsieur Bargeton n'échappait pas à leur observation. N'auraient-elles pas eu vue sur l'échoppe du cordonnier, les bruits familiers qui montaient jusqu'à elles les auraient convaincues d'une activité soutenue mais sans commune comparaison avec celle de son voisin.

Chez Bargeton, les chaussures n'arrivaient pas par cartons et ne repartaient pas de même. Néanmoins, les gens prenaient plus que jamais soin de leurs croquenots qu'il fallait faire durer jusqu'à la semelle si l'on ne voulait pas se retrouver pieds nus, les boutiques de chausseurs déplorant la pénurie tout autant que leurs clients.

Cependant, à une oreille affûtée, et les dames de La Glycine possédaient l'ouïe fine, n'aurait pu échapper une subtile différence de tonalité, le cordonnier souvent démuni de cuir, utilisait le bois pour remplacer un talon qu'il cloutait ensuite pour assurer plus d'adhérence aux sols mouillés, par exemple.

De même étaient-elles sensibles à une nouvelle manie qu'il avait développée lorsqu'il vidait son baquet de science dans lequel il faisait tremper ses cuirs et sa poix. Toujours au même endroit, bien sûr comme elles le lui avaient demandé – au pied de la glycine –, il déversait son eau devenue brune et tapait sur le fond du récipient en zinc.

— Et voilà, ce soir encore, monsieur Bargeton joue du tam-tam !

— Tu as raison, Eva, on croirait qu'il rythme une de ses chansons de compagnons. La nostalgie de cette époque, certainement.

— Plutôt une comptine, mais je n'arrive pas à l'identifier.

Avaient-elles relié la mélopée du cordonnier qui s'opérait tous les deux ou trois jours au passage du garde champêtre, un journal sous le bras enveloppant une paire de chaussures ?

Si oui, elles ne s'en étonnèrent pas. Riquet, comme tout Chamalières l'appelait à cause de sa tignasse rousse dont un épi rebiquait sur son crâne à l'image de Riquet à la houppe du conte de Perrault, était l'aîné d'une flopée d'enfants, galopins pour la plupart, qui déchiraient leurs culottes courtes et usaient leurs galoches dans le quartier des Galoubies, sur les bords de la Tiretaine et jusqu'à la montagne percée. Le père était mort et Riquet faisait vivre sa mère et sa fratrie.

— Ils vont le mettre sur la paille, ce pauvre Riquet, ses galapiats !

— Pourquoi dis-tu cela, Agnès ?

— C'est la troisième fois qu'il vient chez notre locataire cette semaine, et toujours une paire de souliers sous le bras.

Mieux valait, pour un sommeil serein, qu'elles ignorent tout des agissements occultes de ces deux commerçants. Et s'il n'y avait eu qu'eux !

Au cours de l'année 1942, alors que l'hiver semblait plus rude depuis le rationnement du charbon, les deux sœurs remirent en fonction leur cheminée qu'elles alimentèrent du bois qu'elles avaient pu se procurer. Leur salon devint plus que jamais le centre névralgique où les étudiants venaient se réchauffer et se restaurer.

— Mesdames ! Regardez ce que nous vous apportons ! s'écria l'un d'entre eux alors que son camarade étalait devant les yeux éblouis des deux sœurs des tickets d'alimentation.

Bernard et René, étudiants en sciences économiques, faisaient un stage de validation de leur licence à la Banque de France sise à Chamalières. En plus de leur carte de J3 délivrée par la fac, la banque leur faisait bénéficier d'un quota de tickets d'alimentation destinés aux employés. C'est dire s'ils avaient l'air triomphants, mais sans flagornerie car ils avaient décidé de les donner à leurs logeuses, n'ignorant pas combien elles jonglaient pour maintenir le rite d'un chaleureux goûter quotidien. Ce qu'elles ne comprirent pas tout de suite.

— Ah bien ça alors ! Tant mieux, tant mieux pour vous, mes bons petits !

— Mais c'est pour vous, madame Agnès, et vous aussi, mademoiselle Eva !

— Nous prenez-vous pour des ingrats ? Mieux que nous, vous en ferez bon usage.

Eva joignit les mains de ravissement :

— Je vous le dis maintenant, mais demain je ne savais pas ce que j'allais pouvoir servir de bon, de chaud, de réconfortant !

— Nous savons bien que c'est votre souci. Sachez, toutefois, que quelle que soit la boisson que vous nous servirez, elle aura toujours le goût de l'amitié, une saveur incomparable.

Eva rougit du compliment et s'en fut ranger les précieux tickets dans leur porte-monnaie commun.

— Ah, si je peux trouver un peu de beurre, demain je vous ferai un quatre-quarts, promit Agnès.

— Et moi, je monterai à Royat à la chocolaterie de La Marquise de Sévigné, renchérit Eva. Du diable s'ils n'ont pas une petite réserve dont ils me feront profiter, en échange de vos tickets, bien sûr.

Tout manquait, le beurre, le sucre, le chocolat, seul restait ce qui comblait leur vie : les rendez-vous amicaux où le conflit des générations était une notion abstraite, tout juste bonne pour les psychologues et les philosophes en mal de sujet pour disserter.

Un respect réciproque dominait naturellement leurs relations ; jeunes gens et jeunes filles, déférents et polis, appréciaient la discrète bienveillance des deux adorables sœurs qui riaient puis s'offusquaient pour la forme à leurs boutades de potaches. En retour, ils s'amusaient gentiment de leurs petites maniaqueries, de leur préciosité très XIXe siècle.

Les étudiants des propriétaires de La Glycine, devenus la raison de vivre des deux sœurs, les imprégnaient sans le savoir de cet esprit nouveau, esprit de tolérance et de liberté propre à la jeunesse, qui les accompagnera tout au long de leur vie.

5

Ils furent nombreux les Chamaliérois qui, à la Libération, apprenaient que deux réseaux importants de la Résistance avaient siégé dans leur commune et tissé depuis leur installation clandestine les mailles d'un filet qui s'étalait bien au-delà du département.

Et pourtant, la Résistance s'organisa dès le lendemain de l'armistice.

Le colonel Rivet, chef des services de renseignement de l'armée, désormais en vacation de ses fonctions militaires, parvint, en dépit de nombreuses embûches, à installer une partie de ses bureaux à l'hôtel Saint-Mart sous le couvert d'un organisme prônant le retour à la terre sous le sigle de TR, autrement dit : travaux ruraux.

Le but du colonel Rivet était de poursuivre la lutte contre l'Allemagne en pourchassant ses agents et en recherchant tous les renseignements possibles qui, reliés par une chaîne d'information mise en place pour les leur faire parvenir sous forme de messages codés, seraient utiles aux Alliés.

Bien qu'il reconnaisse la délicate position du général de Gaulle, Rivet ne cautionnait pas ses appels à la dissidence, son but était autre. Pour le militaire qu'il était, il importait de préparer le moment où la France pourrait normalement entrer de nouveau dans la guerre.

En attendant, les précieux renseignements recueillis par son réseau d'espionnage – tous citoyens anonymes qui œuvraient dans l'ombre – étaient transmis aux états-majors anglais et américain.

Les renseignements, par chance, n'étaient pas à sens unique. Alerté de l'invasion allemande de la zone Sud en novembre 1942, Rivet fut en mesure de sauver l'essentiel de ses services et de continuer son action jusqu'à la Libération.

C'est dans cet hôtel que Joussaud, l'employé du Muséum de Clermont-Ferrand, invita monsieur Biche à se rendre. Arrivé juste après la fermeture de la boutique, il attendit que le taxidermiste sorte et fit irruption devant lui. Biche sursauta.

— Hé là ! Ah, c'est vous, Joussaud ? Quel bon vent…

— Plus bas, Biche !

— Mais nous sommes seuls !

— Il se peut… ou pas. Si vous entrez dans la danse, il vous faudra faire preuve d'une extrême discrétion.

— Quelle danse ? Et puis, me prenez-vous pour un indiscret ?

— Vous êtes des nôtres, Biche, je sais que ce que vous faites vous met en danger. Si vous ne craignez pas de vous mouiller plus encore, pour la bonne cause, allez à l'hôtel Saint-Mart. Vous direz exactement ceci à la personne qui vous recevra : « Je viens d'hériter un petit coin de terre et je voudrais rencontrer quelqu'un du service TR. » Ensuite, à la personne qui vous recevra vous direz simplement que vous venez de la part de la licorne.

Six mois auparavant, monsieur Biche avait mis un doigt vengeur dans la Résistance, ce jour-là, il y mit tout le bras, au nom de la France dépossédée. Qui s'étonnera qu'il prît comme nom de code Bécœur, saluant au passage le créateur de la méthode de conservation à base d'arsenic ?

Le colonel Rivet n'était pas seul sur la place de Chamalières à tisser les fils d'une résistance qui n'osait encore dire son nom.

Une autre action fut menée, celle du général Cochet qui ne craignait pas de se mettre en lumière. Ses « Appels » largement diffusés étaient des textes signés de son nom dans lesquels, sans attaquer Pétain ni se rallier à de Gaulle, il prêchait l'opposition au seul ennemi, l'Allemand, qu'il se connaissait et à tous ceux qui l'aidaient, d'une façon ou d'une autre.

Un groupe de résistants qui se faisait appeler les Ardents entra en relation avec le général et d'importantes ramifications dans la région formèrent une toile d'araignée efficace en Auvergne.

Arrêté une première fois en 1941, puis relâché, le général Cochet le sera à nouveau en septembre 1942. Le groupe des Ardents parviendra à le faire évader et il gagnera l'Angleterre d'où il jouera un rôle important dans les Forces françaises libres.

Riquet le garde champêtre, avec ses faux airs de benêt, s'était trouvé, il ne savait lui-même comment, embrigadé dans les Ardents avec pour mission de recruter le plus possible d'hommes, et de femmes, à l'allure inoffensive comme lui, qui n'attireraient pas les soupçons de l'occupant. De même, il ne sut pourquoi il jeta son dévolu sur Bargeton le cordonnier. Le passé de ce dernier chez les compagnons du devoir joua peut-être un rôle. Toujours est-il qu'il y trouva un terreau en attente de semence qui séduisit le garde champêtre.

— Une personne, jamais la même, vous apportera de temps en temps une paire de bottes dans lesquelles seront glissés des messages codés. Il suffira de m'en avertir pour que je vienne les récupérer.

— Tu passes tous les jours devant ma porte, Riquet, je te ferai un signe. Tiens, j'agiterai mon mouchoir.

Riquet se vrilla la tempe de l'index.

— Oubliez ça, Bargeton, sinon dans huit jours tout le réseau est cuit. Il faut faire dans la dentelle.

La clandestinité c'est comme… comme une science, une science à étudier, une…

— Mon baquet de science ! J'ai trouvé !

— Un paquet de science, c'est quoi ça ?

— Baquet ! Mon baquet, celui que je vide un soir sur deux ou sur trois, ça dépend de la noirceur de l'eau. Je pourrais taper sur le fond une cadence convenue.

— C'est pas bête ça, pourvu que je l'entende de chez moi. Ce soir, on fera un essai.

La rue Desaix dans laquelle le garde champêtre avait son logement de fonction n'était pas à grande distance du 46 de l'avenue de Royat, aussi l'heure choisie en dehors d'un trafic routier certes ralenti mais tout de même bien présent permit à Bargeton de faire entendre sa voix à Riquet… enfin, la voix de son marteau en bois qui rythmait la comptine : *Un kilomètre à pied ça use…*

Moins de dix minutes plus tard, Riquet se manifestait.

— Attendez-vous à devoir réparer des bottes d'ici peu, Bargeton ! Au fait, vous ne me connaissez pas, mais si on vous parle du Petit Poucet, vous saurez que c'est moi. Et vous, avez-vous réfléchi à un nom de code ?

La réponse de Bargeton fusa :

— Tolstoï !

— Un ancêtre slave, je parie ! sourit Riquet en lui adressant un clin d'œil.

— Non, un passionné ! Quand il n'écrivait pas, Léon Tolstoï s'adonnait à la cordonnerie.

Sut-il un jour, le général Cochet, qu'il devait l'organisation de sa fuite en Angleterre au Petit Poucet et à son compère Tolstoï, entre autres ?

Et de deux ! Les vers étaient dans le fruit tout lisse qu'était La Glycine, et ses propriétaires ne se doutaient de rien ! Seulement deux vers ? Vraiment ?

Qu'elles émanent des deux organisations occultes précitées ou qu'elles arrivent d'outre-Manche via les radios clandestines par la voix du général de Gaulle, les exhortations faites aux Français de chercher par tous les moyens à déstabiliser l'emprise allemande commençaient à faire leur effet.

Malgré la parution de journaux interdite, les rotatives continuaient à imprimer une propagande de sursaut national. De même des tracs copiés à la main, ronéotypés, circulant sous le manteau, appelaient toutes les bonnes volontés à se mobiliser pour libérer la France.

« Où que tu sois, quoi que tu fasses, c'est pour ton pays que tu t'engages ! » Un slogan qui interpellait tout individu.

Alors, après une période d'actions motivantes, il fallait passer aux actions directes, en particulier celles qui consistaient à aider les maquis. Dans la zone dite libre mais contrôlée par la Wehrmacht et la Gestapo, quatre régions favorisées par un relief particulier avaient vu s'organiser des regroupements d'hommes armés : le Vercors, les Cévennes, les Glières et la Margeride.

Ce dernier recevait subsides, armes et renseignements grâce à une organisation bien rodée qui prenait racine à Clermont-Ferrand et étendait ses ramifications dans tout le département.

— Puis-je vous parler en toute confiance, jeune homme ?

C'est en ces termes que monsieur Roussel, chef de service à la Banque de France de Chamalières, aborda un matin l'un des stagiaires, étudiant à la faculté de sciences économiques et locataire d'un studio à La Glycine.

Le jeune homme, surpris par le ton grave de son supérieur, craignait d'avoir commis quelque faute professionnelle et tardait à répondre. Monsieur Roussel poursuivit :

— Je ne vous demanderai qu'une chose, mon garçon. Si cette conversation vous dérange, vous déplaît, ou vous met dans l'embarras, oubliez-la définitivement.

— C'est entendu, bredouilla l'étudiant.

Roussel lui parla alors d'un réseau de résistants basé à Clermont qui devait absolument s'étendre, s'étoffer de volontaires actifs. Le jeune homme, pris de court, restait sur la défensive.

— Pourquoi me confiez-vous ces choses qui, je m'en doute, doivent rester secrètes ? Mes études et ce stage occupent tout mon temps et tout mon esprit.

Monsieur Roussel se voulut rassurant :

— Ne craignez rien de moi, je suis muet comme une tombe. Simplement, il y a quelques jours, j'ai ramassé ceci qui est tombé de votre poche.

L'étudiant déplia le papier que lui tendait son supérieur, il reconnut un tract familier et devint livide.

— Etes-vous bien certain qu'il est tombé de ma poche ? se défendit-il faiblement. Je ne suis pas le seul à travailler ici.

— Oui, murmura Roussel, et je vous félicite.

— Je peux vous parler en toute franchise et toute confiance, monsieur Roussel ? s'enhardit l'étudiant.

— Sur mon honneur de Français ! Venez dans mon bureau.

— Avec un de mes voisins de chambre… commença le jeune homme.

Roussel l'interrompit :

— L'autre stagiaire, votre binôme ?

— Il ne s'agit pas de lui, mais si c'était le cas, je ne vous le dirais pas, monsieur, sauf votre respect.

Roussel approuva de la tête. Voilà un garçon qui possédait les bons réflexes.

— Avec un ami, vous disais-je, nous imprimons des tracts sur une ronéo. Ils transitent ensuite par la fac, puis dans une brasserie dont je vous tairai également le nom, et de là sont distribués dans les rues, les entreprises, les commerces, les parcs, la gare, tous les lieux de rencontre. Rien n'est oublié.

— Je vous tairai à mon tour le nom de notre chef en résistance, sachez seulement qu'il demande des volontaires. Chaque membre doit recruter cinq personnes fiables pour créer sa propre filière, totalement inconnue des autres afin de préserver le réseau central en cas d'arrestation et de tortures qui font céder les plus endurants. Je me dois de vous faire toucher du doigt ce danger avant de vous demander de nous suivre.

— Je suis votre homme !

— Je peux venir vous installer un poste émetteur-récepteur ?

— Demain matin avant 7 heures au 46 avenue de Royat, villa La Glycine. Ne sonnez pas, ne frappez à aucune porte. Entrez et montez jusqu'au second où je vous attendrai.

Et de trois !

Une sacrée panique, cependant, s'empara du jeune homme à quelque temps de là, alors qu'il attendait un message radio. Quelques coups discrets lui donnèrent des sueurs froides. Il jeta une couverture sur l'émetteur, se recomposa un visage neutre autant qu'il put et se décida à aller ouvrir alors que sa logeuse, habituée à la joyeuse spontanéité de ses pensionnaires, insistait :

— C'est moi, madame Mersant ! Vous n'êtes pas malade, au moins ?

La porte s'ouvrit sur l'étudiant soulagé mais un peu fébrile. Pourvu que l'appel attendu ne se manifeste pas !

— Excusez-moi, madame Mersant, je n'avais pas entendu. De quoi s'agit-il ?

Nullement troublée par cette brusquerie, Agnès se mit à chuchoter, comme à son habitude :

— Une bêtise que j'ai faite et que je ne peux avouer à Eva, ma chère sœur serait trop désolée de mon étourderie. Voilà, je faisais la queue, mes tickets à la main, devant un magasin d'alimentation. Une femme, une furie, me les arracha et s'enfuit comme une dératée. Oh je ne lui en veux pas, elle avait certainement de bonnes raisons, des enfants à nourrir, des parents convalescents, que sais-je ? Mais vous riez, vous vous moquez de moi ?

Un sourire béat, en effet, éclairait le visage du jeune homme, pour aussitôt se figer. Un bip-bip insistant, à peine étouffé par la couverture, le réclamait. Sourcils froncés, bouche pincée, l'air fureteur, Agnès fit le tour de la pièce pour arriver à la table d'où venait le son et souleva la couverture.

— Sous mon toit ! Dans ma maison et à mon insu ! gronda-t-elle.

— Pardonnez-moi, madame. J'ai fauté et je regrette beaucoup…

— Moi aussi je regrette beaucoup ! Je regrette surtout que vous ayez manqué de confiance en moi au point de me laisser dans l'ignorance de vos activités. Me prenez-vous pour une vieille demeurée, incapable d'aider son pays ? Désormais, comptez-moi comme des vôtres. Ah, j'exige une promesse, celle de laisser ma sœur dans l'ignorance de notre petit secret. Je l'aime trop pour la mettre en danger. Car danger il y a, n'est-ce pas, jeune homme ?

— Hélas oui, madame, et c'est bien pourquoi je vous laissais dans l'ignorance…

— Tsss tsss, tout cela n'a pas d'importance pour moi, mais pour mademoiselle Eva, motus !

— Je vous le promets, madame. Le silence de tous assure la sécurité de chacun.

— Bon, faites-moi savoir ma prochaine mission, dit-elle impatiente d'entrer, on aurait pu croire, dans un jeu. Ah, j'y pense, mon jeune ami, mon nom de code est Puceron !

Et de quatre !

Cela faisait maintenant plusieurs mois que le tambourinage de monsieur Bargeton intriguait Eva. Elle avait imaginé plusieurs raisons à cette manifestation bruyante du cordonnier. Une de ces chansons de compagnonnage revenue en mémoire et qui lui rappelait de joyeux souvenirs, l'approche d'une retraite qu'il disait attendre avec impatience, de façon plus terre à terre les grandes satisfactions gustatives que lui procurait son jardin sur les hauts de Durtol. Elle n'était jamais parvenue à faire le tri dans ces suppositions.

Un jour, n'y tenant plus, elle mit le nez à la fenêtre lorsqu'elle entendit l'eau se déverser sur la glycine et elle observa sans bruit. Le père Bargeton, après l'avoir vidé, avait posé son baquet à l'envers, s'était saisi d'un maillet et se mettait à tambouriner ; il accompagnait sa sérénade d'un sifflotement qui lui donnait la cadence.

La lumière se fit dans la mémoire d'Eva et elle se mit à fredonner mentalement :

Un kilomètre à pied, ça use, ça use
Un kilomètre à pied, ça use les souliers.

Mon Dieu, que c'était loin ! Elle se revoyait grimpant à l'assaut de l'ermitage sous la houlette des sœurs Framboise et Praline qui, dans leur grande mansuétude envers leurs jeunes élèves, toléraient des comptines là où la terrible sœur Marie des Anges aurait exigé des cantiques.

Toute la nuit, la chanson et les souvenirs s'y rattachant tournèrent dans la tête d'Eva, de même que cette curieuse habitude qu'avait prise leur locataire. Au petit matin, sa décision était prise.

« J'en aurai le cœur net, tant pis si ça le fâche ! »

Profitant que sa sœur soit partie au pensum quotidien qu'était la quête de nourriture pour elles et surtout pour gâter leurs jeunes amis, Eva prit son courage à deux mains et poussa la porte du « bouif moderne » qui fit tinter ses pampilles de cuivre. Le cordonnier leva la tête de son ouvrage.

— Mademoiselle Delalande ? Mais… nous ne sommes pas le jour du loyer ?

Il jeta néanmoins un œil vers son calendrier tandis qu'Eva le rassurait :

— Rassurez-vous, monsieur Bargeton, c'est juste la curiosité qui m'amène. Vous connaissez cette chanson ?

Elle fredonna l'air dont il usait pour appeler Riquet et le cordonnier sentit comme un peu d'eau glacée glisser le long de son échine ; il ne répondit pas. En un instant, Eva comprit et dit :

— C'est un code, n'est-ce pas ?

Toujours pas de réponse. Elle insista :

— C'est un code pour appeler quelqu'un, lui remettre un message qu'à son tour il fera circuler. Vous êtes dans la Résistance.

— Vous avez fini de débiter des bêtises, mademoiselle Delalande, vous, une si convenable personne ? Laissez-moi travailler, j'ai à faire !

— Vous êtes dans la Résistance et vous méritez mon admiration. Il ne sera pas dit qu'une vieille personne comme moi ne fera rien pour son pays. Introduisez-moi auprès de votre chef de réseau, monsieur Bargeton.

Bien qu'il pensât qu'elle était folle, l'idée fit son chemin. Si elle avait été alertée par son tam-tam, d'autres pouvaient à leur tour faire le rapprochement avec un code convenu. Elle, elle avait eu la finesse de venir lui en parler.

Le lendemain, Eva revint à la charge et Bargeton lui fit une proposition :

— Lorsque vous m'entendrez vider mon baquet, vous saurez qu'il y a du travail pour vous. Remettre une paire de chaussures à une adresse précise par exemple, sans poser de questions ni attendre de réponse. Vous topez là ?

— Si je tope ? Mais de grand cœur, mon ami ! Ah, au fait, pas un mot à ma sœur. Pour vous, pour le réseau, je serai Moustique !

Et de cinq ! La Glycine devenait un nid de sous-marins au service d'une France qui attendait sa libération.

Nestor Perret, le chef de la Résistance clermontoise, pouvait être satisfait de son réseau. Des hommes tels que son ami Tony Moirand, monsieur Roussel de la Banque de France, Paul Collomp professeur à la fac de lettres l'avaient aidé à mettre en place un filet tentaculaire où Pierre ne connaissait pas Paul, Jacques ne connaissait pas le Petit Poucet, Tolstoï ignorait qui était Puceron, Bécœur ne pouvait se douter de qui était Moustique.

6

Si Chamalières la discrète s'était dotée, depuis 1941, de réseaux clandestins aux nombreuses ramifications, elle n'avait pu éviter que l'occupant s'installe, lui aussi, en plusieurs points de la ville. Tout d'abord, les Allemands réquisitionnèrent le Grand-Hôtel pour y installer leur kommandantur, ensuite ce fut au tour des frères de la mission africaine des Roches qui furent obligés de leur ouvrir largement leur porte et laisser le champ libre à leurs agissements.

Au début de l'année 1943, les habitants de La Glycine eurent des sueurs froides lorsque les Allemands lancèrent une vague de réquisitions sur les villas de l'avenue de Royat.

Dans l'impossibilité de se confier leurs angoisses, les deux sœurs vécurent les affres de l'attente. Des mois d'insomnie, des aliments qui refusent de glisser tant la gorge est nouée, des sursauts au moindre bruit suspect et enfin, le 10 avril, le soulagement égoïste, mais si humainement naturel : les Allemands n'avaient pas retenu La Glycine. D'autres villas, moins chanceuses, virent s'installer en pays conquis les uniformes honnis. La plus redoutée fut celle du numéro 4, occupée par la Gestapo et qui vit ses sous-sols transformés en cellules et en salles de torture, pleurant de honte d'être ainsi dévoyée.

Mais parce qu'il le fallait bien, la vie continua ainsi, émaillée de triomphes silencieux de la part des résistants. Renseignements, journaux clandestins, faux papiers, aide financière aux maquisards et à leurs familles, rien ne rebutait les petites mains de l'ombre, rien ne retenait les dames de La Glycine, sinon le souci qu'elles avaient de se protéger l'une l'autre. Parfois aussi le regret de faire des mystères, elles qui avaient partagé à ce jour toutes les peines et les joies de leur quotidien, elles qui ne faisaient pas un pas sans en avertir l'autre, les voilà devenues cachottières par amour.

Elles inventaient de fausses excuses pour justifier une course urgente à Royat ou à Beaumont ; chacune tremblait à la pensée que l'autre ne devine son engagement secret et périlleux.

— On m'a indiqué un éleveur de Lezoux qui venait vendre le lait de ses vaches.

— Il nous reste encore des tickets.

— Les tickets ne l'intéressent pas, il vend au plus offrant.

— Une chance que notre prêt soit remboursé, au moins nous avons de quoi nous fournir au marché noir. Si on m'avait dit qu'un jour j'enfreindrais la loi !

— Pour la bonne cause, Agnès ! Pour la bonne cause : la santé de nos jeunes amis !

Le marché noir, ainsi nommé parce qu'il se déroulait dans l'ombre, en catimini, en tout lieu et à toute heure de la nuit, en a-t-il fait faire des kilomètres à ces chères dames de La Glycine ! Combien de fois, aussi, a-t-il été prétexte à des sorties inopinées pour lesquelles il fallait trouver le prétexte de revenir bredouille !

— Une information erronée. Faut-il que des gens soient stupides pour s'amuser aux dépens des autres.

— Lorsque j'arrivai, le dernier kilo de pommes de terre venait de se vendre et le paysan pliait boutique, laissant derrière lui toute une procession de mécontents.

— Tu vois, Eva, pour la première fois, les grandes vacances qui approchent seront les bienvenues. Je suis fourbue et toi, tu n'es guère plus en forme. On va se reposer et repartir d'un bon pied à la rentrée.

Eva lui répondit par un sourire en demi-teinte. La Résistance ne prenait pas de vacances, mais ça, Agnès ne pouvait le savoir, n'est-ce pas ?

La rentrée 1943 pourrait être qualifiée de bouillonnante.

Bouillonnants de lassitude, les Français n'arrivaient plus à manger à leur faim, à se chauffer à leur guise, à mettre de l'essence dans leurs véhicules, à supporter l'oppression de l'occupant.

Bouillonnants d'impatience d'en découdre un bon coup, les combattants de l'ombre piaffaient dans le massif de la Margeride ! Le colonel Gaspard, chef du régiment des FFI, et son état-major voyaient arriver chaque jour des hommes et des femmes venant grossir les rangs. Gaspard les accueillait avec son fameux salut :

— Camarade, ici commence la France libre !

Pour plus d'efficacité, et de sécurité, il répartissait les hommes en quatre points stratégiques : deux mille sept cents au mont Mouchet, mille cinq cents à la Truyère, huit cents au Plomb du Cantal et mille à Venteuges qui ne demandaient qu'à entrer dans l'action ; il leur faudrait encore temporiser.

Bouillonnantes et même effervescentes, après leur long sommeil d'été, les facultés clermontoises. Les étudiants voulaient tous jouer leur carte de l'héroïsme, au point d'en oublier les conseils de précaution les plus élémentaires.

Mais bouillonnant aussi, et ô combien, l'occupant ! Les seuls véhicules que les dames de La Glycine voyaient circuler sur l'avenue de Royat n'étaient que des voitures vert bouteille des nazis, les emblématiques Kübelwagen et les Citroën noires de la Gestapo.

— Eux, au moins, l'essence ne leur est pas comptée ! se désolait Agnès qui déplorait que les autocars se fassent rares qui desservaient les villages agricoles avoisinants : Orcival, Cébazat, Durtol, où elle partait en expédition pour se ravitailler.

Jamais les deux sœurs n'avaient été aussi actives dans leur engagement clandestin ; à croire qu'il se préparait une opération d'envergure.

Effectivement, la marmite en ébullition fit sauter son couvercle au détriment des résistants. Le 25 novembre 1943, la faculté de lettres fut encerclée par les membres de la Gestapo, cinquante étudiants et professeurs arrêtés et Paul Collomp abattu.

Une répression qui avait eu pour effet, non de calmer les esprits, mais de renforcer la prudence en vue du jour J et de l'heure H du grand débarquement qu'annonçaient les messages radio captés clandestinement.

« Le chasseur est affamé, je répète, le chasseur est affamé ! »

« Je n'aime pas la blanquette de veau. »

« Le temps est venu de cueillir les tomates. »

Dès les premiers jours de juin 1944, la fébrilité fut à son comble, l'imminence de l'offensive massive des Alliés gardait éveillés tous ceux qui intercepteraient le message codé sur les ondes.

Il vint enfin, en deux parties :

« Les sanglots longs des violons de l'automne… »

« Blessent mon cœur d'une langueur monotone. »

Le résultat devait être à la hauteur de la si longue attente alors les maquis jouèrent la carte de la frappe à outrance. La bataille fit rage dans le réduit de la Truyère où le colonel Gaspard avait fait converger tous ses hommes, mais les forces ennemies, mieux armées, les mirent en déroute. Le maquis dispersé dut abandonner sur place les morts et les blessés.

Les morts, on s'en doute, n'intéressèrent pas les Allemands, mais les blessés devenaient une manne et, consciencieusement torturés sans relâche, ne pouvaient que céder aux interrogatoires ou mourir.

Certains de ces malheureux, tout en leur reconnaissant le courage d'être allés au bout du supportable, cédèrent aux supplices qui leur furent infligés et à partir de là, la Gestapo s'en donna à cœur joie.

— La Gestapo ! Ils sont à La Glycine !

Ce ne fut qu'un cri dans Chamalières où l'on pensait connaître les deux sœurs comme de petites dames bien tranquilles.

— Aller tracasser les dames Mersant ? Mais ce n'est pas possible !

La chasse aux adeptes du marché noir, aux résistants, aux juifs n'étonnait plus personne, c'était monnaie courante, mais s'attaquer à ces gentilles personnes, plus très jeunes et inoffensives, dépassait l'entendement ! Il fallait pourtant se rendre à l'évidence.

— C'est comme je vous le dis, il n'y a pas moins de trois tractions avant qui stationnent devant leur porte.

Les badauds alors affluèrent pour marquer leur réprobation et assurer les dames de leur entier soutien, tout en sachant, hélas, qu'on ne les laisserait pas s'exprimer. S'en trouverait-il un seul qui prendrait le risque, à coup sûr il serait embarqué.

Eh oui, en ce dernier jour de juin, ignorant les premières chaleurs d'été qui déjà s'installaient, trois hommes en ciré noir et chapeau de feutre mou, frappèrent violemment à la porte du 46 de l'avenue de Royat. Malgré l'heure matinale, les deux femmes qui leur ouvrirent étaient habillées, coiffées, poudrées et parfumées, en un mot, pomponnées. Difficile de prendre ces coquettes au dépourvu !

— Madame Mersant ? Mademoiselle Delalande ? Veuillez nous suivre à la Kommandantur !

Elles blêmirent sous leur poudre de riz, mais n'opposèrent aucune résistance. A quoi bon ? Ils avaient la force et elles n'avaient que leur mine ingénue de petites filles âgées.

D'autorité, elles furent séparées, Agnès dut s'engouffrer dans la première voiture tandis qu'un des hommes chapeautés prenait le bras d'Eva pour la pousser dans la deuxième.

— Monsieur, je ne vous permets pas ! se rebiffa-t-elle en le foudroyant du regard.

On aurait dit la reine Victoria victime du crime de lèse-majesté. Dans la voiture précédente, Agnès se réconfortait comme elle le pouvait :

« Eva sera relâchée, ils s'apercevront vite qu'elle n'a rien à voir avec tout cela. »

La même réflexion réjouissait Eva.

Parvenues au 4 de l'avenue de Royat, elles furent poussées dans des pièces séparées et leur calvaire débuta. Coups et gifles pleuvaient alors que leurs tortionnaires hurlaient :

— Vous allez parler, vieille folle ? Allons, des aveux ! Des aveux complets et on vous laisse tranquille !

— Avouer quoi ? Que je me suis livrée au marché noir ? Qui n'y est obligé quand vous nous affamez ?

Les effrayer par des violences ordinaires comme les gifles et les coups, les questionner sans relâche, puis les laisser croupir deux à trois jours sans voir personne, c'était leur technique : les avoir à l'usure. Au bout de ce temps laissé à la réflexion et à la détresse morale, le calvaire recommençait. L'une ou l'autre remontait du cachot et entrait dans la pièce éclaboussée de sang d'un précédent interrogatoire. Cela aussi faisait partie, telle une sordide mise en scène, de la pression psychologique exercée par les bourreaux sur leurs victimes.

De nouvelles questions sur un ton doucereux précédaient la soudaineté d'un coup assené violemment qui les faisait tomber du tabouret faisant office de sellette. D'une de ces chutes, Eva ne put se relever, sa hanche brisée quarante années plus tôt s'était luxée et la douleur aiguë lui fit perdre connaissance. Elle se réveilla, non plus dans cette pièce, ni dans la geôle d'où on l'avait tirée, mais dans un couloir sombre.

« Le couloir de la mort », songea-t-elle, et elle sourit, elle était délivrée, elle ne souffrirait plus et surtout elle n'avait pas parlé.

Si c'était le cas, elles étaient donc deux ! Une voix, qu'elle ne reconnut pas au premier abord tant elle semblait émaner d'un coffre fermé, chuchota en crachotant du sang :

— Il faut tenir bon, Eva, ma sœur chérie. Il ne faut pas qu'ils touchent un seul cheveu de nos jeunes pensionnaires. Ce sont eux l'avenir !

Agnès ne put en dire plus, déjà on la précipitait dans le sous-sol où elle resta plusieurs jours sans nouvelle d'Eva. Des éclairs de lucidité mirent en évidence l'implication de sa sœur dans la résistance. Leurs bourreaux n'avaient-ils pas associé les noms de code de Moustique et de Puceron ? La même lumière désola Eva : Agnès aussi s'était lancée dans la clandestinité !

A ce rythme-là, la force leur manquait, à chaque chute on les relevait par les cheveux, elles étaient hagardes au point qu'on les crut proches de la folie. Il n'en était rien, la volonté seule de ne livrer aucun nom, qu'il fût de code ou le vrai patronyme, exorbitait leurs yeux, tordait leur bouche, raidissait leur corps. Celle qui passait pour la plus craintive, en l'occurrence Agnès, se révéla une farouche amazone jusqu'à ce qu'un de ses tortionnaires lui dénude en partie le torse pour écraser des cigarettes incandescentes sur les parties sensibles de son corps. Les hurlements qu'elle poussa auraient pu s'entendre de la place de Jaude. Douleur insupportable ? Pudeur bafouée ? Elle y perdit sa voix. Lésion des cordes vocales.

Eva ne fut pas en reste quant à cet outrage à la vieille demoiselle qu'elle était. Sa hanche la faisait souffrir ? C'est donc là qu'ils frappèrent, relevant sa jupe jusqu'à découvrir la chair blanche de son intimité. La douleur physique occasionnée n'atteignit jamais sa souffrance morale.

Les Allemands survoltés entassaient tous les jours des hommes et des femmes arrêtés ; la confusion était totale, les blessés et les agonisants jetés dans une même pièce geignaient à fendre l'âme. Les deux sœurs se retrouvèrent dans cette sorte de Cour des miracles où elles préférèrent oublier qu'elles avaient encore un souffle de vie, puisqu'elles étaient submergées par la honte.

Elles croupirent là sans compter les jours, ensemble elles attendaient la mort, jusqu'à ce 28 août 1944 où, dans la maison des horreurs, une cavalcade inhabituelle se produisit dans les escaliers descendant aux cachots où gisaient une dizaine d'hommes et de femmes en sursis. Un rayon de lumière pénétra dans les geôles, réveillant certains d'un engourdissement comateux.

Un nouvel interrogatoire ? Agnès et Eva eurent la même pensée, elles ne survivraient pas. Mais rien ne se passa comme précédemment, des visages compatissants se penchaient sur elles, des mains et des bras pleins de délicatesse glissaient sous elles, les déposaient sur des brancards, eux-mêmes remontés du sous-sol et chargés dans des ambulances.

— Que... que se passe-t-il ? Quel... quel jour sommes-nous ? balbutièrent les lèvres boursouflées, craquelées, sanguinolentes de mademoiselle Delalande.

— Nous sommes le 28 août, Clermont est libéré, les Allemands sont en fuite. C'est la liberté ! La liberté, entendez-vous ?

— Couvrez-nous, je vous prie. Ma sœur, comment va-t-elle ?

— Elle est vivante, bien amochée mais vivante. Nous ferons en sorte de vous mettre dans la même chambre à l'Hôtel-Dieu.

Une rude étape les attendait : le nettoyage des plaies et des nombreuses brûlures, les pansements, les points de suture. La récupération physique requerrait de longues semaines ; l'outrage que constituait leur corps dénudé livré au regard de leurs bourreaux demanderait de longs mois avant de trouver l'apaisement.

Trois ans plus tard, en 1947, Agnès Mersant et Eva Delalande reçurent le ruban de la Résistance française, belle décoration rayée et bordée de rouge sur fond noir, une récompense à leurs yeux superflue.

Pas plus qu'elles ne tiraient gloire de ne pas avoir cédé à la torture, les rubans de l'honneur et de la loyauté n'étaient pas des trophées qu'elles désiraient exposer ; ils représentaient trop de souffrance et trop d'humiliation : celle d'avoir été en partie dénudées.

Au diable alors la mode qui n'en finissait pas de raccourcir les robes et les jupes ! Agnès et Eva se drapaient dans une dignité retrouvée que leur conféraient les chemisiers fermés très haut sous le menton, les longues manches qui cachaient opportunément les cicatrices des brûlures, les jupes qui frôlaient les chaussures. Leur toilette impeccable de même que leur coiffure tirée à quatre épingles étaient les garantes de leur respectabilité. Jusqu'au petit chapeau à voilette semée de plumetis qui parsemait leur visage de mouches de velours, indispensable quand elles sortaient pour dissimuler les touffes de cheveux arrachés qui n'avaient jamais repoussé.

Pourtant, ce qu'elles ne pouvaient soustraire aux regards et aux questionnements, la claudication accentuée d'Eva, l'aphonie d'Agnès, attestait mieux qu'un ruban d'honneur la valeur de leur engagement.

Précieuses, elles en avaient fait deux coquetteries : quand Agnès parlait, pour masquer la raucité de sa voix, elle tendait son cou habillé de dentelle, baissait le ton jusqu'à sembler chuchoter, et l'on était persuadé qu'elle allait nous confier, sous le sceau du secret, la plus fabuleuse des histoires.

De même qu'Eva ne pouvait se séparer d'une canne, mais quelle canne ! Et avec quelle élégance la maniait-elle ! Le pommeau doré sur lequel elle posait sa main faisait croire à un bijou qu'elle enserrait délicatement. On oubliait alors sa démarche claudicante pour ne voir que l'aristocratique déplacement d'une reine douairière.

On pouvait parler de tout chez les dames de La Glycine, jamais de cet épisode de leur vie. Pourtant, j'étais au fait de leur comportement patriotique et de cet honneur mérité grâce à la narration que m'en avait faite monsieur Bargeton, mon nouvel ami, toujours prêt à satisfaire ma curiosité.

Je me hasardai un jour sur ce chemin privé et demandai :

— Pourquoi ne portez-vous pas le ruban d'honneur que vous a valu votre courage ?

— Ces souvenirs-là sont bien plus précieux, me répondirent-elles en un bel ensemble en portant la main à leur camée qui contenait le portrait et quelques cheveux blonds d'Estelle, et pour Agnès, une photo de son époux.

Leurs yeux s'embuaient, il valait mieux changer de sujet.

— Vos chambres sont donc fermées, madame Mersant, c'est parce que vous n'avez plus d'étudiants à loger ?

— Hélas non, ma Bleuette ! Le monde a bien changé, tu sais. Autour des facultés fleurissent des cités universitaires. Des cages à poules, en vérité ! Des chambres qui n'excèdent pas neuf mètres carrés, à ce qu'on dit, alors que les nôtres en faisaient plus du double.

— Agnès, comment peux-tu afficher une telle mauvaise foi ! Tu dois la vérité à notre jeune amie, si tu ne veux pas passer pour une affabulatrice.

— Oui, bon, je le sais, je manque d'honnêteté. Nos pensionnaires, à cette époque, vivaient de manière beaucoup plus spartiate que de nos jours. Ils ne pouvaient d'ailleurs prétendre à ce qui n'existait parfois pas chez eux : la douche, la baignoire, l'eau chaude et froide au robinet. Ils savaient se contenter de peu et quand le givre, malgré le radiateur, étoilait leurs fenêtres et que leurs doigts gelés laissaient échapper le stylo, ils frappaient à

notre porte et venaient se réchauffer chez nous devant la cheminée.

— Si tu savais, petite, les parties de belote, de manille ou de rami que nous faisions alors ! En réchauffant leur corps, ils réchauffaient nos cœurs sans le savoir. Quelles belles veillées !

— Nous avons bien pensé, après la Libération, à moderniser les appartements, de quatre en faire deux pour les adeptes de la cohabitation, mais nos finances n'étaient pas au beau fixe et notre pauvre ami Rénouard n'était plus là pour nous conseiller. Il se traînait de maison de repos en sanatorium à la recherche d'une santé perdue dans ses années de captivité. Un peu plus tard, nous aurions pu profiter de l'emprunt Pinay, une aubaine, mais, au fond de nous, je crois bien que la page était tournée.

Quelle coquine, cette Agnès, et coquette jusqu'au bout des ongles ! Tout cela pour ne pas avouer que la charge de la gestion devenait trop lourde pour elles alors que personne ne leur déniait le droit de se reposer. Les années, mâtinées de joies et de chagrins, finissaient par peser sur leurs frêles épaules.

Au moment de Noël et du jour de l'an, mes chères amies recevaient une avalanche de lettres, de cartes venant de tous les coins de France et formant des vœux pour la santé des anciennes logeuses. Aucun de leurs pensionnaires ne les avait oubliées et n'aurait laissé s'entamer une nouvelle année sans un petit mot affectueux.

« Longue vie à vous deux qui restez dans mon cœur ! »

« Votre souvenir est ancré en moi, aussi ne laisserai-je passer ce jour sans… »

« Jamais je n'oublierai votre gentillesse à mon égard lorsque je fus malade. Portez-vous bien, chères dames. »

« Le temps passe, les bons souvenirs restent, je ne désespère pas un jour de vous revoir ! »

« Merci pour tout ! » disait simplement l'ancien jeune stagiaire de la Banque de France et ce tout qu'elles partageaient ravivait un instant leurs moments de complicité.

Elles aussi, j'en suis certaine, auraient aimé revoir leurs petits protégés devenus hommes, pères ou célibataires endurcis comme mademoiselle Eva, mais la vie, elles le savaient, balayait les meilleures intentions du monde. Restaient alors les souvenirs qu'elles me faisaient l'honneur de partager avec moi.

Récipiendaire de toute l'histoire de leur vie, des années lumineuses comme des années sombres qui se mêlaient et ne faisaient qu'un tout, je feuilletai avec délice, comme l'avait fait tant de fois avec son livre d'images Estelle, la petite fille différente, les pages d'une existence qu'elles disaient banale et que je trouvais extraordinairement riche d'enseignements.

Les vieilles dames s'en sont allées, feuilles légères ballottées au vent de la vie. La Glycine résista le plus possible à l'invasion du béton. J'aimais revoir cette bâtisse, lézardée mais solide, que dévorait l'exubérante plante grimpante livrée à un déploiement anarchique, preuve de sa grande vitalité.

Les persiennes étaient closes mais derrière elles palpitaient deux cœurs généreux. Il me suffisait alors de fermer les yeux et elles apparaissaient, souriantes, impatientes, trottinant autour de la table pour en parfaire la disposition. Elles m'attendaient. Elles fleuraient bon l'eau de Cologne et la poudre de riz, mes chères vieilles amies.

De même qu'il me semblait entendre la voix éraillée d'Agnès me répondre alors que je leur demandais de quel côté pencherait la balance si l'on pouvait quantifier le poids des peines et celui des bonheurs dans toute une vie.

— Demande-toi plutôt, fillette, ce que serait la lumière si l'ombre n'existait pas.

Éditions du Signe

1, rue Alfred Kastler • BP 98094
Eckbolsheim
67038 Strasbourg Cedex 2
Tél. 03 88 78 91 91
info@editionsdusigne.fr • www.editionsdusigne.fr
Editions du Signe

Auteur : Mireille Pluchard
Maquette couverture : Éditions du Signe - 112009
Crédit photos couverture : Adobe Stock © Marina Andrejchenko

ISBN : 978-2-7468-4096-6

Dépôt légal 2e trimestre 2021
Imprimé en U.E.